보기 좋은 달걀보다
향기로운 닭똥으로

보기 좋은 달걀보다 향기로운 닭똥으로

초판 1쇄 인쇄　　　2014년 10월 22일
초판 1쇄 발행　　　2014년 10월 29일

글　　　　　김 영 범
펴낸이　　　손 형 국
펴낸곳　　　(주)북랩
편집인　　　선일영　　　　　　　　　편집　　이소현, 김아름, 이탄석
디자인　　　이현수, 신혜림, 김루리, 추윤정　　제작　　박기성, 황동현, 구성우
마케팅　　　김회란, 이희정
출판등록　　2004. 12. 1(제2012-000051호)
주소　　　　서울시 금천구 가산디지털 1로 168, 우림라이온스밸리 B동 B113, 114호
홈페이지　　www.book.co.kr
전화번호　　(02)2026-5777　　　　　　팩스　　(02)2026-5747

ISBN　　　979-11-5585-389-4 03810(종이책)　979-11-5585-390-0 05810(전자책)

이 도서의 국립중앙도서관 출판예정도서목록(CIP)은 서지정보유통지원시스템 홈페이지(http://seoji.nl.go.kr)와
국가자료공동목록시스템(http://www.nl.go.kr/kolisnet)에서 이용하실 수 있습니다.
(CIP제어번호 : CIP2014030229)

보기 좋은 달걀보다

향기로운 닭똥으로

김영범 지음

북랩 **book** Lab

목 차

신은 먼저 사랑을 알게 했다

닭대가리들이 사전事前을 세일한다. 닭대가리들의 배설물을 근사하게 염색해 놓고는 뻔뻔하게도 '보기 좋은 달걀보다 향기 좋은 닭똥이 훨씬 낫다'며 마치 큰 인심이나 쓰는 듯 떨이를 외쳐 댄다.

뒷구멍으로 은밀히 호박씨 까먹기를 즐기는 닭대가리들은 그들이 치는 닭장의 닭들을 풀어 바람을 잡기도 하고, 벼슬을 무기로 세운 머리 위 세력을 동원해 행사의 가치를 높이려 의도적 성황을 조장하기도 한다.

양계 닭을 토종닭으로 둔갑시켜 팔기도 하는 닭대가리들의 음흉한 속셈에 동승하려는 달걀 장사치들은, 닭대가리들이 형성한 향기를 취하려 닭똥을 매입하는 일마저 주저치 않으며, 때로는 닭대가리들의 상술을 익히려 답습하는 자들이 슬며시 부쳐대는 바람에 거세지도록 동조히기도 한다.

휩쓸릴수록 널리 퍼지며 진동하는 악취까지도 향기의 형상으로 포장해 놓는 고도의 기술에 구린 조장의 냄새는, 판독의 어려움이 있는 관계로 명확히 인식시켜 주기 전에는 속는 줄도 모를 만큼 치밀하게 전개되어, 판단력이 떨어지는 병아리들만이 사용의 피해를 본다.

성과만을 덕목으로 녹봉에 묶음을 파는 닭장의 점원들은 상투성과 팔짱을 끼고 순진한 상식까지 벗겨 먹는다.

시나브로 '보기 좋은 달걀보다 향기로운 닭똥'이라는 닭대가리들의 기치가 상용화되어 간다.

"야! 뉘우치지 못하는 인간이 인간이냐?"

"인간이 아니면?"

"인간 이하지."

"인간 이하라면?"

"알아서 생각해."

"짐승과라는 거냐?"

"인간적인 이성을 상실한 거니까 짐승과 별반 다르지 않은 거지.

그러고 보니 그가 한 짓도 짐승 같은 짓이다.

"그래, 인마! 너는 인간이고 난 짐승이다."

지은 죄가 있어 묵묵히 듣고만 있던 호진이 인간 이하로 몰아가는 기수에게 반발을 한다.

"동물로 하자!"

"뭐! 하하하."

기수와 말다툼을 하던 창학이 짐승이 아닌 동물로 정의를 하자는 의외의 말에 손님도 많지 않은 음악다방 러브레터가 시끄러울 만큼 웃음이 터지며 분위기가 바뀐다.

이제 막 약관에 이른 나이인 호진은 중학교 동기 동창생인 창학과 함께 룸살롱에서 일하는 웨이터이다.

종업원 아가씨들만도 사오십 명이 넘는 룸살롱엔 남자들 기숙사와 여자들 기숙사가 있는데, 어젯밤에 호진이 여자들 기숙사를 몰래 침범해 잠자고 있는 한 명의 종업원 아가씨 몸을 더듬었다는 것이다.

호진은 그 아가씨를 남몰래 좋아했었고, 좋아하는 마음을 전하려 여러 방법으로 호의를 표하기도 했었기에, 별로 더듬지도 않았는데 그렇게 무섭게 반발할 줄은 상상도 못 했단다. 결국, 자신은 욕심도 채우지 못하고 너무 놀라 그냥 도망쳤다고 변명하는 투는 마치 사장에게 혼난 것이 억울하다는 듯한 반발이다.

"너, 솔직히 말해 봐. 어디까지 더듬었냐!"

창학이 다시 호진을 취조한다. 그러나 호진이 입을 열지 않자 다른 방법을 동원한다.

"부용이는 가슴이 죽이는 것 같은데."

이곳 종업원들은 신체를 많이 드러내는 옷들을 주로 착용하기 때문에 그러한 모습을 보아온 창학은 자신이 판단하는 부용에 대한 얘길 혼잣말처럼 중얼거린다.

"그래도 더듬을 땐 황홀했겠지."

창학이 호진이 벌인 짓을 상상하는 듯 음흉한 미소를 머금고 호진을 긁는다.

"그 순간이야 당연히 황홀한 것 아니냐, 인마."

기수까지 거든다.

호진은 아주 순진해 영악한 창학에게 늘 당하는 편이다.

"여자라는 아리까리한 존재들은 미치게 정복하고 싶은 처음 그 순간이 최고로 아름답지. 그래서 나도……"

창학의 말을 끊으며 호진이 언성을 높인다.

"그래, 인마. 그게 다 너 때문이야."

발끈한 호진은 조금 성난 표정이다.

"내가 뭔 마."

"네가 그랬잖아. 새벽에 잠잘 때 몰래 들어가 더듬으면 하게 해 준다고."

"난 또 뭐라고."

이번 사단은 그래서 발생한 것이었다.

창학은 영화배우가 되기 위해 종종 오디션을 보러 다닐 만큼 반반한 인물에 사내다운 면도 강하고, 체격도 보통 이상일뿐만 아니라 가슴에도 털이 많은 야성적인 스타일의 남자이고, 호진은 두루뭉술한 얼굴에 성질만 욱할 뿐 몸도 조금 통통한 것이 특색도 별로 없는 스타일이라 이곳 여자들에게 마음을 표하는 두 사람에 대한 호감의 강도는 많이 다르다.

잘생긴 외모에다 춤이면 춤, 노래면 노래, 오락이면 오락 등 잡기란 잡기에는 다 능한 창학이다. 그래서 그런지 이곳의 여러 누님들이 유혹의 추파를 던질 만큼 인기도 있고, 그 스스로 여자들 비위도 잘 맞춰 주려 할 만큼 싹싹한 부분도 있어 호식과는 상당히 다르게 평가되는데, 호식이 혼자 부용을 좋아하면서도 아무 성과를 거두지 못한다고 하자 창학이 자신의 경험을 이야기하며 그렇게 해 보라고 했던 것을 그대로 실행해 탈이 난 거였다.

불과 얼마 전에 창학은 자신의 경험담을 기수에게도 자랑했었다. 잘난 척하려고 하는 건지 건방을 떠는 건지 정확하진 않지만 창학의 설명은, 술 좀 먹고 새벽에 슬그머니 여자들 숙소에 갔더니 성지 누나가 짧은 치마를 입고 자는데, 잠버릇이 험해 그런지 팬티가 적나라하게 드러날 정도로 치마가 말려 올라가 있더란다. 그 모습이 굉장히 유혹적이라 성지 누나 옆에 누워 그냥 어쩌나 보려고 이곳저곳 손을 대보는데 잠이 깬 성지 누나가 창학임을 확인하더니, 누나하고 하고 싶었냐며 오히려 적극적으로 유도를 해 다른 누나들이 옆에서 자는 데도 재미를 보았다는 것이다. 아마 다른 누나들도 다 눈치챘을 건데 자는 척했을 거란 부연 설명까지 추가하며.

"차라리 기수한테 연애편지를 써 달라고 해라."

호식이 일으킨 사건을 주제로 갑론을박하던 창학은 여전히 부용에게 목을 매는 호식에게 다른 방법을 권한다.

"편지!"

"야! 너 몰라? 연애편지하면 기수가 완빵여 인마, 완빵."

대학생을 꼬드겨야 하는데 좋은 방법 없겠냐는 창학의 말에, 도움이 될 수 있을지는 모르겠지만 연애편지는 어떻겠냐는 기수의 의견이 합의되어 써 주었던 일이 있었는데 그 일로 호들갑이다.

그대의 바다에 일엽편주라도 좋습니다.

그대의 바다를 함께 여행할 수 있도록 허락만 하신다면

임이 바라는 항구에 이를 때까지

임의 곁을 지키는 등불이 되고 싶습니다.

바다에는 늘 바람이 불고,

바람이 세게 불수록 잔잔할 수가 없는 바닷길이기에,

흔들릴 수도 있는 정성이

태풍 같은 세찬 고비에 부딪히거나,

절개를 꺾으려는 강한 난관, 또는

시험에 들게 하는 고된 역경 따위의 파도에,

가끔은 조난의 깃발을 꽂아야 할 때도 있겠지요.

설령 그것이 지조가 일으키는 풍랑의 회오리라 해도,

그 풍랑에 난파되어 실의를 헤엄치는 일이 있어도,

당신의 바다에 노니는 즐거운 상상은

그래도 멈출 수 없는 동행의 길임을 약속하라 하기에,

그 무엇에 의해서도 변질될 수 없다는

이 아름다운 뜻을 전합니다.

의미 있는 하나의 아름다움이

보다 큰 아름다움을 발산하게도 하듯,

그대에게서 발견해 빛나는 고운 빛무리들이

세상도 아름답게 빚어낼 뿐만 아니라,

그 영험한 영향력에 깊이 빠지도록

이 내 삶도 인도하는데 어찌
그대를 사랑하지 않고 살 수 있겠습니까.
오직 그대를 꿈꾸는 오늘도
그대 외에는 그 누구도 안 된다고 하는
천성적 본능까지 동원해, 오직 하나의
짝이라는 계시마저 느끼게 하기에
이 영혼의 임으로 초대함을 고합니다.
육체적 합의보다 먼저
영적인 동맹이 합일되어야
아름다운 일치를 가장 멋지게
무늬화 할 수 있을 듯해
마음의 무지개로 초청을 합니다.

어르신들은 종종 젊은 사람들에게, 젊음은 젊음 그 자체로 아름다운 것이라고들 말씀을 하시는데, 젊은 시절에는 그 의미를 피부로 느끼지 못하는 것 같지요. 젊은 시절에도 젊은 시절에 처할 수 있는 수많은 고민과 난관, 역경 따위를 안고 있기 때문에, 지나 봐야 알 수 있는 싱그러운 시절의 괴로움이나 번민 같은 것들은, 그렇게 겪는 그 자체로 아름다운 것이라는 사실을 잘 모르지요.

헤어지면 죽을 것처럼 서로에게 지독하게 중독되었던 사랑마저도 끝내는 이루어지지 않은 채 아픔 같은 것을 경험하는 그 자체도, 대부분 젊은 시절에나 체험할 수 있는 아름다운 증거인데, 그런 아름다움마저도 경험하는 시기엔 앓아야 하는 크나큰 통증으로 발아되기에, 아름답기보다는 애달픔에 빠지는 경향이라 시절의 진가를 모르는 것 같지요.

젊은 시절을 행복하게 수놓았던 무늬가 어느 순간 아픔으로 마무리되었다 해도, 그 아픔이 이 내 자신의 인생의 고운 수가 되어 있다는 사실을 깨닫는 데까지는 많은 시간이 필요하니까요.

"저기 온다."

M대 정문에서 조금 떨어진 버스 정류장 근처를 서성이던 창학이, 옆에 서 있던 기수에게 팔을 안으로 굽혀 책을 안은 단발 스타일의 한 여학생을 지목한다.

창학이 꼬드기질 못해 안달이 난 여자라 해 따라온 기수가 처음 본 그녀의 외모는 약간 실망이다. 그 이유는 창학의 자랑이 이만저만 아니었기 때문이다.

기수의 눈에 비친 희선의 용모는 날씬한 몸매라 하기에도 그렇고, 창학의 자랑처럼 아주 예쁜 얼굴도 아니었다.

겨우 저 정도 여자를 꼬드기기 위해 청강생 짓도 마다치 않는 창학의 노력이 가상한 건지, 타고난 바람기를 발산해야 하는 운명의 장난인지 모르겠다는 생각까지 하게 된 기수는 희선이 타는 복잡한 버스에 창학을 따라 올라탔다.

버스에 타서도 기수는 너무 뻥을 친 것 같은 창학에 대한 실망감이 컸다. 희선에 대해 그동안 창학이 했던 말들과 너무 달라서다. 그러던 어느 순간 버스가 기우뚱하면서 머리도 돌아가 희선의 얼굴을 다시 보게 되었다.

'이럴 수가!'

처음 경험하는 참으로 이상한 순간이었다.

희선은 분명 좀 전의 희선인데 좀 전과 다르게 예뻤다. 마치 뭐에 홀린 건지 첫 대면과 아주 다른 모습이다.

"봤냐?"

"어, 엉."

창학은 익히 알고 있다는 듯 미소를 짓는데 기수의 답변은 엉켰다.

기수는 두 눈을 껌뻑이며 이해하기 어려운 이 순간을 다시 확인해야 했다. 그래서 다시 희선의 얼굴을 찾았다.

'18!'

기수는 속으로 욕을 했다. 자기 자신마저도 믿을 수 없는 상황을 감내하는 욕설이다. 정말 이럴 수도 있는 거란 말인가. 자신이 마치 자신에게 속는 기분도 들고, 눈이 잘못된 것은 아닌지 의심스러웠다. 아니, 귀신에 홀리지 않고 이럴 수가 없을 것 같았다.

예뻐도 너무 예뻤다.

창학에게 들었던 자랑이 하나도 틀리지 않았다. 분명 사람인데 어찌 이럴 수가 있단 말인가.

여우 귀신이 사람을 탈을 쓰고 시험하는 것은 아닌가도 싶은 생각도 들 정도였다.

희한하게도 희선은 보면 볼수록 예쁘게 보인다. 그러며 마치 처음부터 그렇게 예뻤던 것처럼 별로라고 생각했던 첫인상은 어느새 사라져 버렸다.

"와우!"

기수도 그녀의 묘한 매력에 푹 빠질 것 같았다. 그래서 나중엔 그녀를 향해 얼굴도 돌리지도 못했다. 물론 그녀는 버스에서 내려 창학이 기수를 소개할 때까지 한 번도 마주 보지 않았지만.

그런 희선을 꼬드기려 최선을 다하는 창학에게 도움을 주려 연애편지를 써 주었던 기수다.

창학의 말로는 기수가 써 준 편지가 제대로 먹혔는지 그렇게 도도하게 튕기기만 하며 만나 주지 않던 희선을 만날 수 있었고, 서로를 알아가기 위해 즐거운 데이트도 할 수 있었다며 고마움을 표하기도 했었다. 아직 만나고 있는지는 정확히 모르지만 창학에게는 그 기억이 꽤나 강했던가 보다.

하늘이 무너져도
멈추지 마세요.
내게 주는 그 마음
우리의 바람이니까

포획하는 그 열정
바꾸지 마세요.
당신의 그물에
잡히고 싶은 이 마음

강하게 가꾸는
행복한 짝으로
영원히 동행하는
임의 사랑이고 싶어요.

"누나!"

창학이 편지 얘기를 해 문득 희선이 떠올라 잠시 그녀에 대한 생각을 하게 된 기수는, 창학이 지금도 그녀를 만나는지 궁금해 물어볼까 망설이는데, 창학이 입구를 향해 손을 흔들며 누나를 불러 시선을 그쪽으로 던져 보니, 그녀들 스타일에서 창학과 같은 업종 종사자들일 것이라는 냄새를 진하게 느낄 만큼 남다른 차림새의 두 여자를 발견한다. 나머지 한 여자는 수수한 편이다.

"안녕하세요."

기수와 호진은 일어나 기다리다 정중히 머리 숙여 인사를 했다. 창학에게 이미 그녀들에 대해 들었기 때문에.

"어머! 너 귀엽다, 애."

나나란 누님은 호식을 보자마자 자기 스타일이라며 호식 옆에 앉아 관심을 드러낸다.

"나 어떠니?"

나나 누님은 아주 직선적이다. 호불호가 분명한가 보다.

"이쁘지유."

충청도 촌놈 아니랄까 봐 그러는지 자신도 모르게 흥분한 호진의 입에선 충청도 사투리가 저절로 튀어나온다.

"그럼 됐어. 너 오늘부터 내 남편 되는 거다."

"예?"

얼굴까지 조금 달아오른 호진이 놀라움을 그대로 나타낸다.

"왜, 싫어?"

"아니유, 아니유. 저야 감사하지유."

"그래, 그럼 빨리 친해지려면 우선 뽀뽀부터 할까?"

호진은 평소에 자기를 평가하기를 예쁜 여자들이 선호하는 스타일이 아니라고 생각했었다. 그런데 꿈에서도 생각해 본 적 없이 예쁜 여인의 적극성에 연속 놀라는 표정이다.

나나 누님이 화끈하게 대시를 하며 밀어붙이면 밀어붙일수록 자신보다 열 살이나 많은 여자라는 괴리는 잊어버리나 보다.

"너, 혹시 벌써 다른 년 기둥서방 노릇도 해 봤냐?"

호진이 얼굴까지 벌겋게 물든 순진한 얼굴로 나나의 요구를 거부하는 듯하면서도 척척 호응하자 수상한 생각이 드는지 나나가 의심을 한다.

"누님도 참, 나 같은 놈을 누가."

호진의 평소 모습이다.

"왜, 네가 어때서. 이렇게 귀엽고 사랑스러운데."

호진의 의기소침한 발언이 탐탁지 않은지 나나가 다시 호진의 기를 살려 준다.

나나의 돌발적인 선택에 호진은 그녀의 짝이 되었고, 창학이 익히 알고 있던 소라는 창학의 파트너가 되었다. 그리고 기수는 가장 수수한 차림의 여인의 차지가 되었다.

음악다방에서 호진과 나나가 남다른 첫 만남을 즐기며 다들 인사를 나눈 후 자리를 옮길 때까지 여진은 말도 별로 없고 기수에 대한 관심도 거의 없는 것 같았다. 마치 나가기 싫은 미팅 자리에 머릿수 채우려 억지로 끌려 나온 사람처럼.

"스무 살이면 미래가 창창한 나이인데 좀 더 발전적인 직업에 대해 생각해 보지 그래."

다방을 나와 한식집에서 식사를 하고, 조조할인 영화를 본 후, 오락실에 들러 각자가 좋아하는 게임을 즐긴 다음, 분식집에서 가볍게 한 끼니를 더 해결할 때까지 이름과 고향을 물은 게 다였는데, 각자의 시간을 갖기로 하고 쌍쌍이 헤어지자 직업에 관한 이야기를 조심스럽게 꺼낸다.

조금 차갑게 느껴지는 외양 그대로 억양이나 톤도 차분하다.

"저도 그러고 싶어요."

조신한 행동과 차분한 말투도 믿음이 가는 여진이라 기수는 속마음 그대로를 얘기했다.

"그런데 뜻대로 잘 안 되네요."

"세상사가 원래 그런 거야. 그렇기 때문에 남다른 노력이 필요한 거고. 꿈이 뭐야?"

갑자기 생각났다는 듯이 묻는다.

"시인이요."

"시인!"

뜻밖이라는 투다.

"예."

"어쩐지 긴가해 보이기도 하고, 친구들과는 다른 면이 있는 것 같더니 글을 잘 쓰나 보지?"

기수는 그저 여진이 가는 방향을 같이 걸으며 대꾸하는 편이었고, 여진은 조금씩 관심과 호감이 생기는 기수에 대해 알려 하는 자세다.

"아직은 한창 노력할 나이니까 열심히 해 보려고요."

"흔히 작가들은 경험이 많아야 한다는데, 그래서 이런 직업도 일부러 경험해 보는 거야?"

"그건 아닙니다. 당장 구할 직장도 없고 금전적 문제가 있으니까."

기수가 끝을 흐리자 여진이 머릴 끄덕인다.

"그래, 세상 살려면 돈이 필요하지. 빌어먹을 놈의 돈, 나도."

뭔가 하고 싶은 말이 있는 것 같은데 삼킨다.

"술 한잔 할까?"

아직 낮이라 그다지 내키지 않는다. 하지만 거부하기도 싫어 잠시 머뭇거리다 그러자며 머릴 끄덕이자, 기수의 심정을 이해한 건지 여진의 마음이 바뀐 건지 대낮부터 술 먹는 건 그렇다며 눈에 들어오는 카페 간판을 가르치며 그리로 가잔다.

간판이 2층에 붙어 2층인 줄 알고 가보니 지하였고, 눈에 띄는 특별한 장식도 없이 그저 조용한 클래식 음악이 흐르는 오후의 카페는 한산해 대화하는 데는 그만이었다.

진한 커피를 마시며 기수는 그때 알았다. 벌써 몇 시간을 함께 있었는데도 이제야 제대로 여진의 얼굴을 본다는 사실을.

여진은 조금 차가운 인상이지만 굉장히 미인이다. 얼굴도 조그마하고 키도 클 뿐만 아니라 몸매도 날씬하다.

우리나라에서도 알아주는 여의도 모 룸살롱의 일원이 되려면 미스코리아급이 되어야 한다는 말을 믿지 않았는데 여진이나 나나, 소라를 보니 어느 정도는 맞는 것 같다.

아침에 모였던 음악다방은 약간 어두운 편이었고 함께 움직이던 밖에선 그냥 옆에 따라다니던 정도였다. 여진이 별 관심을 보이지 않았기에 식사할 때도 정면에서 똑바로 보려고도 하지 않았던 것이다. 그러다 관심을 갖고 보자 흠잡을 곳 없는 외모의 소유자이다.

"왜 그렇게 봐."

기수가 물끄러미 보자 민망한가 보다.

"예쁜 얼굴, 볼 수 있을 때 각인해 두려고요."

생각해 보지 않았던 말이 불쑥 튀어나온다.

"각인! 자주 보면 각인되는 것 아니야?"

"제게 전혀 관심 없는 것처럼 느껴져서요."

마치 자주 만날 수 있겠냐는 의도로 슬그머니 떠본 것 같이 되었다.

"내가 원래 그래. 그래서 난 관심 없으면 절대 눈길도 안 마주쳐. 왠줄 알아? 난 아주 못된 면이 있는 년이거든."

여진은 갑자기 자신의 나쁜 점까지 쏟아낸다.

"겁나지?"

"예."

"뭐야!"

"하하. 농담입니다."

"이럴 건 아니었는데……."

뒷말이 더 있는 것 같은데 망설인다.

"하실 말씀 있으면 편하게 하세요."

"그래도 되겠어? 거절하면 상처받을지도 모르는데."

표정도 목소리도 진지하다. 하지만 들어는 보고 싶다.

법에 저촉되는 나쁜 일을 시킨다든지 인간적인 도리에 어긋나는 일을 강요한다든지 뭐 그런 일만 아니라면.

"우리 집으로 올래?"

성격이 급한 편인지 여진은 기수의 말이 끝나기도 전에 하고 싶던 말을 내뱉는다.

"예?"

전혀 예상치 못한 뜻밖의 물음이라 놀라지 않을 수 없었다.

"너에 대해 많이 알고 싶어졌어."

"방이 많아요?"

그 심정을 눈빛에서도 읽을 수 있을 만큼 주시하는 여진을 보며 생각할 시간을 달라고 하려던 실제 마음과 달리, 농담 같은 말이 튀어나와 분위기 자체를 어색하게 만들어 버린다.

"농담 아니야. 그렇다고 나나처럼 어린 서방이 되어 달라는 것도 아니야. 차츰 내 과거에 대해 알게 되면 이해하겠지만 지금은 그냥 의문으로 남겨두고 내 곁으로 와 줘. 물론 방은 따로 쓸 거야."

이해하기 어려운 방향으로 흘러간다. 그런데 흥미는 생긴다.

"오랜 시간을 요구하는 것은 아니야. 구속하지도 않을 거고. 단지 내가 원하는 시간만큼만 내 곁에 있어줘."

"만약 제가 누님과의 잠자리를 원한다면요?"

"그건 좀 더 생각해봐야 할 것 같아. 사실 그 이유 때문에 내 곁에 있어달라는 거니까."

점점 더 아리송하다.

"무슨 뜻인지 이해가 잘 안 되는데요."

"그럴 거야. 그러니까 결정부터 해. 그래야 얘기해 줄 문제니까."

수수께끼 같은 말에 고충이 동반된 사연이 있는 것 같다. 예스라는 대답이 떨어지길 고대하며 주시하는 애수에 찬 눈빛도 뭔가 갈망을 하는 듯하다.

　기수는 이것도 내 운명의 한 부분이고 내가 경험해야 할 것으로 예정되어 있는 사연이라면 알고 싶다는 견지라 여진의 요구에 응하기로 한다.

태어나며 약속된 숙명처럼
만나자 늘 함께하고픈 마음
운명으로 묶이기 위해 오늘도
당신 향한 가슴을 씁니다.
신선한 아침 햇살이
공기마저 상큼하게 하듯
화사함을 빚어내는 자태에
빠지게 해 애타게 고운 그대여,
동행이 예정된 인연의 끈에
영원히 잊지 못할 한순간의
기쁨이라도 엮길 원하는 나,
행복하게 섬기는 임의 정원에
노예가 되어라 해도 그리하겠습니다.
짝의 정원은 단 하나이니까요.

"야, 저 새끼 홀쭉해진 것 좀 봐라."

정말 그랬다.

얼굴 가득 미소를 머금고 다가오는 호진의 모습은 한 달 사이에 날씬해졌다 할 만큼 달라져 있었다.

"아주 깨가 쏟아지나 보다, 고소한 냄새가 진동을 하는 것 보니." 하며 창학은 직설적으로 빈정거리기까지 한다.

"부러우냐?"

음악다방 의자에 털푸덕 주저앉으며 대꾸하는 언행으로 보니 신체만 달라진 것이 아니라 정신적인 면도 변한 것 같다.

"넌 질리지도 않냐? 난 금방 질리던데."

"질리긴 인마, 점점 더 좋아지는데."

창학과 호진이 다른 점인 것 같다. 창학은 여자를 오래 사귀지 않는다. 바람둥이 기질이 강해서 그런 것인지 정복할 때까진 진심으로 최선을 다해 잘해주지만 목적을 달성하면 그 순간부터 그렇게 싫어진단다.

어느 정도로 심하냐 하면 한 달을 사귀었건 두 달을 만났건 섹스가 끝나면 조금 전까지 살을 비비며 환희에 몸부림치던 그 여자의 손이 창학의 몸에 닿는 것조차 몸서리쳐진단다. 또한, 창학은 희한하게도 여자가 먼저 유혹을 해도 남성의 심벌이 반응을 안 하는 체질이라고 했다.

한번은 살롱의 어떤 누나가 창학을 보는 순간 첫눈에 반했다며, 창학의 얼굴이 소녀 시절부터 상상하며 꿈속에서 그려 보던 백마 탄 왕자님 같은 이상형이라며, 자신을 좋아하지 않아도 좋으니 한 번만이라도 같이 자자고, 소원이라는 말까지 쓰며 적극적으로 꼬드겨 여관을 갔단다. 그런데 샤워를 한 후 술도 한 잔 마신 다음 본격적으로 일을 치러 보려 할 때 문제가 생겼단다.

그날은 이상하게도 창학이 아무리 노력을 해도 평소와 다르게 발기가 안 되더란다. 그러자 몸이 단 그 누나가 자신의 목적을 달성하려 그녀가 할 수 있는 모든 기교를 다 동원해 수단을 부리며 온갖 애를 써도 전혀 반응을 안 해 결국 포기를 했었단다.

창학도 갑자기 성불구자가 된 건 아닌가 겁도 나고 그 누나를 쳐다보기도 민망할 만큼 창피 했단다. 그런 경우를 처음 경험하는 거라서. 그러나 다음날 바로 그 누나의 소원을 풀어주었단다.

창학은 자신이 강하다고 여기는 신체에 대한 자부심이 아주 컸었단다. 그런데 여자가 그렇게 원하는데도 반응을 안 해 일을 치루지 못했다는 사실이 도저히 용납 안 되어 밤새도록 고민에 빠졌단다.

그야말로 팔팔한 약관의 청년인데 이런 신체적 문제가 있다는 자체를 받아들이기 힘들었단다. 해서 찾은 방법이 다시 한 번 해 보자는 거였다. 그래서 다음 날 그 누나를 불러내 데이트를 하며 자신이 유혹하는 것처럼 어느 정도 교감을 가진 후 다시 시도하니 아주 훌륭하게 즐길 수 있었단다.

"여자는 같이 살아봐야 그 깊은 맛을 알게 되는 거더라고."

창학과 달리 질리기보다는 정이 더 깊어진다는 호진은 80킬로에 육박하던 체중이 70킬로 가까이 빠졌다며 싱글벙글 그간의 행복을 털어놓는다.

호진이 들려주는 나나와의 동거 한 달은 마치 에로 비디오를 한 편 보는 것 같았다.

한번 상상해 봐라. 나나 누님처럼 그렇게 멋진 여자가 집에 들어서기 무섭게 옷이란 옷은 몽땅 벗어던진 다음, 속이 훤히 들여다보이는 잠자리 날개 같은 옷이나, 엉덩이도 다 가려지지 않는 망사 원피스 같은 것 하나만 달랑 걸치고 왔다 갔다 한다는 걸.

눈앞에 선하다는 듯 음흉한 미소를 곁들여 설명하는 호진의 심리도 짐작할 수 있다.

"그게 다도 아니야. 어떤 땐 음악 틀어 놓고 그 야시시한 자태로 춤도 춰요. 그럴 때면 죽이지 죽여. 그러다 또 힘들면 내 허벅지를 베개 삼아 벌러덩 누워있는 걸 좋아하더라고.

"그렇게 허벅지에 누워서 네 고추는 안 만지데?"

"나야 만져주길 바랐지."

창학의 농담도 호진은 여과 없이 받아넘기며 이야길 계속한다.

"상상해 봐라. 에로 영화의 한 장면 같지 않냐."

상상해 보라 하지 않아도 뇌리엔 이미 그 광경이 그려지는데, 호진은 기억만 해도 감흥이 물결치는지 자신이 떠올린 그림에 깊이 몰입되는 듯하다.

나나의 그런 모습을 호진은 유혹의 몸짓으로 알았었단다. 처음엔 그렇게 나나의 유혹을 감당해야 했고 더없이 행복했단다.

초등학교 때 축구를 시작했고, 나름 가능성이 있어 재수를 하면서까지 서울 소재의 중학교로 축구 유학을 왔던 호진이다. 불행하게도 뜻하지 않은 교통사고를 당해 축구선수로서의 생명은 끝났지만 신체만은 건강을 회복해 일상생활에는 전혀 지장이 없다. 아니, 아침이 고역일 만큼 남성의 상징이 고개를 들어 해소하는 데 어려움을 겪었다. 그럴 땐 복상사라도 좋으니 원하는 만큼 맘껏 해 보고 싶다는 맘에 지배되고 있었는데 평소의 소원대로 그것을 해결할 수 있게 된 것이다.

호진은 넘치는 힘을 주체 못 할 만큼 왕성하던 나이라 하루에 다섯 번씩 즐거움을 누렸다는 자랑이었고, 창학이 코피깨나 흘렸겠다고 하자 호진은 평소 들고 다니던 작은 가방에서 보약을 꺼내 먹는 행동으로, 말 대신 나나가 지어 준 보약이라 하기도 했다.

나나는 본래 열이 많은 신체라 겨울에도 미니스커트를 즐겨 입고 여름엔 노출증 환자처럼 벗어야 하는 신체라 그랬던 것이었다.

사실 혼자 살 때는 망사도 걸치지 않았다. 아무것도 걸치지 않고 자야 잠도 잘 왔고 몸도 마음도 편해 늘 그렇게 살다 보니 그게 습관이 된 듯 집에만 들어오면 옷부터 벗는 것이 버릇이었다. 그러다 호진과 동거하게 되면서부터는 예의상 자신이 견딜 수 있는 만큼 최대한 몸을 가렸던 것이다.

사회규범이나 관습 따위에 구애받는 나나는 아니지만 그래도 동거

남에 대한 예의 때문인지, 너무 값싼 여자로 비추어지기 싫어서 그런 건지 정확하지는 않지만, 본능적으로 그래야 할 것 같아서 일부러 그런 옷을 구입했다. 그런데 그런 자태가 호진에게는 더욱 유혹적이었던 것이었다. 하지만 나나는 자신의 차림 때문에 호진이 그렇게 자신을 탐하는 거라고는 여기지 않았다.

나나와 사랑에 빠졌던 남자들의 성향이 그랬다. 또한 호진의 나잇대 남자들은 성에 대한 관심도 많고 정열적이라는 사실도 잘 알고 있었다. 경험을 통해 그걸 익히 알기에 호진도 그런 거라 여겼던 것이다.

열아홉 살 때 나나가 정말 순수하게 사랑했던 한 남자는 그 나잇대엔 육체적 관계를 거부해도 상처를 입는다고 했었다. 그리고 실제 그런 일로 이별한 경험도 있다. 그 남자는 육체적 관계를 원했지만 나나는 순결을 지키고 싶어 거절했다. 그러자 그 남자는 상처를 입었다며 정말 떠났다. 그런 아픔이 있기에 나나는 호진이 요구하면 요구하는 대로 모두 응했다. 더구나 호진은 자신이 먼저 선택한 남자이지 않은가. 그래서 나나는 늘 호진이 최대한 즐거움을 느끼게 하기 위해 최선을 다했다. 그렇게 해야 자신도 행복하기 때문에.

나나가 호진을 집으로 끌어들인 것은 너무 쓸쓸하고 외로워서다. 나이 탓인지 이별 탓인지 집에 들어올 때마다 느끼는 싸늘함이나 반겨주는 이 없이 고요한 적막함이 너무 싫어졌다.

얼마 전까지만 해도 가끔 들러 온기를 느껴주게 하던 유부남 애인이 있어 그런 걸 느끼지 못했는데, 유부남과 이별을 한 후 며칠 지나고부터는 집에 들어오기도 싫을 만큼 몹시 허전하고 세상도 삭막하다는 느낌이 강했다.

때로는 정신도 혼미해지며 자살까지 생각해보게 할 만큼 힘들던 그 시기에 마침 소라 언니가 창학과 함께 새로운 업소로 옮기자는 제의를 했다. 그렇지 않아도 떠난 유부남을 빨리 잊기 위해서는 옮겨야 한다는 생각이 있었다.

　"남자 때문에 괴로운 마음은 남자로 치유하는 게 최고야."

　나나가 이별에 괴로워하자 소라는 자신의 연애관을 얘기했고 나나는 농담처럼 그럼 하나 소개해 달라고 해 호진을 만난 것이다.

　나나는 호진이 이제 갓 스물 된 애인 줄 몰랐다. 소라가 창학을 스물 대여섯 되었을 거라 했고, 창학이 친구들을 데리고 나올 거라며 기왕이면 영계가 낫지 않겠냐고 꼬드겨 창학의 또래이려니 했다.

　창학은 편리한 사회생활을 위해 소라에게는 나이를 올렸다. 새로 개업하는 업소에 지배인 자리를 차지하는 조건으로 마담급인 소라를 필두로 약 이십여 명의 여자를 데려가기로 약속했기 때문이다.

　룸살롱이라는 업종이 아가씨들 장사라 해도 과언이 아니고 그러한 업소의 운명을 책임질 지배인이란 위치를 생각하자, 나이가 너무 어린 걸 알면 아무래도 여자들 부리기가 힘들 것 같아 스물여덟 살로 올렸다. 하지만 소라는 업계의 속성을 익히 알기에 창학의 말을 곧이곧대로 믿지 않았다. 그래서 나나에게는 자신이 짐작하는 나이를 말했던 것이다.

　룸살롱 지배인이 된 창학은 영민함이 있어 그런대로 잘 적응하고 있단다. 물론 소라와 여진, 나나를 비롯해 그와 음으로 양으로 관계를 맺은 여자들의 도움이 절대적이었지만, 아직까지는 큰 마찰 없이 관리해 나가고 있다지만 조금 핼쑥해진 모습은 말과 다른 것 같다.

"기수야."

창학이 불러 바라보니 조금 망설이는 눈치다.

"내가 들으면 안 되는 일이냐? 그럼 자리 비켜 줄게."

이럴 땐 눈치가 아주 빠른 호진이다.

"아니야 인마."

"그런데 왜 망설여. 너 그런 놈 아니잖아."

아마 오늘 보자고 한 주제 같은데 심각한 일인가 보다.

"호진아, 너 쌈 좀 하는 후배들 있지."

대화의 대상과 진로가 바뀐다.

"복싱 한 놈들, 유도 한 놈들, 태권도 유단자들 등등 쌈 좀 하는 놈들 많지."

호진은 자랑거리처럼 늘어놓는다.

"얼마나 동원할 수 있겠냐?"

"왜, 손봐줄 놈 있냐?"

호식은 당장 자신이 나서고 싶다는 듯 반색을 한다.

답답한 것이 가슴을 짓누르고라도 있다는 듯 담배를 피워 문 창학이 연기를 한숨처럼 길게 뿜어낸 후 조심스럽게 입을 연다.

"지금 내 인생의 기회라면 기회고 전환점이라면 전환점이 닥친 것 같은데 끝을 들이보고 어찌하는 것이 가장 좋을 것 같은지 얘기 좀 해 줘 봐."

서두가 긴 것이 뭔가 문제가 발생한 모양이다.

"어제 우리 사장이 나한테 같이 저녁 식사나 하자고 그러더라고. 그래 나갔더니."

"아 18, 빨리빨리 본론만 말해, 인마."

아직도 조금 망설여지는지 창학이 다시 담배를 빨며 시간을 끌자 성질 급한 호진이 보챈다.

"나한테 룸살롱 사장 한번 되어 볼 생각 없냐고 하더라고."

"잘됐네. 인마. 새끼 좋은 일 갖고 사람 간을 졸여.

단순하게 이해한 호진은 자랑질로 놀린다고 힐책이다.

"수억 들인 사업체를 아무 대가 없이 그냥 넘겨줄 리 없을 테고, 깡패들에게 협박이라도 받는가 보지."

기수의 말에 창학이 머릴 끄덕인다.

"씹새, 그럼 그렇다고 쉽게 말할 것이지."

호진이 상황을 이해했다는 듯 창학을 힐난하며 무안함을 희석시키려 한다.

"한번 해 보고 싶다는 결론을 내렸구나."

기수가 자신의 판단을 비추자 창학은 잘만 되면 고생 끝, 행복 시작이 될 수도 있는 내 인생의 기회라 여겨지는데 쉽게 포기가 되겠냐고 한다.

창학의 성격이라면 그럴 수 있겠다 싶다.

"여자들 많겠다. 이빨 좋겠다. 룸살롱 사장은 창학이가 딱이긴 딱인데."

호진은 주제에서 벗어난 얘기와 대화의 주제에 맞는 말이 분류가 안 되는 모양이다.

"어땠으면 좋겠냐. 기수야."

"글쎄."

쉽게 결론 낼 문제가 아닌 것 같다.

"아니, 너에게 이런 기회가 온다면 어떻게 하겠냐고."

"내 의중이 중요한 것이 아니라 네 생각이 중요한 거니까 네가 생각하고 있는 것을 꺼내 놔 봐."

지금 상황을 사장에게 직접 들은 것이 아니라 어떤 지경인지 정확하게 알질 못한다. 물론 기회라는 것이 자주 오는 것도 아니고, 창학이 말하듯 정말 기회인지 아닌지도 단정할 수 없다. 그래서 기수는 먼저 창학의 의중을 토해 보라고 했다.

"솔직히 난 모험이라고 해도 한번 해 보고 싶어. 너희들이 도와준다면."

"우리가 도울 일이 뭔데?"

흥미로운 눈빛을 빛내고 창학의 말에 귀 기울이고 있던 호진이 기회다 싶은지 반문한다.

"넌 후배들을 모아오기만 하면 돼. 많으면 많을수록 좋고.

"고삐리들까지 한 백여 명이면 되겠어?"

"장난 아니야, 인마."

"나도 장난 아녀, 인마."

창학이 힐책하듯 하자 호진은 정말 자신 있다는 투로 호기를 세운다.

"그럼 일당 줄 테니 동원해 봐."

"디데이는?"

호진은 뭐가 그리 좋은지 조금 흥분한 모습이다.

창학의 말로는 사장이 우선 생각해 보라고 제의한 얘기니까 아직 시간은 있단다. 그러며 자신이 운영하겠다는 결정을 사장에게 전달하고 무일푼으로 접수한 다음 얼마 동안, 어떤 방식으로 완전 인수가 이루어질지를 최종 담판 지으면 그때 애들이 필요할 거라 예상한다고 한다.

"그럼 이렇게 하는 건 어떨까? 백여 명을 다 대기시켜 놓고 일당을 지불하는 것도 그렇고, 어떤 상황이 발생했을 때 한 사람이 일사불란하게 움직이게 하는 것도 어려우니, 우선 호진이 믿을만한 후배를 하나 만나 그를 대장으로 세운 다음, 다시 중간보스급 십여 명을 그 애 밑에 거느리게 하는 거야. 그리고 네가 디데이로 결정하는 날부터 그들을 항상 대기시키는 거야. 그다음 그들을 리더로 다시 그들 밑에 십여 명씩 거느리게 하는 거고. 그러면 백여 명이 아니라 천여 명이라도 문제없을 테니까."

"그거 좋다. 일종의 피라미드 형식의 일사불란한 조직체로 꾸리자는 거지."

"아주 조직을 만들지 그러냐!"

호진의 언사는 빈정대는 투다.

"할 수만 있다면 이 기회에 만들어 보는 것도 나쁘지 않지. 아니, 가능하면 만들지 뭐."

창학은 그래도 상관없다는 듯 이미 결정을 둔 어떤 의지를 표현하고 싶은가 보다.

"너 정말, 이 길에 승부를 걸 생각이냐?"

창학의 말이 비장한 것 같으니까 호진은 조금 놀라운가 보다.

"조직체 형성도 돈이 있어야 가능한 거니까, 만들 수만 있다면 이번

기회에 만드는 것도 괜찮은 것 아니겠냐. 앞으로 사업 확장하는 데도
도움이 될 텐데."

계산된 거창한 계획이라도 있는 모양이다.

달성을 하지 못해 열매를 못 따도
하늘의 세기를 막을 수 없듯
세상사의 근원적 진로가
결실로 매진하는 방식이기에,
갈증을 해소 못 해 목이 타도
꽃이 피는 본능을 이으려면
애정의 물을 주어야 하지요.
소지를 틔울수록 기름지게
아름다운 노력의 결과를 위해,
행복하게 반기는 소유가
향기도 발산케 하는 것처럼,
생리적 타성을 향유하기에
의미를 키울 수 없는 관계로는
해소 못 해 목마른 갈망이,
그대와 나 서로를 향해 열리려
온 정 솔깃하게 끌리듯,
느낌 달콤한 감정에 달려
크는지 모르게 연정을 끓이는
연분의 불길을 질러와,
임이란 인연의 연모 탓에
벅참을 흠모하는 만큼
연정을 사모하는 나,

그대가 나의 짝이라 하는

인도의 받침을 따릅니다.

달성을 하지 못해 수확을 못 해도

하늘의 명령은 막을 수 없기에.

사랑 중독

근원적 시각에서 볼 때 인간의 역사는 야만적인 다툼에서 차츰 인간적인 방향으로 전개되어 온 거라고 추측되지요. 헤아릴 수 없이 많은 세월 동안 온갖 시행착오를 겪으며 집행되어온 결론에서 얻은 사상은, 모두를 이롭게 하는 인간적 이성이 최고의 방법이기에 그것을 중심으로 삼아 결정을 판단해 온 것 아닌가 사료된다는 뜻이지요.

인간적 이성을 기준으로 일반적 시각에 보여지는 양상을 판단해 보면, 다양한 일들이 펼쳐지는 나날 속엔 이롭게 하는 일이 있는가 하면 해롭게 하는 일도 많지요. 세태의 실정은 시행할수록 의미가 칭송되거나 사회적 기여도가 높아 권하는 일들이 있는가 하면, 절대 해서는 안 되기 때문에 금기시하거나 죄로 규정해 삼가도록 하는 일도 있기 때문에, 이성적 견지를 필두로 사회가 형성되는 구조는 보편적 정서를 자연스럽게 함양해야 한다는 깃을 깨달은 결과 물일 수도 있을 거라 사료되기도 한답니다.

살다 보면 종종 피아를 가리거나 옳고 그름을 분류해야 하는 경우에 처하지요. 그런 순간엔 판단을 종용당하고요.

눈에 드러나는 양지와 음지처럼 분류가 쉬우면 좋겠지만, '보기 좋은 달걀보다 향기로운 닭똥으로'라는 현수막을 걸고, 짜고 치는 고스톱처럼 옳지 않은 뒷거래에 현혹되는 부류들이 은밀한 방법으로 동원한 사람들을 이용해, 인간적 이성을 현혹하는 모호한 일들도 많기 때문에 우리는 사는 동안은 늘 이성적 판단력을 필요로 하지요.

인간들 사회는 공동체의 일원이라는 거시적 성향의 이성적 판단을 요구하는데, 인간들 개개인의 일반적 판단의 성향은 공동체적 견지의 거시적 이성보다는, 보편적으로 개개인을 중심에 둔 이기적 성향의 이성을 우선시해 판단을 내리는 경향이라는 거지요.

방송에서는 군사 쿠데타로 정권을 잡았던 현직 대통령이 그의 부하였던 사람에게 시해되어 처벌받는다고 하고, 그 틈을 이용해 다시 쿠데타로 국가를 장악한 신군부가 발령한 계엄령이 시행되는 살벌한 비상사태 속에, 법에 접촉되는 조직을 구성해 자기 업소를 지키기 위해선 패싸움이라도 불사하겠다는 창학의 결심이 분명 옳지 않다는 것은 알지만, 창학이 말하는 것처럼 정말 쉽게 오기 어려운 기회라고 판단하는 욕구에 눈멀어 말리기보다는 은근히 부추기는 기수나 호진도, 잘못에 동조하는 판단을 하고 있으면서도 잘못을 크게 느끼지는 못하는 경우라 할 수 있는 거란 말이지요.

즉, 그늘 속과 햇빛 아래처럼 눈으로 판단할 수 있는 단순한 상황이 아니라 이해득실이 전제된 정신적인 판단을 요구하는 경우에, 이성은 대부분 계산적이거나 이기적 성능이 가미된 형태로 위장을 하는 편이라 판단에 대한 진단도 필요한데 그것이 녹록하지 않다는 뜻이지요.

"참, 얘기 들었냐? 진원이도 삼청교육대 끌려갔다는 거."

"뭐! 언제?"

나라를 장악한 신군부에서 사회 정화 차원이라는 명목으로 삼청교육대라는 곳을 만들어 놓고, 그들이 판단할 때 사회악으로 여겨지는 이들을 잡아다 강제로 교육을 시킨다는데, 기수 주변 인물들도 벌써 여럿 끌려가 신경을 곤두세운 채 조심하는 상황이다.

얼마만큼이 진실인지 정확하지는 않지만, 호식이가 들었다는 이야기는 대충 이랬다.

나이트클럽 보조 웨이터로 일하는 진원이가 일 끝나고 포장마차에서 술 한잔 하는데, 느닷없이 들이닥친 군바리들이 이상한 행색이나 장발족들, 그리고 등이나 팔 같은 곳을 걷어 보며 몸에 문신 있는 사람들을 깡그리 잡아갔다는 것이다.

"재수 없게 걸렸군."

창학이 혀를 찬다.

"그러게. 그놈은 그런 데 가기엔 너무 착하고 여린데."

기수도 익히 아는 친구라 불쌍하다는 표현과 아울러 신군부의 무분별한 연행을 에둘러 비판한다.

진원이 재수 없게 연행된 결정적 실수는 가운뎃손가락 첫 마디에 임금 왕王 자를 문신으로 했다는 것이라 추측된다. 언제 무슨 맘을 먹고 그런 문신을 했는지는 모르지만, 아마 그 문신을 했을 때에는 그 작은 문신으로 인해 겪지 않아도 될 고통을 겪게 되리라고는 상상도 못 했을 것이다.

"너도 조심해, 인마."

창학이 호진에게 주의를 상기시킨다.

"내가 뭘 마."

호진은 주사가 좀 있다. 어느 정도까지 별 탈이 없는데 몸이 허용하는 주량이 넘으면, 열이 난다며 옷도 마구 벗어 던지고 주변을 아랑곳하지 않은 채 제 세상을 만들려는 경향이 있다. 그러다 보니 시비도 종종 일어난다.

"술 좀 작작 마시라고."

술을 거의 못하는 창학이 늘 걱정스럽다며 하는 말이다."

"새끼, 나 요즘은 집에서만 마셔, 인마. 마누라하고."

"마누라! 크크. 정말 단단히 빠졌군."

"역사는 밤에 이루어진다고 하지 않냐."

이 상황에서 맞는 말인지 판단하기 어려운 말을 하는 호진의 모습은 정말 나나에게 푹 빠져 사는 모습이다. 마치 자신에게는 오로지 여자만 있으면 되는 것처럼.

"네 역사는 주로 낮에 이루어지잖아, 인마."

"그러면 어때."

창학의 말은 호진도 나나도 밤에 일을 나가는 사람들 아니냐는 뜻인데 호진은 뭔 말인지 제대로 이해를 못 하는 모양이다.

"웨이터 그만뒀다고?"

웨이터 일을 하던 기수는 여진의 집으로 들어간 후 바로 여진의 권고로 일을 그만두었다.

진원이 삼청교육대에 끌려갔다는 사건으로 인해 잠시 고조되었던 분위기도 완화되고, 대화의 주제도 바뀌자 문득 생각난 듯 창학이 혼잣말처럼 말한다.

"잘했다. 넌 왠지 그런 일이 어울리지 않았어."

창학은 평소에도 그런 생각이 들었다며 부지런히 글이나 쓰라고 권한다. 자신이 도울 일 있으면 도와주겠다며.

"말이라도 고맙다."

여자들을 쉽게 접할 수 있어 당장은 즐거울지 몰라도 미래를 생각하면 깊이 물들기 전에 다른 직업을 알아보는 게 낫다는 여진의 설득도 설득이지만, 적성에 맞지 않는 것 같다는 생각을 이미 하고 있었기에 이때를 기회로 삼은 것이다. 잠시 돈벌이를 못 해도 여진의 집에 있는 동안은 먹고 자는 등의 기본적인 생활에는 무리가 없을 테니까.

"그 얼음 같은 여자는 할 때도 얼음 같으냐?"

"그럼 재미없을 텐데."

기수는 창학이 한 말의 진의가 선뜻 파악되지 않아 무슨 뜻이냐고 되물으려 창학에게 얼굴을 돌리는데, 여진의 외모에서 풍기던 모습과 그들이 상상하는 은밀한 상황이 궁금했는지 호진도 동조한다.

"아직 기스도 못 해 봤다."

"정말?"

기수는 창학과 호진의 의도가 뭔지 알아 실상 그대로를 말했다. 현재 여진은 남자도 기둥서방도 아니라 단지 그녀가 기거하는 집안에 그녀처럼 숨 쉬는 다른 생물체를 필요로 하는 것 같았다.

"그럼 왜 같이 살자고 했다는데?"

호진의 말은 나나와 다른 실체를 이해하기 어려운 듯 그럴 바에는 동거할 아무런 이유가 없는 것 아니냐는 투다.

"꼭 그런 것은 아니야. 어떤 의미가 부여된 특별한 관계가 아니더라도 하숙이나 자취하는 것처럼 지낼 수 있던데, 뭐."

"너 고자냐?"

자신은 도저히 이해 못 하겠다는 뜻을 호진은 직설적으로 표현한다.

기수가 여진의 집으로 짐을 옮기며 같이 살게 되었지만, 여진은 기수가 들어오면 얘기해 주겠다던 말도 시간이 흐른 뒤에 말해주겠다고 미뤄둔 채, 같은 집에 함께 살면서 각자 자기 방에서 자고, 자기 일을 하며, 식탁이나 화장실 같은 것만 같이 쓰는 오누이 같은 관계를 유지했다.

"기수 씨, 식사해!"

처음엔 씨를 붙여 부르는 것도 불편했다. 그래서 불편하다고 했더니 가까울수록 서로를 존중해야 한다며 기수와는 다른 이론을 피력하기도 했다. 하여 수긍하면서도 이 수수께끼 같은 상황과 여진에 대해 점점 더 알고 싶어졌다.

여진이 이러는 데는 그만한 이유가 있을 것이다. 그러니까 서로에 대해 아는 바가 별로 없는 상태로 조급해하기보다는 시간 속에 드러나는 진실을 따라가 보자고 마음먹고, 편하게 대하다 보니 차츰 흥미로워져 여진이 하자는 대로 따라가는 중이다.

여진은 쉬는 날 집안에 있어도 늘 깨끗이 씻은 정결하고 상냥한 모습만 보일 뿐 아니라 몸가짐 하나 흐트러짐이 없었다.

처음엔 그런 면도 기수에게는 몹시 귀찮은 일이었지만, 그렇게 하는 것이 더럽고 추잡하게 보이는 것보다는 좋은 것이고, 여진이 하는데 못할 것 없다며 기수도 매일 머리를 감고 샤워를 하다 보니 이젠 습관처럼 되어 매일 씻어야 개운했다. 그렇게 서로에게 예의도 차리고 존중은 하지만 서먹함이 쉽게 가시지는 않았다.

여자 등쳐먹는 놈팡이처럼 여진에게 빌붙어 사는 것 같아 기수가 청소를 한다거나 세탁기를 돌리려 해도 여진은 못 하게 했다. 그럴 시간에 운동을 하든지, 책을 보든지, 산책을 하든지 하라며 집안일도 여진이 도맡아 했다. 그러다 보니 정말 기수가 하는 일은 먹고 싸는 것 외에 운동하는 것과 책 읽는 것, 산책하는 것의 반복이었다.

책도 다 여진이 사 주었다. 둘이 같이 서점에 한 번 가면 소설이며 시집들을 수십 권씩 사 왔다.

책이란 책은 닥치는 대로 가리지 않고 보는 스타일인 기수는 한 번 책을 읽기 시작하면 끝장을 보는 편이다. 그러고 보니 여진과 함께 산 한 달여 동안 본 책의 수가 상당하다. 대충 세어 보아도 육십여 권이 넘는 것 같다. 그뿐인가, 낮에 집에 있기 싫을 땐 만화방에 가 무협지를 하루에 대여섯 권씩 보았다. 무협지 한 권 보는 데는 삼사십 분밖에 안 걸리기 때문에 서너 시간 남짓이면 충분했다. 그렇게 한 달여를 거의 책 읽기에 빠져있다시피 하다 바로 어제 반전의 계기가 발생했다.

평소에 여진은 늘 기수의 방에 들어올 땐 노크를 했었는데, 어제 아침엔 갑자기 사용 중이던 싱크대가 고장 났고, 그 바람에 주방으로 물이 쏟아지자 급한 마음에 노크도 없이 방문을 열고 들어오며 기수를 부르다, 아침에 용솟음치는 기운을 어찌 못해 자위행위 하던 장면을 들키고 말았던 것이다.

"미안해요!"

여진이 제대로 말도 못하고 바로 나갔지만 기수도 무안해 얼굴을 들 수 없었다. 하지만 무슨 일이 있어 그렇게 급하게 행동해야 했는지 알아야 할 것 같아 복장을 단정히 하고 나왔더니, 급한 마음에 손으로라도 막아 보려는 듯 수건으로 수돗물 새는 곳을 감싸려 하고 있다. 그렇게 하는 것은 공연히 옷만 젖을 뿐이라는 점도 모르는 듯.

"됐어요?"

급히 뛰어 나갔다 현관문을 열고 들어오는 기수가 묻는 것이다.

"어떻게 한 거예요?"

"이럴 땐 수도 계량기를 잠그는 거예요."

"아."

여진은 당황해 거기까진 생각 못 했다는 듯 주방에 흥건한 물을 수건에 적셔 세숫대야에 짜는 방법으로 해결하다 머리를 끄덕이며 잠깐 미소를 띄운다.

이런 건 쓰레받기로 해야 쉽다며 기수는 쓰레받기를 이용해 쓸어 담고, 여진은 계속 수건을 이용해 해결한 후 고장 난 곳을 살펴보니 이음매 부분에서 문제가 발생한 것 같았다.

"지금 신고하면 오늘 내로 올지도 모르겠네요."

그렇게 고장 신고까지 하고 내일 온다는 답변을 받았다. 그들도 그들 사정이 있다 할 테니 불편은 늘 사용자가 감수해야 하는 몫이다.

"옷 갈아입으셔야겠는데요."

너무 급작스럽게 일이 벌어지고 대책 없이 수습해야 했기에 자신이 젖었다는 사실도 인지하지 못하고 있었나 보다.

옷이 젖어 살에 달라붙으며 드러나는 여자들의 굴곡진 모습은 매우 선정적이다.

"어, 어."

기수의 눈빛이 달갑지 않았는지, 아니면 좀 전에 목격한 기수의 행위가 떠올랐는지 여진은 흠칫 놀라며 돌아선다.

"미안해요."

돌아서 걷다 갑자기 미안하다는 말을 던진다.

"예?"

왜 미안하다고 하는 건지 그 저의를 알 수 없어 반문하듯 답변한 기수다.

"아까요!"

깜빡 잊고 있었는데 노크하지 않아 본 그 일을 되새기게 해 다시 무안해진다.

"내가 생각이 짧아 미처 거기까지는 생각 못 했어요. 미안해요."

옷을 갈아입고 나온 여진이 기수 앞에 앉더니 정숙한 자태로 다시 사과를 한다. 이젠 그냥 묻어두었으면 좋겠는데.

"제가 쪽팔리죠."

"아니에요. 내가 그 나이를 감안 못 했어요."

여진은 뭔가 결심을 한 듯 차분한 눈길로 기수를 주시하며 계속 입을 연다.

"난 궁합이니, 연분이니 하는 사랑에 관련된 말 자체를 믿을 수 없는 여자예요."

여진은 지금까지 자신이 만난 사람들 중 딱 두 남자를 보듬고 안아 주고 싶었단다. 그중 하나가 기수라며 자신이 들려준다고 약속했던 사연을 털어놓았다.

또한 남자가 궁금했지만 일단은 접어두기로 한다.

"난 열두 살 된 딸이 하나 있어요."

"열두 살이요?"

열두 살이라면 열아홉에 낳았다는 계산이 나온다.

여진은 당연히 놀라워할 것이라 짐작했는지 기수의 반응을 대수롭지 않게 넘긴다.

가정형편이 어려웠던 여진은 중학교를 졸업한 후 돈을 벌어야겠다는 희망을 품고 봉제 회사에 취직을 했었단다. 그때 봉제반 총괄 책임자이자 사장 아들인 과장 은호를 만났고, 그의 유혹에 빠진 여진은 열 살이라는 나이 차를 극복하고 열여덟 나이에 이른 결혼을 했단다.

은호는 결혼생활에 결격 사유를 찾을 수 없을 만큼 성격도 좋고 여진에게도 잘해주었으며 부부 관계도 좋아 결혼 3개월여 만에 임신도 했단다. 그런데 문제는 딸아이를 낳고부터 여진이 변했단다. 아이를 출산한 후 몇 달이 지난 후부터 아이 외에는 모든 것이 싫어지더란다. 남편은 물론 시댁 식구들 전체가 꼴도 보기 싫어지며 누가 말을 걸어도 괜한 짜증만 나더란다. 그러다 보니 남편과의 섹스는 더더욱 고역이었다. 그렇다고 남편의 요구를 무한정 거부할 수도 없어 애원하듯 매달릴 때 한 번씩 이를 악물고 견디기도 했단다. 그러다 더는 견딜 수 없어 이혼을 하자고 했더니 모두 펄쩍 뛰며 반대하더란다.

부족함 없는 생활이나 결격 사유를 찾을 수 없는 외적 모습 상 이

혼할 이유가 없는데 갑자기 이혼을 요구하니 당연히 그랬을 것이다.

정신적인 문제는 당사자 외에는 누구도 알 수 없는 거라고 말하는 여진은 자신도 왜 그렇게 싫증이 났던 건지 도무지 이해할 수가 없었고, 지금도 이해 못 하긴 마찬가지란다.

느끼지 못하는 어떤 병 때문인가 싶어 아무도 몰래 병원에도 갔었단다. 하지만 건강하다는 진단뿐이었고 당시 자신의 정신 상태에 대한 진단 역시 출산에 의한 일시적인 현상일 것이라고만 하더란다.

여진은 어떤 방법으로든 해결을 해야겠는데 해결책이 없어 할 수 없이 남편에게만 자신의 문제를 털어놓았단다. 왜 이러는지는 모르지만 정신적으로 너무 힘들어 견딜 수가 없으니 이해해달라고.

지금 생각해 봐도 은호는 자신을 진정으로 사랑했던 것 같다는 여진은 자신도 모르게 떠오른 생각에 빠진 듯, 순간 눈물이 고이자 기수에게 보이기 싫은지 고개를 돌려 숨긴다.

아무런 문제도 없는 상태에서 갑자기 이혼을 요구한다고 응할 사람이 있을까. 아마 없을 것이다. 은호 역시도 다르지 않았을 테고.

예상대로 여진을 깊이 사랑하던 은호는 완강히 반대했단다. 만약 병이라면 고치면 되고, 일시적인 증상이라면 시간이 해결해 줄 수 있는 것 아니냐며 제발 그런 생각하지 말라고 말렸단다.

여진이 생각해 봐도 반대로 자신에게 그런 상황이 벌어졌다면 여진도 은호처럼 반대했을 것이다. 은호에게 문제가 있는 것이 아니라 자신에게 있는 문제니까 허락할 수 없었을 것이다.

착한 은호는 여진이 힘들면 절대 요구하지 않겠다며 애걸하다시피 여진과의 이혼을 반대했다. 그러나 견딜 수 있으면 말도 꺼내지 않았을 거라며 여진은 결국 아이만 안고 몰래 도망을 쳤단다. 그런데 막상 뛰쳐나오고 보니 갈 곳이 없어서 친정으로 갔다가 쫓아온 남편과 시댁 식구들에게 아이도 빼앗기고, 자신도 시댁 식구들과 작당한 친정 식구들에 의해 강제로 돌아가야 했지만, 끝내 홀로 도망쳐 여기까지 온 거란다.

마음은 꽃을 향해 나래를 뻗고
본능은 달가운 향기를 좋아하지요.
가슴은 준비된 감흥에 동조하고
영혼은 비준의 촉수에 호응해
흥미의 꼬투리만 연주해도
필연 같은 이상의 보퉁이는
풀수록 깊은 마력을 싸고 있어,
우린 그저 달콤한 혀를 담고자
목마르게 꼬이는 소유의 기록을
짜는 뜻에 전력을 다하지요.
꽃을 향해 나래를 뻗는 마음 따라
달가운 향기를 좋아하는 본능 따라.

근원적 시각에서 보면 인간은 모두 우주 속 생명체의 하나로 태어나며 예정된 저마다의 씨앗을 틔우는 지상의 주민이라 할 수 있겠지요.

인간이라는 종자의 씨앗은 다른 생명체들처럼 대지에 뿌리를 박거나 대지에 몸을 의존해 살아가는 성질이 아니기 때문에, 태어나거나 조성된 대지의 여건에 절대적으로 묶여 있는 성향도 아니지요. 또한 인간적 혈통의 고유 특성은 나타나는 시기도 다 다르고 발현의 강도나 그 형태도 예측하기도 어렵지요. 그러기에 우린 사랑하는 방식이나 행복을 느끼는 감도 같은 것도 제각각일 수밖에 없겠지요.

인간이라는 종자가 남다르게 소유한 개성적 씨앗은 기독교적 논리에 입각해 말하면 영적인 사안들이니까, 그 누구도 관여 못 할 힘에 지배되는 종류가 아니겠냐는 거지요.

사랑하는 방식을 예로 들면 호진이처럼 육체적 관계를 더 중요시하는 사랑이 있는가 하면, 여진이처럼 플라토닉 러브(정신적 사랑)를 추구하는 사람도 있을 수 있는 것처럼, 사람들 영혼에 구축된 정신적 발현은 개개인의 견지 이상의 씨앗으로 수용해야 하는 거라 사료되지요.

영적 교감 같은 정신적 측면은 눈으로 감지할 수 없는 부분이지만, 사랑하는 마음이 통하는 것처럼 영혼이 감지를 하고, 그 특별한 느낌에 의해 동요를 일으키는 감흥이 전율로 온몸을 관통하기에, 사랑을 증명하는 명확한 증거를 제시하지 않아도 사랑을 신뢰하게 되기에 사랑의 역사가 여전히 건강하듯, 천성적 산물 같은 본능적 소산은 타고

난 혼의 눈이 파악하는 얼의 감응 같은 요소로라도 존중되어야 하는 것 아닐까 하지요.

"기수 씨에게서만 감지할 수 있는 특별함이 있어요. 그 특별함을 교감하고 싶었어요. 그래서 시간이 필요했고, 그러다 보니 본의 아니게 기수 씨에게 불편함을 주었어요."

자위행위까지 하도록 방치했다는 사실이 자꾸 마음에 걸렸나 보다. 하지만 반성하는 척, 생각해주는 척하는 속내를 들여다보면 아직 더 오랜 시간 방치하겠다는 의도도 포함되어 있는 것 같다. 여진이 원하는 만큼의 교감이 이루어져야 허락하겠다는 선언이나 다름없게 들리니까.

어찌 보면 기수도 바라는 바인지 모르겠다. 자신을 특별하게 봐주는 호의와 차갑게 보이지만 묘하게 끌리는 호기심이 어우러져 동거를 하는 실정이기는 하지만, 섣부르게 추측했던 성적 매력을 발산한다거나 기수를 자극하기 위해 남다른 관능미를 보이지도 않아, 그저 있는 모습 그대로 자연스럽게 느끼는 신선함이나 새로움을 통해 포착되는 교감이 있다면 그렇게 교감하는 것도 좋다고 여기기에.

평소에는 차갑게 느껴지는 여진이지만 미소를 띠거나 웃을 땐 아름다운 향기에 취하는 것처럼 정말 예쁘다. 그것을 감지한 기수는 남 앞에서는 웃지 말고 정말 사랑하는 사람 앞에서만 웃어야 되겠다는 말까지 했었다.

기수는 그렇게 매력적인 점을 발견한다는 것 자체가 새롭고 신선

했다.

사랑은 정신적 산물이다. 그렇기에 사랑을 이루는 데 가장 중요한 요소 중 하나는 정신적 교감이라 할 수 있을 것이다.

오로지 육체적 쾌락만이 전부인 것처럼 말하는 호진의 경우를 보면 육체적 교감이 전제된 정신적 교감도 있을 수 있는 것 같다. 그리고 여자와 남자가 다를 수 있을지도 모르겠지만 여진은 정신적 교감을 중요시하는 아주 감성적인 여자인 것 같았다.

십육칠 세기를 산 영국 시인 John Donne이 「The undertaking or platonic love」란 시를 창작한 것도 같은 맥락에서 비롯된 것이지 않을까 추측하는 기수다.

서점에서 팔리는 이 작품의 제목을 보면 「사업 혹은 플라톤적 사랑」이라 되어 있는데, 나름 영시를 연구하는 기수는 이러한 번역이 제대로 된 것인지 아닌지 명확한 증거로 증명해야 한다고 생각한다. 시라는 장르 고유 특성에 입각하여 분석해보면 「약속보다 먼저 정신적인 사랑」으로 번역해야 한다고 여겨지기 때문이다.

아시는 분들은 아시겠지만 시詩는 문학文學의 한 장르이고, 문학이라는 장르는 세계 여러 나라에서 교육하는 세계 공통의 문학이지요. 또한, 모든 문학 장르에는 세계 공통적으로 장르 고유 특성이 있지요. 즉 시는 문학의 한 장르이고, 문학이라는 장르는 세계 공통적으로 장르 고유 특성이 있는 거니까, 기수는 반드시 세계 공통인 장르 고유 특성을 증거로 진실을 증명해야 하는 거라고 생각한다는 거지요.

영시 본문은 분명 시(운문)라는 장르 고유 특성을 충족시킨 훌륭한 작품인데, 앞에 제시한 제목이 다른 것처럼 장르 고유 특성에 부합되지 않는 번역이 되면, 심혈을 기울여 창작한 시인의 정신뿐만 아니라 수준 같은 것까지 훼손될 수 있으니까, 번역을 하는 사람은 반드시 본문이 훼손되지 않도록 번역할 의무를 주지해야 한다는 거지요.

단순하게 말하면 제대로 번역된 것인지 아닌지 그 진실을 증명할 줄 모르면, 거짓이 진실로 둔갑을 해도 그 잘못을 알 수 없는 것이기 때문에, 세계 공통인 장르 고유 특성을 전제로 진실이 증명되어야 한다는 겁니다.

세계 공통인 장르 고유 특성에 입각해 번역해 볼 때 「약속보다 먼저 정신적인 사랑」이라 번역되어야 할 제목이, 「사업 혹은 플라톤적 사랑」이라 번역해 판매를 해도 아무 문제가 없다는 사실은, 진실을 규명할 줄 모르기 때문에 속는 줄도 모른 채 속고 있는 것 아니겠어요. 비약적으로 말하면 국민 전체를 속여도 될 만큼 국민 전체의 수준이 무식하니까 무지한 국민들은 모독을 해도 된다는 짓이나 다름없는 것 아니냐는 겁니다.

이러한 잘못은 닭대가리들이 '보기 좋은 달걀보다 향기로운 닭똥으로'라고 주장하는 짓과 크게 다르지 않은 거라 사료되지요. 그러니까 잘못된 행태임을 아는 이들은 마땅히 분노해야 함이 옳은 거라 여겨지고요. 그런데 문학박사니, 선생이니, 교수니, 시인이니, 비평가니, 문학에 대해 일 만큼 안다는 사실을 인정받은 소위 전문가라는 사회적 신분을 밑천으로 살아가는 사람들마저도 잘못을 바로잡으려 하지 않는다는 거지요.

전문가라면 필히 숙지하고 있어야 할 장르 고유 특성을 증거로 진실을 입증할 줄만 알면 잘잘못이 명백히 가려지는 단순한 것인데요.

그대가 발산하는 몸짓에서

그대의 세기 같은 꽃이 피고,

그대가 엮어가는 감동에서

그대의 세찬 열매가 맺어져,

그대로 정열이 되는

그대의 질서가 버거워도

그대를 위한 사모를 쓰지요.

그대가 여는 길에

그대가 찍는 연지 곤지가

그대의 인도를 보듬어,

임의 흠모로 다지는 말이

새색시의 가마를 끌게

고름도 푸는 밤마다,

임의 색동저고리에 싸인 채

임의 입김에 발가벗겨지도록

임을 안으려 발버둥 치는 나,

임의 미끼를 무는 만큼

임의 자비를 갈구해도

임은 베풂도 매정하기에

임의로 자위도 하지요.

열 길 물속은 알아도 한 길 사람 속은 모른다 하듯 인간들의 정신적 세계는 복잡하기도 하고 미묘하기도 하지요. 계절이 바뀌듯 마음도 바뀌는가 하면 수용할 만큼의 허용치가 있고 수용하고 싶어도 도저히 수용하기 어려운 일들도 있는 것처럼, 때로는 제 마음마저도 자기 뜻대로 안 되는 경우가 있지요.

여진이 완벽하다 할 정도로 교감했던 은호와의 관계가 여진의 의사와 상관없이 변한 것처럼 우리의 정신은 분명 우리 것인 것 같은데, 더러는 우리 뜻하는 바와 다르게 바뀌는 경우도 있어 우리네 인생은 우리 뜻대로 이루어지지 않지요.

호감이나 사랑의 감정처럼 두뇌가 인지하여 작용하는 정신적 산물들은, 선천적으로 타고난 교감능력이 본능적으로 발휘되는 절대적 반응치럼 지절로 생성되는 성향이라, 지마다 본연의 의식에서 드러나는 취향이나 기호적 요인이 되기도 하는가 하면, 스스로 분출하려 육신을 자극하기도 해 때로는 갈무리하기도 어렵지요. 즉 본인의 의사와 상관없이 바뀔 수밖에 없는 시기가 도래하기도 하기 때문에, 그런 시기가 닥치면 변하지 않을 수 없는 것 아니겠냐는 거지요.

여진에게 그렇게 친절하고 잘해 주던 남편 은호였지만 출산과 함께 자신도 어찌할 도리 없게 바뀌어버린 마음이라 떠나지 않을 수 없었고, 그토록 사랑스럽던 은호에게서도 느끼지 못했던 특별한 기질을 기수에게서 감지해 관심을 갖게 되었다는 여진은 지금처럼 계속 시 형태의 작품을 써 보여 달랬다.

어린 시절 시에 대한 막연한 동경심은 있었지만 이제까지 좋아한 적은 없었다는 여진이다. 그런데 기수의 작품은 보고 싶단다.

기수는 여진의 빌라에 들어온 지 일주일이 지나도록 밋밋한 관계를 유지하며, 현재 자신이 잘할 수 있는 것은 글쓰기뿐이라 나름 열심히 썼고, 함께 산 한 달여 동안 틈틈이 쓴 시 형식의 글을 주방이나 냉장고 문에 붙여 두었다. 여진이 읽어 보라고.

기수는 알고 있었다. 형상화하고 싶은 탐구의 결과를 글이라는 기구를 이용해 정성스럽게 표현한 문장을 읽게 되면 누구나 나름대로 느끼는 감흥이 있다는 것을.

노랫말이나 편지 같은 글에서도 문맥 속에 포함된 의미를 느낄 수 있는 것처럼 뜻을 갖고 의도적으로 완성한 모든 글에서는 포착되는 나름의 느낌이 있는 것이다.

여진의 일방적인 이혼 선언 속에 은호는 자신의 가정을 지키려 무던히 애를 썼던 모양이다.

'열심히 사랑만 하며 살기에도 부족한 인생이다.' 은호가 자주 하던 말로 은호의 사랑관을 대변해 주는 듯했던 글귀인데, 실제 은호는 자신이 생각하는 사랑관에 중독된 사람처럼 사랑하는 사람을 위해서는 뭐든 원하는 대로 해주려 했단다.

결혼 후 따로 살림을 차려 사는 동안 청소도 빨래도 거의 은호가 다 했다. 처음부터 여진이 미안한 생각이 들 만큼 솔선수범을 보였다.

결혼하면 당연히 여자가 해야 할 일인 줄만 알았던 아침밥도 은호가 더 많이 했다.

은호는 집에만 오면 이것저것 하려 했던 사람인 모양이다.

남들은 아내를 부리려 한다는데 은호는 자신을 부리라고 했단다. 자신은 사랑하는 사람을 위해 뭔가 해줄 수 있다는 그 자체가 행복하다고.

은호의 성정 자체가 그런 사람이었기에 어쩌다 여진과 사소한 다툼이 일어도 무조건 은호가 사과하며 은호의 책임이라 말했단다.

모두 은호가 부족한 탓으로 하는 이유는, 은호는 늘 자신이 사랑하는 방법이나 포용력 같은 것이 좀 더 크지 못한 결과로 치부하려 하며, 좀 더 발전적인 남편이 되고자 항상 반성하는 자세를 보였단다. '열심히 사랑만 하며 살기에도 부족한 인생'이라는 자신의 철학을 신봉하듯.

여진의 얘기를 듣다가 기우는 저질로 머리를 숙였나. 여신과 동서하며 청소나 빨래 같은 것은 당연히 여자들이 하는 거라 여겼고, 밥도 챙겨 줘야 먹을 정도로 가부장적 제도에 물든 모습만 보인 것 같아 조금 쑥스러워서다.

여진은 가난해도 아버지가 어머니를 부리려고만 하는 완강한 가부

장적 가정에서 자랐기에 은호의 그런 모습이 아주 좋진 않았단다. 그러다 그의 시부모마저 그렇게 사는 걸 알고 어려서부터의 환경이 사람을 만들기도 한다는 사실을 깨달았고, 행복한 사랑이나 아름다운 가정을 지속하기 위해선 어떻게 하는 것이 좋은 방향인가를 반성하는 계기가 되기도 했었단다.

"아직도 못 했냐?"

의논할 게 있다며 갑자기 집으로 찾아온 창학은 여진과의 관계가 가장 궁금한 듯 문 들어오기 무섭게 아직도 잠자리를 못 했냐고 묻는다.

"그게 그렇게 중요하냐?"

"인간의 역사 자체가 암놈 수놈 분리해 놓은 음양의 조화로 연속되는 거고, 지나가는 사람 붙잡고 물어봐라. 암놈 수놈 동거하는 근원적 이유가 뭐라고 하는지."

잠자리를 같이 하는 건 별로 중요치 않은 것처럼 반응하는 기수에게 창학은, 누구나 예견할 수 있는 순리적 논리를 근거로 한 일반적 견지로 자신의 옳음을 주장한다. 또한 듣고 보니 그렇기도 하다.

"온 이유가 그건 아니잖아."

기수가 주제를 돌리자 창학은 현재 룸살롱 사장인 태은과 의형제를 맺었다고 말했다. 사장이 룸살롱 경영권을 넘겨주는 대신 그렇게 하자고 해서.

"결국은 사장이 되었다는 뜻이야?"

"그렇지."

대답은 쉽게 하지만 이 대답 속에는 조폭들과의 전쟁도 불사하겠다는 의지와 군센 신념이 담겨 있다.

"김두환과 이정재가 결의형제를 맺을 때는 이정재 어머니 치마를 뒤집어쓰고 나오는 방식으로 예식을 치렀다던데, 넌 어떤 식으로 했냐?"

기수는 문득 책에서 보았던 것이 떠올라 물었다.

"네가 전에 그 얘기 안 해줬으면 피 볼 뻔했다는 것 아니냐."

"내가 이 얘기를 했었다고?"

"그래, 인마. 저번 국회의원 선거 때인가, 김좌진 장군의 땅이 청양 합덕 당진인가, 정확하진 않지만, 하여튼 충남의 3개 군에 이를 정도로 어마어마했었는데, 김좌진 장군이 독립운동하러 만주로 떠나며 그 많은 땅을 당시 김좌진 장군이 부리던 하인들이며 노비들에게 다 나누어 주었다. 그런데 그런 장군을 아버지로 둔 후광을 믿고 김두환 씨가 그 지역 국회의원에 출마했지만 떨어졌다며, 한때 씨름꾼이었던 이정재와 김두환 씨가 의기투합해 의형제를 맺게 되었는데, 그 방법이 이정재의 어머니 치마를 뒤집어쓰는 방식이었다. 그런데 나중엔 서로 적이 되어 한판 붙을 일촉즉발의 상황에까지 이르기도 했다고 했잖아."

창학의 말을 듣고 보니 기억이 난다.

"니 미리 좋다."

기수는 창학이 자신이 그저 재미있으라고 들려준 말을 거의 정확하게 기억할 줄은 몰라 조금 놀라웠다.

"책을 읽는 건 싫어하지만 기억력이 나쁘진 않지."

창학은 기수가 그 얘기를 해 준 덕분에, 사장이 피로 결의형제를 맺자고 하는 것을 창학이 '선배 협객들도 이렇게 했다는데 그 방법으로 하는 것이 낫지 않겠냐고 했더니, 평소에 김두환을 흠모했다는 사장이 흔쾌히 받아들여 태은이 어머니 치마를 가져와 똑같이 했단다.

창학보다 열다섯 살 위인 태은은 잠실 인근에서 부모님 농사를 거들던 농사꾼이었단다. 학창시절 공부보다는 운동을 좋아해 중학교 때부터 복싱을 좀 했었지만, 운동으로도 성공을 못 해 고등학교 졸업 후 특기생으로 오라는 대학도 없었고, 운동 잘하던 친구만 스카우트하는 대학에서 요구하는 만큼의 거액을 들이밀고 꼽사리 껴 입학하기도 싫어, 그저 하루하루 소일하듯 부모님 과수원 일이며 논농사, 밭농사 일을 거들고 있었는데, 어느 날 갑자기 강남권 개발이라는 정부 프로젝트가 발표되며 운명이 바뀌었단다.

농사짓던 땅이 작지 않았던 태은은 졸지에 부자 된 부모들 덕분에 강남에 본인 명의로 지하 1층-지상 10층짜리 건물을 세웠고, 건물에서 나오는 세만으로도 여유롭게 살 수 있지만 하는 일 없이 빈둥거리기 심심해서 선배와 부동산도 했단다.

사람들은 흔히 운이 트여야 돈도 번다고들 하는데 정말 태은의 운이 트인 것인지, 마침 부동산 투기니 하며 부동산 열풍이 불어 상상 이상의 돈을 벌게 된 태은은 차츰 인생의 즐거움에 대해 고민을 하게 되었단다.

이미 해볼 것 다 해 보고 즐길 만큼 즐겨 봤지만 쾌락의 맛은 늘 유혹을 하기에 새롭고 신선한 일이나 즐거움 같은 뭔가를 찾고 있었는데, 태은처럼 부모 덕에 졸지에 부자가 되어 소식도 모르고 지내던 옛 동네 친구를 우연히 만났고, 그 친구가 자신이 룸살롱을 경영한다며 한번 놀러오라 하여 갔다가 대성황을 이루는 모습에 태은도 한번 해 보기로 결심을 했단다. 부동산처럼 돈 놓고 돈 먹기인 줄 알고.

아가씨를 데리고 와 관리할 사람을 비롯해 장소를 물색하던 태은은 광고를 내 창학과 연결이 되고, 마침 그때 자신이 소유한 건물 지하에 세 들었던 봉제공장이 이사를 간다고 해 룸살롱으로 개조를 했다.

"국회의원이라는 후광만 있으면 뒤는 걱정 안 해도 되겠지."

"그걸 말이라고 하냐?"

국회의원 빽이면 두려울 게 없는 시절이었다.

태은이 정치를 하기로 했단다.

그래서 룸살롱 경영을 창학에게 맡기는가 보다.

애당초 정치에는 전혀 뜻이 없던 태은이다. 그런 태은이 정치에 입문하기로 마음먹은 건 깡패새끼들이 감히 자기를 협박해서란다.

태은은 본인의 의사와 상관없이 강제로 빼앗기는 것을 아주 싫어한단다. 지울 수 없는 과거의 어떤 영향인지 본능적 의지인지는 잘 모르나, 깡패새끼들이 같이 좀 먹고 살자며 자신이 힘들여 번 돈을 빼앗아가려 하는 것을 도저히 용납 못 하겠단다.

태은이 창학과 손을 잡은 이유를 짐작할 수 있을 것 같다.

무일푼인 창학에 성영을 낳겨 부자금을 회수하는데 좀 시간이 걸릴지언정 태은은 깡패들에게는 단 한 푼도 빼앗길 수 없다는 의지를 관철하고자 하는 것 같다.

돈이 아무리 많아도 사회적 지위가 낮으면 꼴 같지 않은 것들에게도 위협을 받는다는 사실을 태은은 룸살롱을 개업하고 깨달았단다.

그래서 차근차근 준비하기로 했단다. 원하는 힘을 얻기 위해. 무소불위의 권력을 갖기 위해.

"너도 잘 알다시피 정치는 조직이잖아."

그렇다. 선거라는 것은 한두 표 차이로도 당락이 결정될 수도 있는 것이기 때문에 깡패라는 조직의 표도 그 집단의 크기에 따라 무시무시한 위력을 발휘하기도 한단다. 하여 선거 때만 되면 그런 세력도 음으로 양으로 기동을 한다고 들었다.

창학과 얘기를 하다 보니 차츰 창학이 계획하는 그림이 기수 머리에도 그려지는 것 같다. 창학이 조직을 구성하려는 이유가 꼭 룸살롱을 지키기만을 위한 일은 아닌 것 같다.

"위험은 감수할 생각이다."

창학은 비장함을 보였다.

불법이라는 도덕적 관념에 매여 기회를 놓치는 것보다 눈앞의 이득이 먼저라는 사람들은 불법을 자행해서라도 자신에게 이득이 되는 방향을 추구한다.

"기회는 자주 오는 게 아니니까 기회다 싶으면 올인해야지."

창학이 이미 결심을 굳힌 모양이다.

불법을 저질러서라도 오로지 개인의 이득과 영달만을 추구하는 극단적인 이기주의자적 성향이라거나, 매국노들처럼 나라를 팔아먹을지언정 자신의 불이익은 용납 못 하는 자들은, 공공질서나 국민의 안녕이나 국가의 미래를 위해서라도 반드시 경계해야 한다는 것이 평소 기수의 지론이다.

때마다 부정이 판을 치는 선거판을 예로 들면, 당선만 되면 온갖 수단과 방법을 동원해 당선이 지켜지게끔 결정되는 선거 환경이 온갖 부정을 만드는 것 아니겠는가.

반드시 삼가도록 법으로 규정한 부정이 드러나면 이유 여하를 막론하고 당선을 박탈하는 풍토라면 부정이 발을 못 붙일 텐데, 윤리가 망가지고 도덕성이 타락할지언정 그저 당리당략적 이기심에 치우쳐 한 우리의 당선자를 보호하는 성향 아닌가. 그 우리의 전체적 윤리나 도덕성이 의심받는 것은 두렵지도 않은지.

물론 근원적 책임은 투표권자들에게 있다. 투표권자들이 스스로 잘 알고 선택해야 할 책임을 외면한 결과이니까. 즉 성추행범이나 논문 조작자들 같은 비윤리적 성향의 인간들까지 당선되도록 표를 주는 건 유권자들이다.

「약속보다 먼저 정신적인 사랑을」이라고 번역해야 장르 고유 특성에 부합되는 제목을 「사업 혹은 플라톤적 사랑」이라고 번역해 진실인 것처럼 장사를 해도, 그것이 잘못임을 모르면 아무 문제 없는 것처럼, 유권자들 스스로의 책임이나 의무를 등한시한 선택이 어떤 결과를 낳는지 따위에는 관심 없어 하니까, 성추행범 같은 범죄 경력자들까지도 공천을 해주는 환경이 조성될 수 있는 것 아니겠는가.

성추행당한 사람이 자신의 자녀였으면 어찌했을까만 생각해 보면 답은 간단한 선네, 성추행범임을 알면서도 그런 자들을 찍어주는 유권자들의 정신상태를 도무지 이해하기 어렵다. 자기나 자신의 자녀들은 당하지 않을 거라는 보장이라도 있는 건지.

입으로는 윗물이 맑아야 아랫물이 맑은 거라고 하면서도, 그들은 이미 온통 흐려진 윗물의 상태를 고수하려 발버둥 치는 당리당략적 대책을 강구해 어떤 식으로든 당선을 유지하는 방향으로 무마하는 경향이지 않은가. 그렇다면 유권자들이 바로잡아야 할 사안이다. 투표권자들이 표로 징벌하지 않으면 고쳐질 수 없는 일이니까. 그러니까 투표를 할 때도 유권자의 책임과 의무를 심각하게 고민해 볼 필요가 있는 것이다.

국가의 미래를 위해, 국민의 안녕을 위해 참여하는 투표에도 유권자로서의 책임과 의무를 다하려면, 부정부패 같은 사회악이 좀 더 고쳐질 수 있는 방향을 고려해야 함은 물론이고, 윤리성이나 도덕성을 제대로 겸비했는지 안 한 인물인지 등도 심층적으로 살피는 것이 투표권자가 기본적으로 대동해야 할 예비적 자세 아니겠냐는 거지요. 투표로 결정되는 그 자체가 우리 모두를 위한 행위로 결국은 결정의 대가가 다시 돌아오게 되어 있는 거니까요.

"너도 좀 도와줘라."

돈도 없고 빽도 없는 데다 학력도 낮은 창학의 지금 심정을 예측해 보면 놓치고 싶지 않은 기회라 여겨지기도 할 것 같다.

"내가 도울 일이 뭐 있겠어."

기수는 아무리 좋은 기회라 해도 불법적인 일은 하고 싶지 않다.

"넌 머리가 있잖아."

다소 위험한 모험이긴 하지만 창학은 정치에 뜻을 둔 태은과의 관계를 돈독히 하여 이번 기회에 자신도 사회적 기반을 다져 보려는 심산인가 보다.

"조직은 신뢰가 중요하니까 믿을 만한 사람이 절대적이지 않겠어."

창학은 호진을 룸살롱 상무로 임명해 조직이 구성되면 후배들 관리를 맡기고 싶다며 현재로써는 믿을 사람이 부족하단다.

"이번 기회가 진짜 네 인생 절호의 기회라 여긴다면 네 운도 한번 시험해 보는 건 어떨까?"

"운?"

기수의 제안에 창학이 조금 의아해 한다.

"그래, 운."

문득 기수는 어차피 모험이고 창학의 말처럼 다시 오기 어려운 기회라면 운도 포함되어야 할 것 같아, 태은이 잘 알지도 못하는 창학을 선택한 것처럼 창학도 태은처럼 신뢰할만한 누군가를 선택해 사활을 걸어 보라는 것이다.

"의형제를 맺으라고?"

기수는 태은이 창학과 의형제를 결의한 것처럼 창학도 호진의 후배 중 창학에게 충성을 맹세할 만큼 의리 있는 친구를 선택해 의형제를 맺고 신뢰하는 것도 한 가지 방법이지 않겠냐고 제안한 것이다.

"그거 좋네."

창학은 머리를 끄덕이며 호진의 후배들은 아무래도 호진이 잘 알 테니 호진에게 쓸만한 놈 좀 물색해 오라 할 심산이다.

내일로 엮이게 선택된
오늘이 올가미 있기에,
껍질이 벗겨져야
윤이 나는 기지도 있고
껍질째 묵혀두어야
빛이 나는 소지도 있지요.
입술의 열림은 쉽고
혀의 심사는 무거워,
해도 부추기게 핥는
구름이 별을 품어도,
책임이 따르는 자유에
누락된 채무의 수당처럼
스스로를 차용하는 세월은
소모의 둥지도 부화시켜,
정열된 소진을 알게
익혀 온 살을 타기에,
내일로 엮이게 선택된
오늘이 올가미이지.

"야, 정말 살벌하게 싸우더라."

창학이 기수를 찾아온 본론이 해결되자 기수가 호진의 근황을 물었다. 그랬더니 창학은 호진의 근황을 정말 살벌하게 싸우더라는 말로 대신 한 것이다.

창학은 오늘 기수를 찾아온 것처럼 사전 약속 없이 호진을 찾아갔었단다.

창학은 항상 더없이 행복한 듯 자랑하던 호진이었기에 여전히 행복하게 사는 줄 알았는데, 뭔 일이 있었는지 그날은 호진과 나나가 싸우고 있었고, 창학은 호기심에 우연히 보게 된 싸움을 그냥 숨어 구경을 했단다. 그런데 창학이 놀라움을 금치 못할 만큼 무시무시하게 싸우더란다.

호진과 나나는 섹스 중독자늘인 양 서로의 육체를 더 탐닉하지 못해 안달 난 사람들처럼 자랑하며 그것이 진짜 사랑이라고 포장해 왔다. 그러나 그들에게 문제가 발생해 싸움에 이르게 되면 서로 잡아 죽이지 못해 환장한 사람들처럼 치고받고, 물고 뜯고, 집기까지 집어 던지며 당장 끝장낼 사이처럼 무섭게 싸운단다.

나중에 호식의 얘기를 들어 보니 정말 두 사람의 싸움은 치열하단다. 그들은 집기를 연장으로 휘두르다 몸에 난 상처로 인해 피도 나고, 지지 않으려 서로 용쓰는 강력한 몸부림에 손발의 사용이 불편할 정도로 정말 심하게 다툰단다.

"야! 그년, 독종이야 독종."

나나는 힘으로 호진을 당하지 못하면서도 끝까지 저항한단다.

이런 말을 스스럼없이 하는 호진이기에 여자를 힘으로 굴복시키려 하는 자신의 행위가 전혀 부끄럽지 않은가 보다.

주먹으로 가격도 하고 발로 차기도 한다고 당당하게 말하는 호진의 기세가 차후에도 그럴 수 있다는 것을 암시하는 것 같다.

호진과 나나의 다툼은 신혼부부의 헤게모니 싸움이라 하기에는 너무 끔찍한 수준 아니냐고 할 만큼 치열하게 느껴진다. 그러나 싸움이 끝나면 그들의 관계는 또다시 뜨거운 열정 모드란다.

호진의 이야기에서 추측해 보면 호진은 늘 나나의 강력한 투쟁심에 질려 끝에서는 호진 스스로 물러나거나 지는 모양이다.

호진은 싸울 때는 그 당시 심정에 휩싸여 싸우는 거고, 싸우고 나면 다 끝난 거니까 자신이 늘 화해를 하려고 하는 편이란다.

나나가 보통 독종은 아닌가 보다.

자신이 늘 화해를 하는 이유는 그냥 잘 수는 없으니까란다.

호진이다운 호색한 결정이라 사료된다.

나나도 바라는 바인지 사과를 잘 받아 준단다.

부부싸움은 사랑하기 때문에 싸우는 거다. 서로에게 관심도 없고 아무런 관계도 아니라면 싸울 이유도 없는 것 아니겠냐며, 부부싸움은 보다 돈독하고 발전적 관계를 유지하기 위한 하나의 과정 같은 것 아니겠냐고 호진이 구슬리면 화를 풀고, 외식하러 나가자고 하면 못 이기는 척 쉽게 따라와 호진의 표현을 그대로 옮기면, 자기 자기 우리 자기 하며 몸살 나게 아양을 떤단다.

호진의 주장처럼 그 둘은 정말 천생연분인가 보다.

"나도 쟤들처럼 단순했으면 좋겠다."

창학이 복잡한 요즘 심경을 표현하듯 마냥 즐겁다는 호진이가 부럽다는 투다.

"그런 점도 타고 난 복 아니겠어."

늘 생각이 많은 기수는 호진처럼 단순하게 살고 싶어도 살 수 없음을 알고 있는 것처럼 대꾸한다.

청민이 온다.

청민은 호진의 후배로 창학과 의형제를 맺은 동생이다. 태은과 그랬던 것처럼 창학의 어머니 치마를 이용해 새롭게 태어나는 상징적 행위로 형제임을 결의했다.

6척 장신에 100킬로에 육박하는 신체지만 운동으로 다져진 근육질이라 그런지 전혀 뚱뚱해 보이지 않는 청민이다.

"어찌 됐냐?"

"애들이 잘 처리했습니다."

마음 급한 호진이 청민이 음악다방 소파에 앉기도 전에 묻는다.

"다친 애들은 없고?"

창학은 진심으로 애들이 걱정되었다.

"고삐리들이 가장 무섭다는 사실을 알았는지 싸우지도 않고 도망치던데요."

"다행이다. 일단 큰 사고 없이 마무리되어서."

창학이 사람을 통해 알아본 결과 일명 철주파라는 조직은 신흥 세력으로, 강남 일대에 새로 생기는 나이트클럽을 몇 개 관리하며 조직을 확장하던 중에 태은이 개업한 룸살롱에도 손을 뻗친 모양이었다.

고민 끝에 창학은 선수를 쳤다. 태은이 결정을 알려주기로 한 날 청민에게 아이들을 한 50여 명 모으라고 한 후, 철주파의 두목 철주에게 태은의 룸살롱을 인수한 사람이니 좀 보자고 했다. 그리고는 청민에게 약속 장소 주변 안팎으로 아이들을 배치하라 한 다음 철주가 나타나면 그냥 세력만 과시하며 손 떼기를 권하라고 했다.

창학은 싸우기 싫었다. 그래서 자신은 나타나지도 않고 세력만 과시하라 한 것이다. 협박에 놀아날 사람이 아니니 그만 포기하라고.

청민은 이 지역 전체를 노려보자고 제의했지만 창학은 태은이 형님이 국회에 진출하는 일이 우선이고, 우린 아직 조직도 탄탄하지 않으니까 좀 더 관망하며 때기 되면 확장하는 것이 순서라고 청민을 설득했다.

청민과 의형제를 결의한 창학은 청민에게 이런 세계에 대해 세세히 알려 주려 했지만, 청민은 자신도 가리봉동에서 나이트클럽 기도(문지기)로 활동하던 경험이 조금 있어 어느 정도는 알고 있다고 했다. 하여 창학은 일단 자신이 구상하는 일차적 계획을 털어놓았다.

"우선은 우리 룸살롱을 잘 관리해 사업을 확장해 나가는 일이 첫째이고, 둘째는 태은이 형님을 국회에 진출시켜 든든한 배경을 확보하는 것이다. 너도 알겠지만 우리나라는 빽이 없으면 힘을 쓸 수가 없다. 그러니까 우리가 좀 더 크게 성공하기 위해서는 무조건 태은이 형님이 국회의원이 되어야 한다. 국회의원이 뒤를 봐준다는데 누가 감히 우리를 넘보겠어. 안 그래? 그러니까 결국은 국회의원이 뒤를 봐준다는 든든한 빽이 우리를 키워주게 되는 거란 말이지."

'모든 사람을 존중하라.'

창학이 추구하는 하나의 제안이다.

지나친 이상주의적 발상 아니냐는 반발도 있었지만, 창학은 사장으로 취임하며 수시로 강조했다. 우리 룸살롱에서 일하는 모든 사람들은 우리끼리라도 서로 존중하는 관계를 유지하자고. 그러기 위해서는 서로 존중하는 마음의 표현으로 직원 모두 존댓말을 하는 등, 기본적으로 지켜야 할 예의를 다해 서로 인간적으로 대접하는 마음을 피력해야 한다고 권했다.

우리가 비록 술을 팔며 웃음도 팔고, 몸을 팔아야 할 때도 있지만, 인간은 누구나 존엄한 존재이고 존중받을 권리도 있으니까, 설령 손님들에게는 핍박받아도 참을지언정 우리끼리는 동료라는 의식을 갖고 존중했으면 좋겠다며 자신의 말투부터 고쳤다.

실효성이야 어찌 되었건 일단 실험 중이다. 자신과 호진의 말투부터 교화하는 중이라 그런지 그래도 조금씩 변화를 느낀다.

창학은 호진과 청민에게 하나의 금기사항도 하달했다.

"절대 우리 식구들 건들지 마라."

우린 한가족이다. 우리 식구들은 우리가 보호하고 우리가 존중해야 할 가족이니까 절대 한순간 욕망의 도구처럼 가볍게 여기지 말라고 다짐을 받았다.

창학은 계획대로 호진에게 상무 자리를 주어 청민 이하 종업원들을 관리하게 했고, 청민을 룸살롱 총지배인으로 임명해 전임 사장인 태은이 우려하던 만약의 사태에 대비하며, 이런 사업의 속성상 비일비재하게 일어나는 은밀한 비리도 미연에 차단하고자 애썼다.

나신이 소지한
옷을 하나 또
한 겹 벗긴다.
그대를 침범하려
몰래 가는 벌이
사고의 간격에
침을 꽂고 있는
상의마다, 격정의
누드를 안고
투영해 보는
두뇌의 말로
지급되는 사랑에,
앓아도 고운
의미가 찍히게
뜨거운 애정 따라
한 마음 두 가슴
몸을 소지한
꿈을 벗기나.

채색의 무늬

사랑을 경험해 본 대부분의 사람들은 인간들 내면의 세계가 어떻게 조직되고 생성되며 발현되는 건지 한 번쯤은 궁금하게 여겨 봤을 것이다. 물론 신의 비밀로밖에 치부할 수 없는 인간으로서는 명확히 알 길 없는 영원한 숙제 같은 종류이겠지만, 원치 않는 이별 같은 뜻밖의 상황에 처하게 되면 자연 발생적으로 의문을 갖게 조장되는 성향이 아닐까 사료된다.

사람들은 알게 모르게 늘 이별을 한다. 세월과 이별하는 근원적 이치부터 동무들과 헤어지는 인위적 갈림의 길까지, 본인의 의사와 상관없이 벌어지는 환경의 길도 걷게 되며 나름 깨닫는 배움을 터득한다.

터득하는 만큼 사람들은 변한다. 어린이에서 청년으로, 청년에서 장년으로, 그리고 다시 노인으로 바뀌는 신체를 통해 배우는 바도 터득하지만, 영혼도, 마음도, 정신도, 세월 속에 터득하는 바의 영향을 받아 그만큼 변한다. 또한, 변하는 과정에 따라 채색도 된다. 사회에 채색되고, 나이에 채색되고, 변화에도 채색된다.

인간은 터득하는 바에 따라 채색되기에 채색의 농도만큼 발현되게 된다. 발현의 기치는 발상의 전환을 가져오고, 전환된 그 계기는 채색의 농도만큼 관심 가는 항목이나 사안 등의 깊이나 수준도 헤아려 보게 된다.

발현의 기치만큼 발상의 전환도 터득한 채색의 강도로 헤아리기 시작하면 개괄적 주관에서 포괄적 객관으로 전도되는 양상으로 다시 변한다. 아니, 변하지 않을 수 없다. 반드시 변하게 만드는 세월이 채색의 농도를 주도하고 있으니까.

채색의 농도를 주관하는 세월의 강도는 농익을수록 재생성의 창의력을 조치해, 변별적 단초로 잉태된 씨앗의 발아를 추진하는 만큼 창조되는 개념을 으뜸으로 터트리는 사랑에 빠져, 터득할수록 깊은 늪처럼 작용하는 생리적 간수의 보고를 타진한다.

채색의 진로가 확장된 인간은 터득한 보고를 사랑한다. 터득한 깨달음이 생애의 식량처럼 허기의 곳간을 채울수록 물드는 운치의 무늬가 아름다워 생애의 옷으로 입게 된다.

저마다 터득한 옷은 생애 내내 걸친다. 누구나 자기 몸에 맞는 옷을 골라 입지만, 판단하는 사람에 따라 어울리는 옷도 있고 그렇지 않은 옷도 있다. 그리고 디자인이 화려한 것부터 남루한 것까지, 입고 벗으며 빨기 쉽고 어렵다는 등등의 터득을 진술한다.

개개인이 터득한 자신의 진술로 디자인되는 옷이 더러운지 깨끗한지, 혹은 악취가 풍기는지 향기로운지는 상대적 식견에 의해 재단되는 양태이기에, 인간들이 저마다 차리는 멋의 품위는 외양의 판단을 진술하는 정서와 내면의 진의로 진화하는 진단의 정신으로 개화되게 한다. 그렇기 때문에 습득의 옷이 입혀지도록 개화되는 인지의 생애는

품위의 옷을 잣대로 평가하는 터득의 진리로 진열된다. 즉, 인간은 서로가 저마다 창조하는 멋의 옷을 입고, 진화적 개화로 발돋움하기 위한 창의성을 발휘하며, 첨예하게 주시하는 터득의 강도가 발현의 깃을 쳐 독창적 판단을 진술하는 인위적 진열품이다.

독창적 창의성이 발휘되도록 개화되는 첨예한 영역은 자연의 생물로 채색되는 천성적 소산所産의 양상이다. 마치 저마다의 개성이 드러나게 예치된 개별적 품성의 열매가 달리고 익을 때까지 해결해야 할 숙제들을 풀어야 하는 것처럼, 저절로 개화해 타는 바람 속에 수정의 실과와 낙과를 시험하는 맺힘의 성적을 재단해, 성과의 결실이 품격의 색깔로 작성되게 디자인하는 본능적 수령의 갈피마다 답안처럼 생겨나는 진술을 쓰게 하니까.

인생의 갈피는 늘 풀어가야 하는 숙제다. 이성적 사랑의 소산이라는 큰 숙제에 남자의 숙제가 여자이고, 여자의 숙제가 남자라는 갈피는 마치 인생의 시험문제처럼, 끝없이 풀고 또 풀어가야 하는 수령의 숙제인 것 같다.

주관적으로 보나 객관적으로 보나 인간적 차원에서 생각해 볼 때 지칠 줄을 모른 채 지나가며 강제적인 수령을 안기는 세월은 몹시 이기적이다.

세월은 원하건 원하기 않건 이별을 수령하도록 발동하니까 사람들의 주관은 나이가 들수록 이기적으로 채색되는 성향이다.

살며 느끼고 경험하는 세월이 이입되어 사람들의 성향이 정립되는 형태인지 연배가 짙은 사람들의 주관적 색깔은 대부분 이기적이다.

기수 자신 역시도 그런 성향으로 변하는 것 같고, 그러한 성향이 당연한 것처럼 여겨지기도 한다. 하지만 문제는 그 주관적 성향이 더러 사회적 악으로 작용해도 자신의 이득을 위해서는 용인하려 한다는 점이다.

구체적인 예를 들면 이런 것이다. 흔히들 민주주의의 꽃은 투표라 하며 표로 정해지는 최대 다수의 결과가 최대 다수의 행복이라는 것처럼 확정하는데, 확정된 최대 다수에 포함된 많은 표가 사회악으로 작용해, 최대 다수의 뜻을 지지한 최대 다수의 자들에게 오히려 해로 나타나기도 하는 것은, 거의 등한시하는 주관적 판단마저도 잘못임을 모른 채 옳다고 여기거나 간과한다는 뜻이다.

쉽게 말하면 자신이 지지한 당선자가 매국노 후손인 줄도 모른 채 표를 던져 주고는, 자신의 의식은 매국노 후손들은 절대 찍어주면 안 된다고 말하는 것과 같은 이치라는 거다.

핏줄은 못 속인다. 매국노들은 나라를 팔아먹으면서까지 자기의 이득만 추구하는 극단적인 이기주의자들이라 절대 공공의 안녕과 국가의 중대사를 맡길 위인들이 아니다. 그러니까 절대 표를 주어서는 안 된다. 행여라도 그런 자들이 국가의 중대사를 다룰 위치에 있게 된다면, 그런 자들은 여전히 국민이나 나라의 안위보다 먼저 자신들 이득을 우선 생각할 것 아니겠는가도 생각해야 되는데 그렇지가 않다는 것이다.

매국노의 더러운 핏줄이 그 후손이라고 달라지겠느냐 하면서도 표를 주어 당선시키고는, 당선자가 매국노 후손임을 사전에 정확히 알아보지 못한 자신의 과오 따위는 별일 아닌 것처럼 치부해 버린다. 즉 권리를 행사하는 것은 환영할 일이지만, 권리를 행사한 다음의 책임 같은 것은 외면하는 경향이 문제라는 것이다. 권리를 행사한 다음에 이기적 상황이 벌어질 수 있는 건데 그런 점을 너무 가볍게 외면해 버리고 말기에 정말 큰 문제라는 것이다.

아시는 분들은 아시겠지만, 대한민국을 위해 피 흘린 국가유공자분들에 대해선 그분들의 문패에 국가유공자의 집이라는 표시로도 예우하고 있지요. 그렇듯 나라의 독립을 위해 헌신하신 독립유공자나 국가 전란 때 피 흘린 우리 조상님들의 훌륭한 전적은 어떤 식으로든 알려, 그 숭고하고 아름다운 뜻을 기리고 받드는 방식을 도모하려 하지만, 매국노 짓을 한 매국노 후손들의 문패에는 매국노 후손이라고 새겨놓지 않지요. 그렇듯 매국노 후손으로 감히 국민의 선택을 바라는 출마자들 역시 매국노 후손임을 밝히려 하지 않는다는 겁니다. 독립유공자나 국가유공자 선조들처럼 전혀 자랑스러운 일일 수 없을 테니까요.

드러내놓고 자랑할 수 없는 매국노 후손들의 속성에 입각해 선거의 성향을 추측해 보면, 매국노 후손들은 대부분 결정적 약점으로 작용할 수도 있는 조상의 과오를 어떻게든 감추며 은밀하게 꾸미는 모종의 계략을 관철시켜야 하기에, 좀 더 인기 있는 매국노 후손을 이용해 그 매국노 후광을 입고 은신하거나 처신하려 할 수도 있을 겁니다.

결정적 약점이 최대한 희석되거나 적게 작용해야 매국노 후손이라는 공통분모에 결집된 같은 종자들 중 인기 있는 종자의 영향력에 눈먼 표도 기대할 수 있고, 출마자들 스스로도 국민이 눈치채지 못하도록 속이는 것이 당연하다 여기는 전략에 속아, 투표권자들 역시 그들 스스로 출마자가 어떤 사람인지 세세히 알아보려 하는 편은 아니니까, 설령 그것이 국민을 기만하는 행위라 해도 수단과 방법을 다 동원해 속이고 감추며 오로지 당선만을 모색할 것 아니겠냐는 말이지요.

문패를 통해 예우를 표하는 국가유공자님들에 비추어 생각해 보지 않아도, 출마자들 스스로의 생각 자체가 조상이 창피해서 꼭꼭 숨겨야 하는 영원한 치부로 간주되니까 최대한 숨기려 하는 것 아니겠냐는 거지요.

상식적으로 생각해 봐도 매국노 후손임을 부끄러워하지 않는 자들은 뉘우침이 뭔지도 모르는 비이성적 성격의 소유자라 할 수밖에 없는 거니까요.

어차피 인간들의 판단하는 기준이나 근거는 과거의 전적 같은 저마다의 행적에 의해 결정되는 성향 아니겠어요. 그러니까 출마자들이 꼭꼭 숨기는 매국적 행위 같은 짓은 유권자 스스로 관심을 갖고 정확히 알아보아야 하는 중대 사안이기도 하지요. 그래야 피드백에 덜 당할 테니까.

선거 때만 국민의 종이라고 외칠 뿐 당선만 되면 임기 내내 국민을 종처럼 여기는 그들은 당신의 선택에 의해 당선되어 국록을 먹는 자들이지요. 만약 당신이 국록을 먹게 만들어 준 자들 중에 반드시 내쳐야 할 매국노 후손들이 득실거림으로 인해서, 반드시 국민이 주인이 되어야 하는 것임에도 불구하고 반대로 국민이 종이 되는 상황이라 해도 매국노 후손을 지지하시겠습니까?

아니겠지요. 매국노 후손이라는 사실이 결정적 치부임은 그들이 더 잘 알기에 무조건 숨기고자 하는 건데, 그러한 그들의 속셈마저 무시한 채 지지하지는 않겠지요. 같은 매국노 후손이라면 모를까.

투표권자는 출마자가 어떤 인물인지 정확히 알고 주권을 행사해야 함이 마땅하지만, 유권자들 역시 여러 이유로 출마자에 대해 제대로 알아보기 힘든 면이 있지요. 그런 관계로 매국노 후손인지도 모른 채 매국노 후손에게 표를 주는 우매한 결정으로 인해, 자랑스럽게 알릴 수 있는 국가유공자들의 고매한 정신처럼 본받기를 바라는 떳떳한 국민적 소산이 국가적 대세로 작용하지 못하고 있는 상태라면 매우 큰 일이지요. 그래도 당신이 무심히 결정한 한 표가 우리나라의 현재나 미래에 얼마만큼이나 큰 해악을 끼칠 수도 있는 건지는 대부분의 사람들이 생각하지 않는다는 거지요. 그렇기에 단순히 지역성 따위에 편중하거나 제대로 알아보지도 않고 표를 주는 사람은 반성해야 하는 거란 말이지요.

매국노 후손은 출마할 수 없다고 법으로 금지한다거나 약력에 반드시 누구나 쉽게 알아볼수록 크게 기입을 해놓는다면 큰 문제라 하지 않아도 되겠지요. 하지만 현재 우리나라에는 그런 제약이 없는 실정이지요. 그렇기 때문에 더러 극도로 이기적이거나 간악한 존재들은 속이고 감추며 기만할지언정 뉘우치지 않으려 하는 모습을 보일 수도 있는 것 아니겠어요. 그러니 지역성이나 호감 또는 사회적 인지도 따위에 현혹되지 말고, 유권자 스스로가 출마자가 어떤 인물인지를 보나 정확하게 파악해 선택을 해야 하는 책임도 자못 크다는 사실을 명확히 인지해야 한다는 거지요.

정신적 건강이나 정의감 같은 인성적인 부분들은 쉽게 진단할 수 없는 요인이지요. 하지만 인간다운 삶을 영위하고자 하는 공공의 가치로는 매우 중요한 요소들이지요. 그러니까 특별히 검증이 되어야 하는 중요한 사안이라 사료되지요. 국가의 중대사를 좌지우지하는 공공의 신분인 자들이 자신의 이득만을 위해 주관적 이기성을 발휘한다면 전례가 있듯 나라인들 못 팔아먹겠습니까. 그럴 경우 그들은 그 책임을 아마도 표를 준 지지자들에게도 전가할 겁니다. 알고 지지했든 모르고 지지했든, 국가 중대사를 결정하도록 표로 지지해 준 뜻에 따른 거라고 할 거란 말이지요. 그러니까 매국노 후손인지 아닌지, 성추행범 같은 범법자는 아닌지, 그리고 논문 조작 행위 같은 것으로 여러 사람을 기만하거나 속이는 불순한 자는 아닌지 등등, 국가 중대사를 맡을 적임자인지 아닌지를 잘 판단한 다음에 표를 주어야 한다는 거지요.

판단의 진단으로 회귀합니다.
임은, 임이 채용한 종에게
해고되어도 무방하다 여기나요.
당신이 선택한 당신의 종이
신분을 무기로 임을 해쳐도
연일 당하고만 있을 건가요.
단합의 힘으로 무능함을 심판하고,
선택의 표로 오만도 부수고,
선정의 패로 독단도 잘라내며,
검증의 정의로 부패도 깨트려,
무책임한 기만에 농락당하지 않는
지지의 의의를 빚어 빛나는
인물들을 역사의 종으로 쓰는
판단의 진단으로 회귀합니다.

"와인 한잔 할래요?"

여진의 제의를 거절할 이유가 없다.

"와~인까지 먹고 싶은데요."

기수는 순간적인 기지로 그대가 내게 오면 당신까지 품고 싶다는 의도로 와인이란 말의 여운을 비튼 것이다.

이제까지 없던 일이 발생했다. 작품의 영향인지도 모르겠다고 짐작할 뿐인 기수다.

두어 달 가까이 동거하던 어느 날, 우연히 포착된 시상에 의도가 적나라한 언어들로 구성한 문장이 완성되었다. 그러나 이러한 작품은 글을 쓴 의도가 왜곡되기 쉬운 문장이라 누구에게 보이기 좀 망설여진다. 겉으로 드러나는 작문식 형태로만 이해하면 작가의 마음이 너무 티 나는 것 같은 문장이라 그런 점이 맘에 걸린다. 하지만 은연중 그런 의도도 포함시키려 한 것이다. 그리하여 여진이 볼 수 있도록 냉장고 문에 붙여 두었다. 속으론 여진이 어찌 나올까 반응도 궁금했으니까.

식사하며 반주로 소주를 몇 잔씩 나눈 경우는 있다. 하지만 와인은 기분부터 다르다. 공연히 뭔가 다른 기대가 숨어있는 것 같다.

"아까 나나가 사온 거예요."

아침에 퇴근한 여진이 잠자는 데 방해될 것 같아 만화방에 갔다가 늦은 오후에 들어오니 나나가 거의 나체에 가까운 모습으로 여진과 냉커피를 마시고 있었다.

호진에게 들었던 대로 나나는 벗기를 좋아하는 스타일인가 보다. 남의 집에 놀러 와서도 훌훌 벗어 던진 채 남자가 들어와도 거리낌 없이 대하는 모양이.

"기수 씨 꿈이 시인이라며?"

첫눈에 나나의 모습이 너무 부담스러워 인사를 나누는 둥 마는 둥한 다음 방으로 피하려 하는데 기수를 불러, 어쩔 수 없이 나나 앞으로는 갔지만 막상 눈길 둘 곳이 없어 어쩔 줄 몰랐다. 나나는 그 점을 아는지 모르는지 오히려 다가앉으며 기수에 관해 물었다.

"예."

"보기와는 전혀 다르네."

기수가 머리를 끄덕이며 대답을 하자 나나는 자신의 느낌으로 판단했던 기수의 외형과는 많이 다르다고 말했다.

"어떻게 다른데요?"

은근히 관심이 생겼다. 나나는 기수를 어찌 보는지.

"맨입으로?"

농담이었다는 듯 한마디 툭 던지면서 호호 웃더니 몸을 뒤로 해 소파에 기대며 오른쪽 다리를 왼쪽 허벅지 위로 겹치는데, 잠자리 날개 같은 속옷 차림이라 잘 가려지지도 않는 팬티가 더더욱 드러난다. 하지만 아랑곳하지 않는다. 그런 태도가 익숙한 듯.

여진 역시 나나의 평소 행동을 잘 알고 있어선지 나나의 그런 행동을 개의치 않는다. 기수가 추측하건대 룸살롱에서 제공하는 숙소 생활을 같이하며 늘 그랬고, 같은 업종의 남자들과도 그런 식으로 스스럼없이 지내 왔기 때문에 전혀 문제될 것 없다고 여기나 보다.

"호진이는 잘 있죠?"

"우리 호 호빵은 맛나게 살지."

기수가 농담으로 받아들이며 호진의 안부를 묻자 평소에 애칭으로 사용하는 용어인지 호진을 '호 호빵'이라 칭하며 맛나게 산단다.

"맛나게 쪄 먹는 건 아니고요?"

호진의 자랑이 떠올라 이번엔 기수가 농담을 던졌다.

"호호호."

나나는 가볍게 웃으며 여진을 슬쩍 본다.

여진은 왜 자신을 보느냐는 표정으로 나나를 볼 뿐이다.

"그럼 전 이만."

잠시 대화가 끊기고 할 이야기도 없던 기수는 자리를 뜨고 싶었다. 특히 나나의 차림새가 신경 쓰여 일어나려 했다.

"아직 한 번도 못 했다며. 호호호."

그것이 관점이나 되는 듯 갑자기 나나가 둘의 관계를 폭로하듯 공개하더니 웃는다.

부끄러움 때문인지 무안함 때문인지 얼굴이 화끈하다.

"아이쿠, 밥통들."

나나는 손바닥도 마주쳐야 소리가 나는 거고 여자가 빼도 남자가 적극적이면 여자는 못 이기는 척 넘어가는 거라고 했다.

나나의 말투로는 기수가 소극적이라서 둘의 관계가 진전이 없다는 것 같다.

"난 기수 동생이 사내다운 남자라고 봤는데 아닌가 봐."

나나의 말을 들어보니 틀린 말도 아니라 기수는 항변도 못 하며 여진의 눈치를 슬그머니 살피는데 여진이 입을 연다.

"그게 아니야."

"아니긴. 이리 와 봐. 기분이 어때? 향기롭지? 만지고 싶지? 만지고 싶으면 참지 말고 만져봐."

여진의 말을 강력히 부인하며 일어선 나나는 갑자기 기수에게 다가가 안기더니 기수의 머리를 당겨 벌거벗은 거나 다름없는 자신의 가슴에 끌어안고는 기수의 손을 끌어다 자신의 엉덩이에 대며 정말 만지라고 종용했다.

"그만해."

나나의 행동이 심하다고 여겼는지 기수의 모습이 안쓰러웠는지 여진이 다가와 나나를 떼어낸다.

나나의 갑작스러운 뜻밖의 행동에 놀란 기수는 당황스러움이 쉬이 떨쳐지지 않아 그냥 멍한 모습으로 도로 앉게 되었다.

"남녀 사이는 오묘해서 육체 관계를 경험해 보지 않고는 다 알 수가 없는 거야, 동생. 그러니까 글로만 쓰지 말고 행동으로도 이행해 봐."

"알았으니까 그만 좀 해."

나나는 참을 수 없었다는 듯 여진도 힐책한다.

"너도 숙맥이지. 누구에게 빼앗기려고 아끼냐, 아끼길."

나나는 마음에 있는 말을 참지 못하는 성격인가 보다.

기수와 여진은 서로를 조심스럽게 대했다. 기수는 자신의 행동이 경망스러우면 행여라도 술집에 나가는 여자라고 함부로 대한다는 오해가 생길까 봐 예의를 갖추려 했고, 여진은 여진대로 직업상 싸구려로 보인다거나 난잡한 여자로 오인되는 것이 두려워 경계심을 갖고 있었다. 그러다 보니 적극성이 결여될 수밖에 없었다.

"혹시, 여자 경험 없는 건 아니겠지, 동생?"

여진이 말리자 자리에 앉은 나나는 문득 생각났다는 듯 의혹의 눈초리로 기수의 전신을 훑어간다.

여진의 눈초리도 정말 그럴까 하는 듯 기수를 향한다.

"그게 그렇게 중요한 사안입니까?"

"뭐야, 정말 신뻥이야? 와우, 아깝다."

여진은 기수의 태도에서 뭔가를 더 알아야겠다는 듯 시선을 옮기지 않고 있는데, 기수의 반응에서 나나는 자신의 짐작이 정확했다고 확신하는 듯 자신의 감정을 발산한다.

"서양에서 섹스라고 하는 말을 동양에선 왜 운우지락雲雨之樂이라고 표현하는지 동생은 아직 절감하지 못했구나. 그 맛을 모르니까 이제까지 뜸을 들이고 있는 거야. 호호."

나나는 자기 맘대로 추측해 곡해하면서도 스스로 만족도 하고, 자기 판단 위주로 결론까지 내며 본인 주장이 맞다고 선언한다.

생각나는 대로 툭툭 던지는 호진과 흡사하지만 나나는 호진만큼 무식하진 않은 것 같다. 그런 생각이 들자 호진을 통해 들은 이야기로 판단했던 나나에 대한 이제까지의 선입견이 조금 달라지기도 한다.

나나의 추측이 맞다고 정확하게 답한 것도 아닌데 무조건 맞는 걸로 굳히며 홀로 신이 난 나나의 결정을 깨버리고 싶지도 않은 기수는, 혼자 생각한 것을 혼자 정의해 결정해 버리는 나나의 판단에서 저런 사람도 있구나 깨닫는다.

나나는 다른 사람들의 의사나 견지는 간과한 채 오로지 자기중심적 사고만을 정수로 간주해 판단하고 결정하는 부류 같다.

"아직 모르나 본데, 동생, 섹스는 그냥 생활의 일부일 뿐이야. 그러니까 즐길 수 있을 때 맘껏 즐기는 거야. 늙었다고 생각해 봐. 하고 싶어도 못 할 거 아니야."

나나의 인생관을 읽을 수 있다.

"사랑, 개도 안 물어갈 용어야."

호진은 사랑에 중독된 사람처럼 나나와의 사랑에 빠진 다음엔 나나라는 이성의 육체에 중독되었다가 이젠 섹스에 중독된 것처럼 말하는데, 나나는 전혀 다른 개념으로 호진을 품고 있나 보다.

"호진이를 사랑하지 않으세요?"

"사랑하지."

나나는 당연히 사랑한다는 듯 기수의 질문에 즉시 반응한다.

개도 안 물어갈 사랑이라더니 금방 또 사랑한다느니 도무지 종잡을 수 없는 니니다.

"왜 이랬다저랬다 하니?"

여진도 묵과할 수 없는지 한마디 한다.

"내 말뜻은, 사랑은 그냥 물과 같은 거란 말이야."

나나는 확실한 자신만의 사랑 철학을 갖고 있는지 거침없이 자기

지론을 꺼내 놓는다.

인간은 어차피 사랑의 결과로 태어나기 때문에 반드시 사랑에 목마르게 되어 있다. 그래서 태생적으로 사랑이라는 물을 찾게 되어 있는 것이다. 또한, 그 강도는 다를 수 있겠지만 누구나 사랑에 목이 마르게 되기 때문에 어떤 식으로든 마실 수밖에 없는 동물이다.

자웅동체가 아니라 태생적으로 남자와 여자를 분리하여 본능적으로 사주하는 목마른 갈구를 그 무엇보다 간절하게 성취하도록 뜨겁고 아름답게 심어둔 채, 재량껏 보존하고 가꾸어 부족하면 갈증이 나고, 갈증이 나면 목이라도 축여야 하는 형태다. 그렇기 때문에 인간이 사랑하는 방식은 역사가 단절되지 않을 만큼 사랑에 빠지게 되어 있는 것이다.

사랑이라고 정의하는 인간의 감정은 목마른 감도에 따라 변하기도 한다. 사랑이라는 물 그 자체는 늘 순수하지만, 그 물을 마시는 인간의 성향에 의해 자체적 순수성을 변질시키기도 하기에, 꿀물로 느낄 때도 있고 맹물처럼 느낄 때도 있는 것이며, 더러는 흙탕물로 변질될 때도 있는 것이란 주장이다

옳고 그름을 따질 필요도 없고 나나의 주장에 동의할 이유가 없다고 여기는 기수는 나나의 새로운 면이 흥미로울 뿐이다.

"문학소녀였습니까?"

중·고교 시절에 문학 서적 좀 끼고 다니는 여자들을 우린 문학소녀라 한다. 하지만 기수는 단순히 문학 서적 좀 읽었다고 문학소녀니, 소년이니 하는 말에는 어폐가 있다고 생각한다. 그 이유는 문학이란 뜻이 국어사전에 정의된 대로 '글의 학문'이기 때문이다. 즉 문학소녀나

문학소년이라 하는 그 정의에 부합되는 사람이란 최소한 장르 고유 특성 같은 문학의 본질적 요소를 증명할 수 있는 학문적 기본 지식을 습득하는 과정에 있는 사람들에게나 해당되는 것 같아서다.

문학 서적을 읽으며 장르 고유 특성을 충족시킨 작품인지 아닌지 증명할 수 있는 지식은 단순히 책만 많이 읽는다고 터득되는 것이 아니다.

쉽게 시(운문)를 예로 들면 앞에 「일기」란 제목으로 쓴 여러 작품들이 있는데, 이 작품들이 시라는 장르 고유 특성을 충족시킨 작품인지 아닌지 증명할 수 있어야 문학소녀라는 말이 어울리는 거란 뜻이다.

아시다시피 현재 대한민국에서 사용하는 시라는 낱말에는 시라는 장르 고유 특성을 충족시킨 진짜 시와, 시라는 장르 고유 특성을 전혀 몰라도 누구나 쓸 수 있는 작문 문장이 포함되지요.

시와 작문은 비록 그 형태는 같지만 글을 쓰는 기법부터 다르기 때문에 분명히 다른 문장인데, 시와 작문을 분류할 줄 모른다면 시라 하기에도 창피한 작문이 시로 둔갑을 해도 그 잘못을 모를 것 아니겠어요.

시라는 장르 고유 특성을 충족시킨 시와 시라는 장르 고유 특성을 충족시키지 못한 작문은, 장르 고유 특성을 충족시킨 문장과 그렇지 못한 문장이라는 명확히 다른 학문적 변별성이 존재하기 때문에, 장르 고유 특성이라는 학문적 증거를 단서로 시라 하기에 부족한 작품인지 아닌지를 입증할 수 있어야 하는데, 장르 고유 특성을 몰라 진실을 구체적으로 증명하지 못하면 작문이 운문으로 둔갑하는 잘못이 발생을 해도, 그 잘못을 알 수 없는 거란 말이지요.

시는 세계 여러 나라에서 교육하는 세계 공통의 문학이고, 모든 문학 장르에는 전 세계 공통적으로 장르 고유 특성이 있으니까, 당연히 작문과 다른 시(운문)는 반드시 시라는 장르 고유 특성을 충족시킨 문장이어야 하는 거잖아요. 그렇지 않으면 시라 할 수 없는 거니까요. 작문이라면 몰라도.

　작문은 시라는 장르 고유 특성을 신경 쓰지 않고 완성해도 되는 문장이기 때문에 그저 시 형식만 빌어다 시 같은 문장만 만들면 되지만, 시는 반드시 시라는 장르 고유 특성을 충족시켜야 한다는 하나의 제약적 요소에 입각해 완성해야 하기 때문에 다를 수밖에 없는 문장이랍니다. 그렇기 때문에 문학소녀나 문학소년이란 지칭은 장르 고유 특성 같은 기본지식을 습득하는 과정의 사람들에게 어울리는 말 아니냐는 거지요.

　"한때는 문학소녀로 작가를 꿈꾸기도 했었지."

　나나의 답변이다.

　여진도 흥미로운 눈초리를 나나에게 던진다.

　기수는 나나가 사랑에 집착해본 사람처럼 사랑에 관한 나름의 논리를 정립하고 있자 상당히 감성적인 부분이 있을 거라 짐작되었다. 그리고 얼마 전 영등포의 어느 다방에서 나나처럼 문학에 관심 많은 마담과 오랜 시간 대화를 나눈 적이 있는데, 나나 이야기를 들으며 그 마담이 떠올라 문학소녀를 입에 올리게 되었다. 그러고 보니 나나와 영등포에서 다방을 운영하는 마담에게 느껴지는 두 여자의 성향이 비슷한 것 같다.

　"글도 좀 써 보았겠네요."

"호호, 글쎄, 뜻대로 되는 게 아니니까."

기수의 질문에 나나는 소녀적 감성이 새롭게 돋아나는지 태도도 조금 바로잡은 자세로 말도 다소곳하게 한다.

"혹시 지금도 가끔?"

기수는 호기심이 무럭무럭 피어오르며 문득 나나의 꿈도 자신과 비슷한 것 아닐까 싶어 물었다.

"아니야, 지금은 아니야."

쓰고 싶어도 쓸 수 없다는 나나의 답변이다. 기수는 그 말 속에 언젠가는 다시 쓰겠다는 의지가 포함되었다고 느낀다.

영등포에서 만났던 당시 오십 줄의 그 마담도 그랬다. 자신의 인생 자체가 몇 권의 소설 같은데 막상 쓰려 하면 아직도 뜻한 대로 써지질 않는다고. 그래서 다시 영등포 지역 문학회에 가입해 공부 중이라 했다.

기수는 소설을 쓰고 싶다는 그 마담에게 그랬다. 자신은 시만 쓸 생각이지 소설은 쓸 생각이 없어 소설에 대한 공부도 전혀 하지 않는다고.

기수는 오로지 시에 대한 관심뿐이지 소설이나 다른 장르에는 관심이 없다. 사실 시라는 장르만 공부하기에도 벅차다. 시라는 장르에 대해 연구하고 분석하고 터득해야 할 지식이 워낙 방대하기에.

시는 소설보다 역사가 훨씬 오래되어 기본적으로 알아야 하는 것만 해도 엄청나다. 간단히 예를 들면 연대마저 정확하지 않은 고시故詩부터, 천 년도 넘은 고려 시대, 조선 시대를 거치며 한가락 했다는 유명 선조들이 남기신 작품을 비롯해 현대시에 이르기까지, 그 작품수를 다 헤아리기조차 어려울 만큼 어마어마하게 많아 다 연구해 볼 수는 없겠지만, 가능한 한 시라는 장르 고유 특성을 충족시킨 작품만큼은 최대한 찾아내야 하는 것 아니겠는가, 라고 생각하는 기수다.

작문과 다른 시를 명확히 구분하려면 시와 형식이 같은 시조도 연구해 봐야 하고 가사도 연구해 보아야 한다. 더불어 중국 시도 연구해 보아야 한다. 중국 시는 또 얼마나 많은가. 그중에 시라는 장르 고유 특성을 충족시킨 시 몇 편은 찾아보아야 하지 않겠는가. 작문과 다른 시로 시인의 경지를 증명해야 하니까.

시는 세계 공통의 문학이고 모든 문학 장르에는 세계 공통적으로 장르 고유 특성이 있으니까 최소한 오랜 전통을 자랑하는 영시도 어느 정도는 연구해 보아야 한다고 사료된다.

오랜 전통만큼 많은 영국 시인들 중 단 몇십 명의 작품을 연구하는 데 그치더라도, 세계 공통인 장르 고유 특성에 입각해 비교해 보아야 진실을 증명할 수 있을 것 아니겠는가. 그리고 영국 못지 않은 중국의 많은 시인들 중 그들이 남긴 작품을 통해 우리 선조들 작품 수준 같은 것도 정확히 증명해 보아야 한다. 이러다 보면 다른 장르에 눈을 돌릴 여유가 없을 것 같아 오로지 시 하나만 집중적으로 공부하려는 것이다.

"제가 쓴 글에 대한 소감은 피력할 수 있지 않겠어요?"

기수는 나나에 대한 관심이 부쩍 커졌다. 같은 길을 걷는 동료의식은 아니더라도 취향이 비슷하다는 기호 하나만으로도 관심이 더 갔다. 그래서 문학에 대한 나나의 의향을 자꾸 캐려 했다.

"시에 대해 잘은 모르지만 어떤 건 너무 어려워."

여러 사람들로부터 항상 듣는 평이다. 그러기에 기수는 그저 머릴 끄덕인다. 이럴 때마다 자신의 두뇌에 생성되는 말로 시와 작문의 변별성을 누누이 얘기해 문학적 진실을 이해시키려 해 보았지만, 실효성을 느끼지 못했기 때문에 이젠 이해시키려 하지도 않는다.

나나가 볼 때 현재 대한민국의 실정상 작가로의 인지도를 획득하는 방법은 작품성이나 문학성 같은 고차원적 품격이 아니라 단순히 인기라고 생각한단다. 그러니까 기수도 성공하기 위해서는 쉽게 쓰라고 하는 충고다.

나나가 작품이 너무 어렵다고 한 뜻은 결국 기수의 작품은 대중성이 떨어지기 때문에 인기를 끌 수 없다는 결론인 것이다.

인기를 끌 수 없다는 뜻은 곧 인지도를 획득하기 어렵다는 의미로 통한다. 고로 나나가 판단하는 현재의 기수는 시인으로 성공하기 어렵다는 선고다.

본능의 틀을 벗을 수 없는

소산의 향기에 지배되어

정비적 공감을 따지요.

눈이 먼저 사로잡히는

사랑의 배알이 그러하듯,

우리가 만나는 생리의

결정은 벌과 꽃처럼

당기는 상대에게 끌려,

본연의 마음 편해지게

작용하는 기도에 적응하려

성찰의 고리로 용솟는

본질의 틀을 못 벗게

지배하는 향유에 근원적

공지의 정열을 따지요.

기수와 여진은 첫 대면부터 어색했지만 동거한 후 어느 순간부터 서로를 조금 불편하게 의식하게 되었다. 아마 자위행위를 들키고부터 좀 더 강했던 것 같다. 그러다 나나가 불쑥 찾아와 분위기를 바꾸고 가서 그런지 기수는 여진이 뭔가 변했다고 느꼈다.

나나가 돌아간 후 여진은 하루 쉬고 싶다며 기수에게 영화도 한 편 보고 외식을 하자고 했다.

남들처럼 정식 데이트를 하자는 뜻으로 받아들인 기수는 자신의 방으로 들어와 외출 준비를 고민하다 여진과의 첫 데이트이므로 특별한 날 주로 입는 신사복을 입었다.

'짜식, 옷걸이 괜찮단 말이야.'

거울에 비추어 보며 자신의 모습에 취해, 스스로 자신은 정장 스타일이라고 단정하며 나오니, 여진은 굴곡이 여실히 드러나는 빨간색 원피스 차림으로 그녀의 방을 나선다.

"와우!"

처음 보는 옷차림인데 너무 예뻐서 저절로 탄성이 입에 붙는다.

"나 어때, 봐줄 만 해?"

여자들은 대부분 여진처럼 이미 표현된 상대의 놀라움을 감지하고도 다시 칭찬이나 달콤한 소리를 듣고 싶어하는 경향이 있는 것 같다.

"너무 아름다우셔서 눈이 있는 짐승들은 다 침을 흘리겠어요."

여자에게 예쁘다, 사랑한다, 아름답다 등등의 말은 듣고 또 들어도 질리지 않는 말이라고 배웠다. 그러니까 앞으로 연애를 하든, 결혼을 하든, 정말 사랑하는 여자를 만나거든 자주 속삭여라. 사랑에 빠진 연인이 원하는 말은 하면 할수록 남는 장사지 결코 손해 볼 것 없는 장사니까 자주 강하게 속삭이라고 했던, 영등포 다방에서 만났던 마담의 조언이 스쳐 간다.

"고마워 동생. 아니, 기수 씨."

나나가 동생, 동생 했던 말이 여운처럼 귓전에 남아 있어 불쑥 동생이라는 말이 튀어나왔는지 부지불식간에 동생이라 했다가 얼른 바꾼다.

기수 생각에 호칭은 그다지 중요한 것 같지 않은데 얼굴이 조금 붉어지는 것이 여진은 다른가 보다.

남자보다는 여자가 분위기에 약하다고 하는데, 그것은 남자는 육체적 접촉을 지향하는 욕구가 더 강한 성향이고, 여자는 정신적 접촉을 지향하는 욕구가 더 강한 성향이기 때문에 그런 거라 진단하는 기수다. 특히 정신적 교감을 강하게 추구하는 여진이 대표적 사례라 여기기에 자신이 쓰는 시를 통해 이젠 어느 정도 정신적 교감이 통한 거라 생각한다. 그렇지 않다면 여진이 이렇게 달라진 모습을 보일 리 없을 테니까.

"누님!"

기수의 방문을 노크한 후 나오기를 기다리고 있는 여진을 본 기수는 조금 놀랐다. 남의 집에서도 마음 편하게 훌훌 벗어 던진 채 거리낌 없이 남자와 대화하던 나나의 옷차림과 흡사 해서다.

술 한잔 더 하고 싶어서, 라고 말한 후 먼저 돌아서 살랑살랑 걷는 여진의 뒤태가 시선을 사로잡는다. 속이 훤히 비치는 야시시한 옷차림에 가려지지 않는 통통한 엉덩이가 기수의 가슴을 뛰게도 한다.

말복의 절기는 가을 쪽으로 바뀌어 가는 계절이지만, 아직은 시원한 물이나 그늘이 훨씬 좋은 뜨거운 여름이다. 숲이 멋지게 우거진 계곡의 흐르는 물속에 앉아 시원하게 냉각된 수박을 안주로 맥주나 마시며 발장구나 치고 싶은 날, 참기 어려운 열기를 발산하는 여름의 태양처럼 작열할 듯 비추는 여진의 자태에 신경을 쓰며, 로맨틱 코미디 장르의 영화도 보고 레스토랑에서 식사하며 포도주도 한잔 하고 귀가했다.

처음엔 밋밋한 관계 그대로 조금 어색했지만, 계단처럼 조금 어두운 극장 속 위험요소들과 마주했을 때 자연스럽게 손을 잡아주는 기수의 배려에, 차츰 익숙해질 만큼 익숙해진 연인들처럼 다정히 손을 잡고 걷다 갑자기 마구 흔드는 장난도 치는가 하면 조용히 팔짱을 끼거나 이깨동무를 한 채 서로를 느끼기도 했다. 나름 멋진 데이트를 즐긴 후 돌아와 씻은 다음, 여진과 좀 더 시간을 가지려 했던 기수인데 여진이 먼저 불러내는 차림새나 분위기가 아주 달랐다.

"고마워!"

향초가 켜진 거실 탁자에 놓여있는 잔과 포도주를 보니 미리 준비한 다음 기수를 부른 것이고, 기수가 앉자 거실의 전등을 소등하는 여진의 행동은 사전에 의도된 계획의 일환인 것 같은데, 뭐가 고맙다는 것인지는 감이 잡히질 않아 되묻자 여진은 전부 다 고맙단다.

기수는 숙식을 제공하고 책도 많이 보게 해주며 공부도 할 수 있게 해주는 여진에게 많은 고마움을 느낄 뿐이지, 자신은 여진에게 베푼 것이 없는 것 같아 결코 그렇지 않다며 오히려 자신이 감사하다는 마음을 솔직히 털어놓는다.

"분위기 어때?"

여진은 공연한 공치사로 분위기 깨고 싶지 않은 듯 말을 돌린다.

향기로운 향초의 내음도 그대의 향기만은 못하지요,
달콤하기 그지없는 포도주의 맛도 그대로부터 느끼는 감흥만은 못하지요.
그대는 감미로운 전율에 몸부림치게 하는 사람,
나를 때때로 물들게 하는 그대의 아름다움에 감동된 이 내 영혼이 찾는
사랑의 안식처,
태어나며 정해진 운명처럼 저절로 그대에게 쏠리는 솔직한 이 마음
그대로,
그대에게 흠뻑 빠져 헤어날 수 없는 흠모의 띠를 짙게 해 주지요.

가슴골이 훤히 드러난 여진의 자태와 분위기를 강조하는 말에서 어떤 의도를 감지한 기수는 그냥 떠오르는 대로 토해냈다. 그런 후 포도주로 목을 축이며 여진을 보니 몽롱한 시선으로 잔재된 여운을 즐기는 모양이다.

사전 준비 없이 그저 생각나는 대로 주절댔지만, 시나브로 조성된 분위기에 녹아들어 그런지 자신이 돌아봐도 제법 여진이 듣기 좋은 문장을 지어낸 것 같다.

"축하해. 거사를 멋지게 치렀다며."

나나가 놀러 오는 횟수가 많아졌다. 명목은 기수가 여진에게 쓴 글을 보고 싶어서란다.

공연한 쑥스러움에 기수는 머리만 가볍게 숙여 인사를 하는데, 거실로 들어선 나나는 거침없이 옷을 벗어 던진다.

"기수 씨도 냉커피 같이 할래요?"

여진은 여전히 나나의 행동은 개의치 않는 듯 나나가 즐기는 음료를 준비할 테니 함께 하겠냐고 묻는다.

"그래, 이리 와서 같이 얘기 좀 해."

나나는 외간 남자 앞에서도 스스럼없이 탈의한 자신의 모습으로 인해 남자가 난처해 할 거라고는 생각지 않는지, 손을 올려 드러나는 겨드랑이털까지 보이며 기수를 향해 손을 뻗는다.

여진도 분명 알고 있을 것이다. 기수가 내색만 않을 뿐이라는 걸.

나나는 늘 노브라인가 보다. 처음 왔던 그날도 그랬다. 오늘 역시 속이 훤히 비치는 잠자리 날개 같은 옷으로 몸이 거의 다 드러나다시피 해 더더욱 선정적인 자태. 이러한 여체를 대하며 흔들리는 모습과 슬쩍슬쩍 은밀히 훑어보는 기수의 눈길에서 어느 정도 동요하고 있음을 읽을 수 있었다 했던 여진이다. 해서 자신도 그런 자태로 유혹하려 속이 비치는 복장을 했다고 했었다.

나나는 평소에 늘 유지하는 자연스러운 자태라지만, 호진이 섹스 중독자가 될 만큼 남자를 미치게 만드는 나나의 굴곡진 육체의 아름다움에 대해선 여진이 기수보다 더 잘 알 것이다.

여진은 나나가 자신보다 가슴도 더 풍만하고 육체도 늘씬한 편이라는 것을 안다. 나나의 벗은 모습을 보면 여진도 충동을 느낄 만큼 섹시하다 할 정도였으니까.

나나는 같은 여자가 봐도 탐나는 아름다운 육체이고, 그런 육체가 눈앞에서 아른거리는데 젊디젊은 사내가 그런 상황에서 전혀 동요가 없다면 남자일 수 없는 것 아니겠냐는 자신의 견지를 비추기도 했었다. 그런데 왜 여진은 조용히 주시만 하는지 모르겠다.

나나에 대한 여진의 말은 기수를 많이 이해하고자 한다는 의미로도 해석되었다. 한편으론 영혼을 들킨 것 같아 부끄러웠던 기수다. 실제 그랬으니까. 그러나 의문은 왜 여진이 나나의 행동을 말리지 않는 것인지에 대해서이다.

기수는 자신이 불편해할 걸 뻔히 알면서도 반복하는 나나의 행동을 방치하는 여진의 저의를 모르겠다. 물론 여진과 나나는 그녀들이 함께한 기숙사 생활에서 익히 몸에 밴 행동이고, 그곳에 종사하는 남자들과의 관계 역시 늘 그러했기에 기수 역시 이미 물들어 있으리라 여기는 것이겠지만, 기수가 흔들리는 것을 봤다고 하면서도 주의조차 주지 않는 여진의 마음을 도무지 이해하지 못하겠다.

한때 문학소녀였으며 소설가를 꿈꾸었다던 나나와 영등포 다방에서 일하는 마담에게서 기수가 발견한 하나의 공통점은, 소설가는 체험을 많이 해야 한다는 견해를 갖고 있다는 것이다. 남자를 잘 알려면 여러 남자와 사랑을 해 보아야 한다는 식으로 말이다.

기수는 그녀들의 주장에 동의하지 않는다. 여행을 많이 하며 여행에 관한 글을 쓰는 사람은 여행 작가밖에 안 되는 거 아니겠는가.

소설이나 시 같은 정통 문학은 여행글처럼 자신이 직접 경험한 체험을 글이라는 도구를 이용해 단순히 백지 위에 펼쳐 놓는 행위가 아니다.

앞에서도 말했다시피 문학이란 세계 공통의 장르이고, 모든 문학 장르에는 세계 공통적으로 장르 고유 특성이 존재하기 때문에, 단순히 사랑을 경험하며 얻은 감상이나 체득한 자신의 느낌 따위를 서술하거나 묘사하는 행위에 그치는 문장이 아니라는 뜻이다. 그 정도의 문장은 어느 정도 습작 과정을 거친 아마추어들도 충분히 완성할 수 있는 수준에 불과한 거니까.

소설이라는 문학작품이 만약 가정사나 개인사 같은 것을 단순히 흥미 위주나 감성을 자극할 수 있는 성향으로 구성하기만 하면 되는 문장에 지나지 않는 거라면, 작품성이나 예술성 같은 문학적 가치도 그저 인기나 감동적 문구 따위에 좌우될 것 아니겠는가. 즉, 이러한 결과는 장르 고유 특성 같은 기본적 지식이 없이도 쓸 수 있는 형태이기 때문에 전문성이 결여된 수준에 머물 수밖에 없다. 그렇기 때문에 소설가도 작품 속에서 진정 소설가의 경지에 도달한 작품성으로 그 경지를 증명해야 하는 것이라고 생각하는 기수다.

남들은 돈을 벌려면 소설을 써야 한다고 권하지만, 기수가 소설은 쓰지 않고 시만 쓰는 이유가 여기에 있다.

　나나가 기수의 작품이 어렵다고 하는 것처럼 남들이 기수의 작품을 어렵다고 하는 본질적 이유를 기수는 잘 안다. 자신은 시를 써도 시라는 장르 고유 특성을 항상 염두에 두고 그 특성에 부합되도록 완성하기 때문에, 시라는 장르 고유 특성을 증명할 줄 모르는 사람들은 어려울 수밖에 없다.

　이러한 기본적인 문제가 있기 때문에 만약 기수가 소설을 쓴다 해도 작품을 보면 또 어렵다고 할 것이다. 기수는 소설 역시 세계 공통적으로 존재하는 장르 고유 특성에 입각해 완성해야 한다고 믿으니까.

　소설가나 시인이라는 특별한 사회적 신분을 획득한 사람이 소설이나 시집을 출간했는데, 그 소설이나 시집 속에 작품이 소설이나 시라는 장르 고유 특성도 충족시키지 못한 수준이라고 생각해 보자. 소설가나 시인으로 감히 얼굴이나 들 수 있겠는가.

　시인이나 소설가 같은 특별한 사회적 호칭은 전문적 경지의 작가임을 보증하는 것이기에 그런 타이틀을 갖지 않은 사람과 다른 경지를 증명해 달라고 붙여준 이름이지, 결코 문학예술의 기본인 장르 고유 특성도 증명하지 못하는 일반적 수준으로 완성한 평범한 작품을 출간하라고 부여하는 것이 아니라고 생각한다는 것이다.

　시는 세계 여러 나라에서 교육하는 세계 공통의 문학이고, 모든 문학 장르에는 세계 공통적으로 장르 고유 특성이 존재한다는 사실은 누구나 다 아는 거니까, 상식적으로 시인이나 소설가 같은 전문가라면 장르 고유 특성 같은 문학적 기본 지식을 먼저 증명할 수 있어야 함이 당연한 것이다.

　기수는 개인적으로 작금의 대한민국처럼 소설을 허구라고 가르치며 소설의 특징 중 하나가 '허구'라고 가르치는 지식은 대단히 잘못된 왜곡이라고 생각한다.

　앞에서도 말했지만, 소설이라는 문학작품은 단순히 감동이나 감흥 같은 자극적 형태로 완성하기만 하면 되는 문장이 아니기 때문이다.

　감동적인 가족사나 개인사 같은 인생 이야기를 자극적 형태로 완성하는 방식은, 소설가라는 전문가적 경지에 도달하기 위해 부단히 노력하는 습작 단계의 사람들도 얼마든지 할 수 있는 수준이기 때문에 진정 경지에 도달한 소설 작품이라 할 수 없는 것이다.

　진정 경지에 도달한 소설가라면 자신이 출간한 작품 속에서 습작 단계를 탈피했다는 구체적인 증거로 입증해야 진정 소설가 경지에 도달했다는 사실이 증명되는 것이지요. 진정한 소설가로의 역량이나 실력을 의심받기 싫으면 반드시 그 경지를 증명해야 하는 거란 말이지요. 그렇기 때문에 습작 단계도 탈피하지 못한 작품과 습작 단계를 탈피했음이 증명되는 작품을 반드시 분류할 줄 알아야 하는 거지요. 즉, 장르 고유 특성을 충족시킨 시(운문)나 소설 같은 문학작품이, 장르 고유 특성을 충족시키지 못한 일반적인 작품보다 어려운 이유가 여기에 있다는 뜻이지요.

　문학적 기본 지식에 불과한 장르 고유 특성도 증명하지 못하는 사람들은 늘 문학적 기본도 증명하지 못하는 그 정도 지식을 전제로 생각하기 때문에, 자기가 진실이라고 믿는 상투적 지식에 갇혀 이해하기 힘들고 어렵다고만 할 뿐이지, 어려운 이유나 어려울 수밖에 없는 작품성 같은 진리적 진실은 등한시하는 편이니까요.

"좀 쉽게 쓰라니까 여전히 어렵게 쓰네."

대중들이 이해하지 못하는 이런 문장도 시라 할 수 있는 거냐는 힐책인지, 자신의 역량으로 어떤 의미를 파악하란 것인지 알 수 없어 어렵다는 투정인지, 나나는 자기만의 어떤 기대치를 갖고 있었다는 듯 냉장고에서 떼어 온 작품을 읽고 시에 대한 자신의 견해를 피력한다.

아직 호진이도 모르는 얘기라며 솔직히 대학교에 다니다 말았다는 나나는, 학창시절 문학담당 교수가 과제로 시를 써 오라 해 시를 써 가면 소설 같다고 했고, 소설을 써 오라 해 소설을 써 가면 마치 시 같다고 해 자신도 자신의 작품에 대해 의문이 들곤 했단다.

기수는 혼자 장르 고유 특성 같은 문학적 기본 지식을 증명할 줄 알면 절대 그럴 리 없는 건데, 하고 생각하지만, 대중적인 작품은 예술성이나 작품성 같은 것보다 무조건 대중성이 뛰어나야 한다고 주장하는 나나에게 장르 고유 특성 같은 전문적 지식을 동원해 설득시키려 한다고 설득될 것 같지 않아 미소만 보이고 만다. 더구나 최근에 쓴 작품들은 항상 여진을 염두에 두고 쓴 것들이기 때문에 수준이 떨어진다. 그럴 수밖에 없는 이유는 가능한 한 여진이 좀 더 이해할 수 있도록 쉬운 언어들을 선택하려 했고, 기수가 지닌 목적을 드러내기 위해 의도적으로 곡해하거나 왜곡할 소지의 문맥들을 완성하기도 했기 때문이다. 그런데도 어렵다고 하는데 과연 이해시키려 한다고 이해할까 의문스러워 말하고 싶지 않았다.

생각해 보자. 작문과 다른 시(운문)를 쓰려면 반드시 시라는 장르 고유 특성에 입각해 써야 한다. 시라는 장르 고유 특성에 입각해 쓴 문장이 어찌 소설 같을 수가 있겠으며, 소설이라는 장르 고유 특성에 입각해 완성한 문장이 어찌 시 같을 수가 있겠는가. 장르 고유 특성을 전혀 모르지 않는 한 그럴 수가 없다고 단정하는 기수다. 그렇기 때문에 이해시키는 데 어려움이 예상되어 수긍할 때까지 세세히 설명하기가 싫다. 더구나 지금까지의 기수의 경험에 비추어 보면 대학까지 다니다 말았다는 사실을 밝힐 정도로 나름의 자부심도 있으니, 분명 자신이 습득하고 있는 지식을 진리로 믿는 만큼 강하게 반발하는 논리를 고집할 것이다. 그래서 많이 힘들 것이라 예상된다. 다른 사람들도 그랬으니까.

나나가 이제까지 감추었던 학벌까지 밝히는 저의는 자신이 습득하고 있는 공인된 지식수준이 결코 하찮지 않다는 선언인 동시에 그 지식을 소양으로 판단하는 자신의 역량 또한 남에게 뒤지지 않는다는 뜻이라고 접수하며, 나나가 왜 대학을 중도에 그만두고 현재의 길로 들어섰는지에 관심이 가 그 사연이 더 궁금하다. 하지만 그래도 나름의 전문지식이 있는 상대와 규명하는 진실 공방에 대해서도 생각해 보게 한다. 옥신각신 서로가 진실로 믿는 지식을 전제로 옳고 그름을 주장하는 대화에서는 늘 배울 점이 있음을 잘 알아서이다.

기수의 생각을 단순하게 말하면 시나 소설 같은 문학작품은 일반적인 작품과는 글을 쓰는 기법부터 분명히 차별적이기 때문에, 소설이라 쓴 작품이 소설 같기는 하지만 소설가의 소설이라 하기에는 부족하다. 또는 시 같은 문장이기는 하지만 시라고 하기에는 부족한 수준이라 시라고 할 수 없다. 작문이라면 몰라도, 라는 정도의 말은 수긍할 수 있다. 하지만 엄연히 장르별 고유 특성이 있는데 어찌 소설과 시라는 분명히 다른 장르의 경계를 넘나들 수 있다는 것인지 모르겠다는 뜻이다.

"다니던 대학은 왜 중도에 포기했어요?"

가정형편이 갑자기 기울어 어쩔 수 없었다는 등의 피치 못할 사정이 있지 않은 한 여자들이 중도에 대학을 포기하는 경우는 극히 드문 걸로 아는 기수는 결국 궁금증을 참지 못하는 방향으로 대화를 바꾸었다.

"어유, 기지배."

조용히 그저 남이 하는 얘기를 듣는 편인 여진도 몰랐었는지 여진이 표현할 수 있는 관심으로 심사를 드러낸다.

"빌어먹을 놈의 사랑 때문이지, 뭐."

추억을 떠올리자 갑자기 몸에 열이 확 오르는지 상의를 거의 가슴이 드러날 정도로 홀러덩 까 내리는 나나다.

사랑은 그저 필요할 때 목을 축이는 거라더니 당시에는 그렇지 않았나 보다.

사람들은 대부분 그렇다. 경험을 통해 달라지는 지론 따위는 묵과하는 경향이다.

"다들 과거의 사랑이 문제구나."

별 말이 없던 여진의 대꾸는 이들과 같은 업종에 종사하는 많은 수의 여자들이 사랑 때문에 이 길을 걷게 되었다는 추측을 하게 한다.

누구에게 들었는지 어디서 읽었는지 정확하진 않지만, 담배를 피우는 여자는 대부분이 첫 경험(섹스)을 한 후 이별이 도래한 다음 담배를 피우게 되고 술 마시는 것도 배우게 되는 거라는 정확하지 않은 얘기가 스치며, 나나도 짐작컨대 비슷한 맥락이지 않나 싶다.

사랑은 막 시작하며 걷잡을 수 없이 빠져드는 시기가 가장 아름답고 행복하다. 그 시기에 느끼는 그 감정, 그 순간순간에 지배되는 짜릿함 같은 것들은 정말 말로 다 설명할 수도 없을 뿐만 아니라 글로도 다 표현할 수도 없을 만큼 벅차고, 환희롭고, 위대하고, 고상하게 영롱하더라는 나나다.

남자는 어떤지 모르지만, 그 시기의 여자는 두뇌에서 화산이 폭발하는 것처럼, 소녀적 감성으로 막연히 아름답고 행복하게만 그려보던 상상이 실제로 도래한 듯, 저절로 분출하는 뜨거운 영혼의 마그마 같은 전율이 전신을 지배하는 만큼 동화되기에 목숨을 바쳐서라도 그 감흥을 지키고 싶은 감동의 물결이었단다.

자가당착이었는지는 모르지만, 대학에 입학한 지 얼마 되지 않아 정말 멋진 선배를 사귀게 되었고, 그가 소문난 바람둥이인지 몰랐지만 나나는 정말 열정적인 사랑에 빠졌었단다.

기수는 나나가 자기모순이라는 뜻으로 인용하는 고사성어故事成語 자가당착自家撞着에 대해 의문을 가진다.

우리가 일반적으로 알고 있는 자가당착의 한자 뜻은 정말 국어사전에 등재된 그대로 '자기모순'이라는 의미가 맞는 거냐는 뜻이다.

자가당착의 '자自' 자는 '스스로 자' 외에도 '좇을 자, 몸소 자, 저절로 자' 등등으로 쓰이고, '가家' 자는 1자 2음으로 '집 가, 속 가, 학파 가, 남편 가, 가문 가' 외에도 '계집 고'자로도 쓰인다. 그리고 '당撞' 자는 '칠 당, 두드릴 당, 지 찧을 당, 부딪칠 당'으로 쓰이는 글자다. 또한, '착着' 자는 1자 2음으로 '부딪칠 착, 입을 착, 둘 착'뿐만 아니라 '나타날

저, 이름이 높아질 저, 널리 알려질 저, 품계 저, 글 지을 저'로도 쓰이는 한자다. 즉, 이렇게 다양하게 활용되는 한자의 특성상 현재 국어사전에 등재된 그대로 자기모순이라는 뜻으로 정의되는 자가당착의 해석에 동의할 수 없다. 옳지 않다고 여기니까.

기수는 현재 자가당착이라고 읽는 고사성어의 한글 해석은 차라리 '자가당저自家撞着'가 아닐지에 대해서도 연구해 보았다. 앞에서 제시했듯 '착着' 자는 1자 2음이고, 2음인 '글 지을 저' 자로 하면, '좇을 자自, 집 가家, 두드릴 당撞, 글 지을 저着'가 되니까, '좇는 집을 두드려 글 지음'이라는 뜻이 된다. 물론 여기에서의 집은 자신의 소양의 정도가 형상화된 집이다.

사람에게는 본능적으로 끌리는 호감이나 솔깃하게 쏠리는 감흥 같은 것이 있어서 자기가 좋아하는 어떤 것을 좇게 되는 성향이 있다. 그 성향은 전문적으로 공부하고 연구하는 경우 그 폭이나 깊이가 확대되도록 두드려 보고, 그렇게 알아가며 진실이라 여기는 깨달음 같은 것들을 기록한다. 이러한 인간의 속성을 근원적 시각에서 보면 인간들의 정신세계 자체가 개개인이 '좇는 집을 두드려 글을 짓는다.'라고 표현해도 되지 않을까 싶어 생각해 본 것이다.

하지만 이러한 해석은 글을 짓는 기수 자신에게 너무 빗대어 생각하는 거라 여겨진다. 하여 '自家撞着'을 한글로 '자가당착'이라 하려면 그 의미도 자기모순이라는 뜻이 아니라 '스스로의 집을 두드려 입음' 정도로 해야 하지 않을까 한다. 그리고 '집 가'를 '남편 가'나 '가문 가', 또는 '학파 가'로 해석해 보기도 했다. 하지만 근원적 시각에서 볼 때 인간의 속성은 개개인들의 것처럼 인지된 '스스로의 집(소양의 집) 그 두드림을 입는' 형국이라 사료되며, 나아가서는 이렇게 해석하는 것이 고사성어의 의미에 가장 부합되는 해석이라 여겨져 후자가 가장 합당한 것이라는 결론을 내렸다.

우리는 자신이 사용하는 언어가 정확히 맞는지 틀린지 확인하지 않은 채 그저 배우면 배운 대로 그렇다면 그런 건 줄 알고 쓰는 정도다.

구체적인 예로서 자가당착自家撞着 같은 고서성어를 말하는 것이다. 물론 당연하다고 믿기에 그러는 것이라는 사실을 모르지 않는다. 기수 자신도 그랬었으니까. 그러나 자가당착에 대한 앞의 설명처럼 현재 알고 있는 지식이 사실과 다를 수도 있는 것 아니냐는 것이다.

만약 다르다면 가능한 한 바로 알고 쓰는 것이 당연한 것이고, 지식이라는 우리의 소양의 집이 반드시 정상적인 진실을 추구하는 형태로 지어져야 하는 거라면, 잘못이 있으면 규명해 바로잡아가는 방식으로 전개되어야 하는 것 아니겠어요.

설령 우리가 진리적 진실의 뿌리처럼 여기는 국어사전에 잘못 등재된 정의가 있다면 국어사전도 바로 잡는 연구 분석이 이루어져야 하는 것 아니냐는 뜻이랍니다.

앞에 제시한 자가당착의 의미가 단순히 자기모순을 뜻하는 사자성어가 아니라, 기수가 연구 분석한 의미처럼 인간들은 모두 타고난 본 능으로 다 다른 개개인이 천성에 지배되는 편이라, 누구의 간섭이나 영향도 받지 않은 채 자발적으로 좇는 집(예를 들어, 소설가면 소설가적 자질로 지어지는 소설가의 집, 시인이면 시인적 자질로 만들어지는 시인의 집, 화가면 화가의 자질로 여기는 집)이 있어, 인간들은 모두 그렇게 타고난 개개인의 집(기호나 취향 같은 것이 형상화된 집이란 의미도 포함해)을 두드려 자기 것으로 입으려(시인이면 시인이라는 사회적 신분의 옷을 입는 것처럼) 하는 성향이니까, 고사성어라면 고사성어에 부합되는 의미를 연구하여 보다 정확하고 바른 뜻을 사용해야 하는 것 아니냐는 거지요. 그러니까 국어사전에도 잘못이 있으면 언제든 고쳐야 하는 거고요.

예를 들어 현재 대한민국에서 사용하는 고사성어의 태반이 잘못 해석되어 사용되고 있다면 잘못된 숫자가 상당히 많은 거지요. 국어사전에 잘못 해석되어 등재된 고사성어가 많다는 것은 바로잡아야 할 것도 많다는 뜻이 되는 거고요.

이 말은 곧 잘못이 있어도 잘못을 모른 채 진리적 소양으로 알고 있는 여러 지식이 우리의 정서나 정신까지 알게 모르게 실추시킬 뿐만 아니라, 진실과 거짓도 분류하지 못하는 무지한 개념의 소유자가 되게도 한다는 거지요. 국어사전에 잘못이 있어도 잘못이 있는 줄도 모를 만큼 시나브로 막대한 피해를 끼친다거나 크나큰 해로 돌아오기도 하니까, 국어사전에 등재된 정의도 학교에서 배우는 지식도 옳은지 그른지 규명할 줄 알아야 하는 겁니다.

고사성어처럼 일상적으로 우리가 흔히 사용하는 언어에 대해 옳고 그름도 분류하지 못하는 수준으로 길들여 놓은 채, 바보가 아닌데도 바보로 살게 하면서 점점 더 바보가 되어가는 방식만 고수하려 한다면 진실은 사장되고 우리네 정신은 점점 더 끔찍해지는 것 아니겠어요.

다시 말하면, 고사성어에 대한 의문을 제기한 것처럼 옳은지 그른지도 신경 쓰지 않고 사용함으로 인해서, 우리의 인성이나 정서가 바보 수준으로 퇴보하는 줄도 모른 채 시나브로 바보가 되어가는 틀을 고수하는 데 일조해서야 되겠냐는 거지요. 생각해 보세요. 유권자의 권리를 잘못 사용하도록 조성하는 함정에 빠져 그 소중한 표가 국가나 국민의 불이익에 일조하게 된다면 대단히 큰 잘못 아니겠냐는 겁니다. 즉, 대부분의 유권자들은 자신이 표를 주어 당선된 자로 인해 발생한 차후 결과는 진단해보려 하지 않는다는 약점을 출마자들은 잘 파악해 이용하니까, 투표를 할 때에는 유권자 스스로 출마자에 대해 소상히 파악해 자격이 있는 사람인지 아닌지를 결정해야 하는 것처럼, 바보가 되지 않으려면 우리가 배워 사용하는 지식에 대한 것들도 마찬가지로 옳은지 그른지 알아보아야 한다는 거랍니다.

바람이 모이게
꽂히는 경우가 있지요.
당신이 그랬습니다.
꿈꾸게 가슴이 뛰는
솔깃한 사람이 있지요.
당신이 그랬습니다.
정분의 교감이 없어도,
약속된 합의가 없어도,
짝지 될 임으로 정해진 듯,
영혼이 통하는 끌림에,
감흥을 주체 못 하게
꼽히는 사례가 있지요.
당신이 그렇습니다.
나도 나를 어쩌지 못하게
품게 하는 사람이 있지요.
바로 당신이 그렇습니다.

중독된 열애

호진이 나나를 만나자 태어나며 장착된 본능처럼 왕성한 성욕을 자랑하듯, 인간에게는 누가 가르쳐 주지 않아도 저마다의 주특기인 양 나타나기 전까지는 미처 알 수 없었던 선천적 능력 같은 것이 있지요.

인간의 근원적 역량에는 배운 적도 없고 누가 가르쳐 주지 않아도 남들과 다르게 잘하는 손재주나 운동 능력 같은 것이 있는가 하면, 기수처럼 시라는 장르 고유 특성을 충족시킨 시와 그렇지 못한 작문을 분류하는 기질이나, 교양인들이라면 누구나 종종 사용하는 고사성어에 대한 의문이 들어 연구 분석하며 진실을 규명하고 싶어하는 재주 등도 있는데, 이런 것들은 다 태어나며 장착된 선천적 본능의 일종이겠지요.

이러한 능력은 인위적인 것이 아니지요. 처음부터 어떤 의지를 갖고 시도한 것도 아니고, 하기 싫다고 맘대로 거부할 수 있는 종류도 아니지요. 마치 절대적 취향인 것처럼 혹하는 매력에 끌리는가 하면, 솔깃한 호기심을 유발하는 만큼 관심도 증폭되는 편이기에, 남들이 아무리 어렵고 복잡해 골머리 아플 뿐이라는 조언을 해도 당사자는 빠지면 빠질수록 즐거운 행복을 느끼게 되어 저절로 자기화하는 성향이니까요.

물론 어려움도 크지요. 불모지에서 새롭게 탄생하는 창의적 발상이 모순 없는 논리로 정립되는 자체가 대단히 힘겨운 것인데, 독창적으로 깨달은 진리적 진실을 규명해 보고자 명확한 증거로 증명하고자 하는 논지마저도, 기존의 신문사나 출판사 그리고 소위 전문가들에게도 거부당하는 경우가 허다해 무척 어렵거든요. 또한, 기존의 지식들을 진리적 진실로 숙지하고 있는 사람들의 저항도 매우 거세답니다. 나아가서는 근원적 시각에서 진실을 규명하려 하기보다는 기존의 틀을 유지하려고만 하는 이들의 배타적 적의 역시 만만치 않게 느끼게 되고요.

기존의 지식에 의존해 습득한 지식을 재산으로 이용할 만큼 거두는 수확 방식 속에서, 다시 그 방식을 고수하려는 반복적 모색을 수단으로 삼고 그저 전달만을 꾀하는 방법으로 삶의 모이가 비준되는 신분의 사람들도 헤아릴 수 없이 많은 세상이니, 기존의 지식에 반하는 창의적 독창성은 정말 발붙이기가 쉽지 않다는 말이지요.

분명한 증거로 진실을 증명해도 '보기 좋은 달걀보다 향기로운 닭똥으로'라는 주장에 물든 대세를 탈피하고 싶지 않은지, 아니면 도무지 탈피할 수 없을 만큼 강하게 지배되는 그 힘을 깨뜨릴 수 없는 건지 알 수 없게도, 증명이 되는 진실은 지양하고 증명할 수 없는 거짓을 지향하는 풍토이니 힘들 수밖에 없지요.

사회라는 거대한 지식의 바다에는 그만큼 덩어리 된 지식의 넝쿨들이 가지를 뻗고 잎사귀를 펼쳐 흡수한 양분으로 또다시 꽃을 피우고, 향기도 발하며, 열매를 얻기 위해 경쟁적으로 필사의 힘을 다하는 형상이니까, 그저 자기 밥그릇이나 지키기 위해 용렬한 권위나 세우려 하며, 지금까지 확립된 신분이나 위상 따위를 유지하는 방안으로 기존의 틀을 정당화하기 위한 모색에 더 치중하려 하는 듯 비추어지니까요.

세상이 온통 경제적 가치만을 위해 존재하는 것처럼 모든 걸 경제적 잣대로 판단하려 드는 풍조가 확산되다 보니, 문학적 수준까지도 경제적 가치에 치중해 투자 대비 수확의 결실로 획일화하려 드는 치졸한 이들의 알량한 합리성에 빠져 헤어나지 못하는 것처럼이요.

만약 지식이라는 건설적 학문의 양태가 단순히 그 시기의 사회적 동의에 의해 형성되고, 사회적 동의라는 것 자체도 그 시기에 형성된 수준의 뿌리를 근간으로 키우는 나무 같은 것이라서, 그저 그 시기에 빛을 향해 뻗칠 수 있는 줄기를 키우고자 하는 욕망에 동조하는 잎사귀들끼리, 푸르다고 푸르다고 포장하는 길을 대세로 엮어 돈독히 하려고만 하면 되는 거라면, 무조건 사회적 동의의 구조에 동조해 기존의 틀을 유지하는데 일조하는 역량만 창출하려는 행위 아니겠습니까.

구체적으로 예를 든다면 '보기 좋은 달걀보다 향기로운 닭똥으로'라고 주장하는 풍토가 진리처럼 조성되면, '보기 좋은 달걀보다 향기로운 닭똥으로'라는 주장이 진실처럼 토착화되겠지요. 그러면 결국은 '보기 좋은 달걀보다 향기로운 닭똥'을 추종하는 자들에 의해 만들어진 토양이 대세를 이루게 되는 것 아니겠냐는 겁니다.

이 얼마나 한심하고 바보 같은 행태입니까.

대세가 된 그 토양에서 자라는 모든 생물에게 '보기 좋은 달걀보다 향기 좋은 닭똥으로'라는 주장은 동화작용에 절대 필요한 태양이 되고, 태양을 향해 클 수밖에 없는 생리상 조성된 기존의 태양을 향해 줄기를 뻗치는 생물들은 또다시, '보기 좋은 달걀보다 향기로운 닭똥으로'라는 주장의 틀을 깨지 못한 채 그 환경에 적응하려 발버둥 칠 것 아니겠냐는 거지요.

'보기 좋은 달걀보다 향기로운 닭똥으로'라고 하는 주장이 대세로 토착화된 토양에서도 그럴듯한 환경은 조성되고, '냄새 구린 닭똥보다 맛이 좋은 달걀로'라고 하는 주장이 풍토화된 토양에서도 그럴듯한 환경이 조성되게 되어 있으니까, 환경 조성자들은 서로가 자기들이 조성한 토양이 더 푸르다고, 푸르다고 주장하며 판단력이 떨어지는 자들을 현혹해서라도 자기네가 조성한 풍토를 지키려 몸부림을 치는 것이지요. 자신의 생애나 후손을 위해 보다 좋은 환경을 유지하고 싶다면 개개인이 스스로 판단한 결과의 사후 영향까지 진단해 가야 한다는 겁니다.

대중의 바다에 형성된 조직적 부류를 보면 알 수 있는 거니까 조금만 신경 써 관찰해 보면 판단이 가능하거든요. 쉽게 말해 우리의 현실도 참나무는 참나무들끼리, 소나무는 소나무들끼리, 느티나무는 느티나무들끼리 한 종이나 한 편처럼 조성한 자기 영역을 우선적으로 보존하기 위해 편도 가르고 힘도 써 가며 투쟁하듯 다투는 형국이잖아요.

인간적 견지에서 보나 인도적 차원에서 보나 사회적 틀은 대중들이 원하는 거시적·거국적 연대 의식이 우선되어야 하는데, 빈부의 차가 극심하게 대두될 만큼 연대 의식이 결여된 편가르기나 종의 틀은, 거시적·거국적 의식보다는 개인적·소인배적 차원의 이기성에 치중해 오로지 이득만 취하면 장땡인 틀만 조성하는 것 같다는 거지요.

불행하게도 인간들이 선택하는 지식이라는 바다는 진실의 파도가 출렁이는 곳이긴 하지만, 오직 진실로 항해하는 배들의 항로만 안전을 보장하는 건 아니거든요.

우리가 직면하는 실상에는 더러 진실인지 아닌지 그 진위를 가리기 어려운 사안들도 있기에, 진실을 호도하기 위한 배를 조직적으로 띄우기도 하고, 힘으로 젓는 배에 진실의 가면을 조직하기도 하며, '보기 좋은 달걀보다 향기로운 닭똥으로'라는 거짓마저도 진실로 포장할 수 있게 조성하는 기술로 모형을 만든 대세의 배가 노선화 된 정도를 항해하는 만큼은 진실에서 이탈한 무리까지 보호하는 경우도 있지요.

대중의 지지로 바다에 뜬 배가 폭풍에 휘말린다거나 좌초될 때까지 항해할 수 있었던 그 기만술은 들통 난 다음의 풍랑이나 난파에 의해 밝혀지는 경향이라, 대중들이 속았다는 사실을 느끼게 되는 태풍은 이미 그 배가 목표로 하던 항구로 입항한 후에 덮치는 꼴이지요. 그렇기 때문에 대부분의 피해는 대중들 몫이고 선장의 손해는 최소화되는 편으로 비추어지더군요. 그러니까 대중의 배를 띄울 때는 자고로 신중해야 한다고 사료되지요. 알게 모르게 발생하는 막중한 피해가 고스란히 대중의 몫으로 떠안겨지는 법이니까요. 대중의 의사와 상관없이요.

대중에게 죄가 있다면 제대로 파악하지 않고 항해사를 선택했다는 결정의 죄겠지요.

사후의 진단까지 판단하지 못한 단순한 결정들이 대세로 결집되어 뜨는 배의 경우에는, 세찬 풍파에 난파되면 막을 틈도 없이 유출된 기름에 의해 대중의 바다가 오염됩니다. 이기적, 인위적 기득권 따위에 편승해 자신의 이득만 취하고자 항해하는 배에 동승하는 짓 역시 수많은 선원들까지 부상을 당하거나 거시적으로 각종 피해를 유발합니다. 즉, 이렇게 얄팍한 수에 협조하거나 진단을 등한시한 판단의 착오에서 비롯된 해들도 있으니까 신중해야 한다는 거지요.

예를 들어, 현재 국어사전에 등재된 시에 대한 정의들 중에, 현대시의 전부라 해도 과언이 아닐 만큼 중요한 요인인 '운율韻律'의 정체에 대한 정의가 잘못 등재되어 있다면, 잘못 정의된 단 하나의 정의가 거시적으로 볼 때 큰 피해를 유발할 수도 있는 것 아니겠냐는 겁니다.

현대시에서 말하는 운율의 정체는 현재 우리가 알고 있는 '리듬'과는 하등 연관성도 없는 관계인데, 그 진실을 증명할 줄 몰라 운율은 리듬적인 것이라고, 마치 둘이 동일한 것처럼 간주하게 만드는 국어사전의 정의로 인해, 동일한 것으로 숙지할 수밖에 없는 오류의 결과는 더 많은 잘못된 지식을 유발하는 거란 말이지요.

고사성어 또한 마찬가지고요.

'주마간산走馬看山'이라는 고사성어를 국어사전에서 찾아보면 '바쁘고 어수선하여 되는 대로 휙휙 지나쳐 봄의 비유'라는 정의로 등재되어 있지요. 국어사전에 이렇게 등재되어서인지 주마간산이란 뜻은 다시 '수박 겉핥기식'이란 말로 비유되어 쓰이기도 하지요.

만약 이 고사성어가 잘못 해석된 것이라면 우리가 흔히 비유하는 '수박 겉핥기식'이라는 비유 역시 잘못인데도 잘못인 줄 모른 채 인용하는 바보들 아니냐는 거지요.

물론 다들 그렇게 아니까 진실처럼 통하기는 하지요. 바보들끼리 바보 같은 세상을 만들어 놓고 바보가 아니라고 하는 것처럼, 바보짓을 하면서도 바보임을 모르는 틀에 갇혀 있다는 사실은 간과한 채 옳은 것으로 믿으니까요.

주마간산을 우리가 익히 알고 있는 일반적인 뜻으로 해석하면 '달리는 말에서 보는 산'이라는 의미니까 얼핏 그럴듯하긴 하지요. 하지만 자세히 생각해 보면 반문의 여지가 충분하지요.

'바쁘고 어수선하여 되는 대로 휙휙 지나쳐 봄'의 비유라는 정의 자체가 마치 빠르게 달리는 말에서 보고 판단하는 상태 같으니까 의문이 들잖아요.

쉽게 말하면 '달리는 말에서 본다'는 의미와 '바쁘게 달리는 말'이라는 상태가 완전히 다르다는 거지요. 더구나 바쁘고 어수선하다는 의미는 마치 빨리 못 가 안달하는 뜻처럼 여겨지지요. 더불어 휙휙 지나쳐 본다고 하는 자체는 직설적 의미를 호도하는 경향이 농후하지요. 말을 빠르게 몰고 간다거나 속도를 낸다는 뜻은 전혀 없이 그저 '달리는 말'일 뿐인데요. 잘들 아시겠지만 달리는 방법은 여러 가지가 있지요. 한가하게 달릴 수도 있고 느릿느릿 달릴 수도 있지요. 여유롭게, 천천히 등등 여러 달리는 모습이 있는데, 달리는 말이라고 '바쁘고 어수선하여 되는 대로 휙휙 지나쳐 봄'의 비유라 하는 건 충분히 반문할 만큼 문제가 있는 정의라는 겁니다.

물론 기수가 잘못된 것으로 문제 삼는 가장 큰 이유는 현재 국어사전에 등재된 주마간산의 정의는 고사성어故事成語의 의미에 부합되지 않는다는 것이지만요.

생각해 보면 누구나 한 번쯤은 의문을 갖게 될 거라고 사료되는데,

주마간산의 뜻은 앞의 제시처럼 주로 비유적인 뜻으로 쓰이지요. 이렇듯 사자성어니 고사성어니 하는 낱말들은 진정 대부분이 비유적 의미로 탄생한 낱말들일까요?

다시 말하면, 사자성어니 고사성어니 하는 나름 소양 언어가 직설적 음훈의 용도나 의미도 없이, 그저 비유적 의미가 전부인 한자 결합어로 탄생한 단순한 낱말이겠냐는 겁니다.

대부분의 언어는 직설적 용도나 직접적 의미로 결합하는 게 일반적인데 왜 사자성어나 고사성어의 정의는 주로 비유적 의미인지 그 저의가 궁금하지 않나요?

고속도로高速道路는 고사성어일까요, 사자성어일까요? 더불어 직설적인 낱말들의 결합일까요. 아니면 비유적인 의미일까요? 하나 더 예를 들면, 입산금지入山禁止 같은 낱말은 어디에 해당할까요?

고속도로니 입산금지니 하는 예처럼 언어의 탄생은 이렇게 직접적 의미나 직설적 용도로 결합하는 성향인데, 왜 유독 고사성어니 사자성어니 하는 부류들은 비유적 결합어가 다인 것처럼 간접적 의미 위주로 해석되느냐는 거지요.

제가 학교 다니던 시절에는 사자성어라는 말은 들어보지도 못했고 고사성어라고만 했지요. 그런데 요즘은 고사성어가 아니라 사자성어라 해야 옳은 거라 하기도 하더군요.

어느 것이 옳은 주장일까요?

만약 고사성어와 사자성어도 완전히 다른 의미들로 조성된 전혀 다른 용도의 언어라면, 고사성어와 사자성어도 따로 분류할 수 있어야 하는 것 아니겠어요.

예를 제시하면, 고속도로나 입산금지 같은 용어와 동가홍상同價紅裳이나 동문서답東問西答 같은 용어는 그 의미나 개념이 아주 다르니까, 전자는 사자성어이고 후자는 고사성어이다, 라는 식으로 분류되어야 하는 것 아니냐는 뜻이지요. 전자와 후자는 분명히 변별적이니까요.

상식적으로 생각해 보았을 때 주마간산과 입산금지의 의미나 개념이 다른 것처럼, 고사성어와 사자성어는 낱말 하나하나의 용도부터 다른 결합이기 때문에, 시(운문)와 시라 하기에 미흡한 작문을 따로 분류할 수 있는 것처럼 고사성어와 사자성어도 변별성을 증명할 줄 알아야 한다는 뜻이지요.

고속도로나 입산금지 같은 용어는 말 그대로 직설적 의미의 음훈을 가진 낱말들이 결합한 형태라 할 수 있지요. 하지만 주마간산은 비유적으로 해석하니 다르지요.

예를 더 들면, '묻는 말에 당치도 않은 대답을 함'이라 등재된 동문서답도 주마간산처럼 비유적 해석이지요. 또한 '같은 값이면 다홍치마'라는 동가홍상이니, '쇠귀에 경 읽기'라는 우이독경牛耳讀經, '남의 말을 귀담아듣지 않고 곧 흘려버림을 이르는 말'이라는 마이동풍馬耳東風 등등의 고사성어도, 고속도로나 입산금지처럼 직설적으로 해석된 의미가 아니라는 거지요.

왜 그럴까요? 왜 고사성어는 직접적 의미의 용도는 배제한 채 간접적 형태만 고집하는 걸까요.

이상하지 않은가요?

만약 주마간산의 의미가 고속도로나 입산금지란 의미와 똑같이 직설적인 한자의 음훈이 결합하여 탄생한 말인데도, 해석이 잘못되어 비유적인 의미로 정의하고 있는 거라면 반드시 국어사전에 잘못 등재된 정의를 바로잡아야 하겠지요. 바보들이 바보들 세상을 만들어 놓고도 바보가 아니라고 우기기만 하면 바보가 아닌 건 아니니까요. 또한, 지금으로부터 계속 공부해 나아가야 할 후배들을 위해서라도 말입니다.

쉽게 말하면 앞에 제시한 뜻은 우리가 중학교 수준 정도로 획일화해 일률적으로 배우는 음훈으로, '달릴 주'에 '말 마', '볼 간', '뫼 산'이지요. 그대로 해석하면 '달리는 말에서 본 산'으로 정의된 뜻이고요. 그러나 한자의 음훈이라는 것은 획일화된 하나의 뜻으로만 한정된 것이 아니지요. 그러니까 고사성어란 용어의 본래 뜻에 부합되는 음훈을 찾아 해석하는 것이 순리라 할 수 있지요.

'달릴 주走'자로 예를 들면 '달릴 주, 종 주, 달아날 주, 갈 주' 등 여러 뜻이 있으니까 반드시 '달릴 주'로만 해석하지 않아도 된다는 말이지요. 정말 중요한 건 고사성어라면 고사성어라는 의미에 부합되어야 한다는 것이니까요.

만약 '달릴 주'가 아니라 '갈 주'이고, '말 마'도 '벼슬이름 마'자로 쓰인 것이며, '볼 간'도 '지킬 간'에 '뫼 산'으로 탄생한 고사성어라면, 주마간산走馬看山이란 고사성어의 뜻은 '가는 벼슬 이름을 지킬 뫼(모이)'라는 뜻이 되는 거란 말이지요. 그러니까 주마간산이니, 동가홍상이니, 동문서답이니 하는 이러한 낱말들은, 고사성어란 말로 통일한 그 의의에 부합되게 해석해 정의하는 것이 가장 바람직하고 설득력 있는 정의가 아니겠냐는 거랍니다.

동가홍상同價紅裳 같은 경우는 홍紅 자가 1자 2음이니까 '길쌈 공'으로 해석해야 않나 사료되지요. 즉 동가홍상이 아니라 동가공상同價紅裳으로, 그 정의는 '한 가지 가치의 길쌈이 성하지'이기 때문에, 정확하게 해석하면 '한 우물을 파야 성공한다'는 뜻이지요.

참고로 '뫼 산山' 자는 제가 오랜 시간 한시를 연구해 본 결과 주로 '모이'라는 고어적 의미로 쓰이기에 모이로 해석했지요.

혹자들은 '뫼 산' 자가 산의 모양을 흉내 낸 형태라고 하지만 제가 연구해 보니 그렇지 않더군요.

뫼라는 낱말은 고어로 '모이'라는 뜻이지요. 뫼가 '모이'라는 뜻은 현재 농촌에서도 종종 쓰이고요.

농촌 분들은 잘 아시겠지만, 벼에는 뫼벼와 찰벼 두 종류가 있지요. 뫼벼는 밥(모이)을 해 먹는 종류이고 찰벼는 주로 떡을 해 먹는 종류이지요. 또한, 현재 시골에서는 제사상에 올리는 밥을 뫼(모이)밥이라고 하지요. 즉 '뫼'라는 낱말 자체가 인간의 식량을 지칭하는 '모이'라는 말이지요.

생각해 보세요. 농사짓는 법도 모르던 아주 오랜 그 옛날에는 먹이(모이) 자체를 그저 야생에서 구하는 삶이었고, 농사짓는 뜰을 인위적으로 개간할 생각도 못 했던 자연 그대로의 상태에서 지구는 온통 산山이었기에, 산 그 자체가 식량(모이)의 보고이지 않았겠어요. 그러니까 산을 뜻하는 뫼리는 이미 자체가 먹이(모이)를 뜻하는 말이었다는 거지요.

벼를 인위적으로 생산하지 못했던 옛날에는 벼도 산에서 자생하는 것을 수확만 했었다는 사실은 다들 잘 아실 테지요. 그러니까 산이란 낱말은 곧 먹이(모이)의 산지를 뜻하는 언어였고, 주마간산이란 고사성어가 탄생할 당시에도 그 의미가 그대로 쓰인 것 아닐까 추측된답니다. 더불어 앞에서도 밝혔듯 무엇보다 중요한 것은 산山 자를 '모이'로 해석해야 고사성어의 뜻에 부합된다는 거지요. 하여 뫼 산山 자의 뜻을 모이로 했답니다.

또 달리 생각해 '달릴 주'에 '벼슬이름 마', '지킬 간', '뫼 산'으로 탄생한 의미의 고사성어라면, 주마간산의 정확한 직설적인 뜻은 '달리는 벼슬이름을 지킬 뫼(모이)'라는 의미인데, 해석이 잘못되어 단순히 '수박 겉핥기식'으로 비유되는 의미로 국어사전에 등재되어 있는 거라면, 의미 자체가 완전히 다르니까 잘못이 규명되도록 연구해 봐야 하는 것 아니냐는 겁니다.

달린다는 뜻은 현재형이니까 현재 유지하는 직업적 신분이랄 수 있겠지요. 그러니까 '현재 유지하고 있는 사회적 신분이라는 벼슬이름을 지킬 모이(실력)'를 지칭하는 직설적 뜻으로 결합된 거라면 고사성어에 부합된다는 거지요.

'수박 겉핥기식'을 표현하는 직설적 한자로는 서과피지西瓜皮舐가 있는데 굳이 주마간산을 비유적으로 쓴다는 자체도 우습지 않은가요.

우린 서西 자도 오로지 '서녘 서'로만 알고 있는 경향이지요. 한자의 뜻으로는 분명 '수박 서'로도 쓰이는데요. 즉, 수박을 한자로 서과西瓜라 쓰는데, 서西 자를 오로지 '서녘 서'로만 숙지하고 있으면 어찌 되겠냐는 뜻이지요.

서西뿐만 아니라 동東, 남南, 북北, 이 기초적인 쉬운 글자가 다 그렇지요.

동東 자는 '해 세歲'의 의미로도 많이 쓰이는데 우린 그저 '동녘 동'으로 알고 있고, 남南 자 역시 '앞 남'으로 많이 활용되고, 북北 자도 '앞 남'과 반대인 '뒤 북'으로도 쓰인다는 겁니다. 그런데 해석된 문장을 보면 남南 자가 나오면 오로지 '남녘 남'으로 해석되어 있고, 북北 자가 나오면 거의 '북녘 북'으로 해석되어 있어, 본문과는 거리가 먼 문장으로 잘못 해석되어 있다는 거지요.

일례를 들면 남산南山이라는 지명은 서울을 비롯해 경주에 가도 있고 제 고향인 괴산에도 있는데, 동쪽에 사는 사람도 남산, 서쪽에 사는 사람들도 남산이라 하니까 얼핏 방향을 전제로 따져보면 틀린 말 같지요. 물론 고유명사로 정착된 지명이라 그런 거라는 합리적 정당성을 주장하는 사람도 있겠지만요. 그런데 한자적 진실을 따져 보면 '앞 남南', 앞산이라는 뜻이기 때문에 어느 쪽에서 남산이라 해도 맞는 말이라는 거지요.

생리로 포착하는
전류의 둥지에
환심은, 작용하는
인지의 병처럼
숙지도 크게 앓아,
먹히는 부족이
순종을 종용하듯
소화마저 버거운
위장이 아려도,
거스를 수 없는 빛을
후광으로 발할 만큼
사뭇 어여쁜 시기에
임으로 필요한
가정을 차리지요.

인간들의 소양은 저마다의 주체적 판단력이나 정신적·정서적 품위 같은 것을 형성하는 데 지대한 영향을 미칠 것이라 사료된다.

소설을 예로 든다면, 소설에 대한 현재의 지식으로 소설의 수준이나 작품성을 판단할 수밖에 없는 것이니까.

"혹시 '정을병'이라는 분 알아, 동생?"

나나는 이제 작가까지 거론하며 본격적으로 문학에 대한 자신의 식견이나 의향을 드러내려나 보다.

냉커피의 향기도, 덜 녹은 얼음의 차가움도 그녀의 육체의 더움을 식히지 못하는지, 선풍기 바람에 더해 부채까지 부치는 나나는 연신 덥다며 몸을 가린 옷을 들추어 흔들기도 하고, 손을 옷 안으로 넣어 옷과 피부가 닿지 않게 하기도 하며 기수가 답변하기를 주시한다. 그렇다고 많은 땀을 흘리는 건 아니다.

"읽은 책은 있어요."

사실 기수는 그렇게 행동하는 나나가 몹시 불편하다.

보지 않으려 해도 보이고, 신경 쓰지 않으려 해도 신경 쓰이게 벗어젖힌 멋진 몸매의 아름다운 여자가 눈앞에서 얼쩡거리는데, 약관에 불과한 이성으로 애써 제압한다 한들 어찌 왕성한 나이에 말초신경의 용트림을 충분히 눌러 억제할 수 있단 말인가. 그래서 조금 건성으로 대꾸한다.

"『주인 좀 빌립시다』도 기억하겠네?"

"예."

제목이 별나서 그런지 잊지 않았다.

"제목이 『주인 좀 빌립시다』야?"

여진도 흥미로운지 다시 묻는다.

"그래, 재미있지."

여진의 물음에 답한 나나는 자신이 의도적으로 이끌어내려 했던 답변인지 평소 지론을 피력한다.

"난 이렇게 좀 별나다든지, 한번 들으면 쉽게 잊히지 않아 누구나 흥미로워한다든지, 또는 호기심을 품을 만큼 색다른 작품으로 승부를 해야 한다고 생각해."

작가에 대한 생각을 많이 해 보았나 보다.

기수는 나나가 저렇게 말하는 의도는 아마도 기수의 작품이 너무 어렵다는 저의를 우회적으로 표현하고 싶었던 것 아닐까 싶었다.

막말로 소설에서는 솔직히 남녀 관계가 별거냐, 서로 마음이 통하면 저절로 동요하는 육체적 관계로 발전하는 거고, 육체적 관계가 불만족스러울 수도 있는 것처럼 정신적 관계 역시 불만족스러울 수 있는 거니까, 관계를 통한 상호 보완이나 양해할 수 있는 만큼 돈독한 믿음이 생기면 부부라는 이름으로 평생 함께할 수도 있는 거라는 식으로 독자들이 쉽게 현혹되는 방향에서 그럴듯한 구라를 치는 게 재미있지, 지나친 도덕성이나 인지적 습관에 갇혀 너무 딱딱하거나 어려우면 외면당할 수밖에 없는 것 아니냐는 게 나나의 소설론이다. 그러니까 시에서도 상투적 개연성을 충분히 활용해라, 자극적이거나 호기심을 유발할 수 있는 작품이 인기를 끌 수밖에 없는 거니까. 즉, 기수도 나나의 견지를 수용해 보라는 뜻이다.

"개연성이라는 것이 단순히 글을 쓰는 이들 개개인이 동원할 수 있는 일반적 상상력에 불과한 거란 말인가요?"

"당연하지."

기수의 물음에 나나는 주저 없이 답한다. 교육을 통해 배운 지식이 진리적 진실임을 확신하고 있다는 듯.

"전 그렇지 않다고 생각하는데요."

"아니라니?"

나나가 정색을 하며 꼬고 있던 다리를 바꾸는데 하얀 그녀의 속살이 기수의 눈을 자극한다. 순간 민망해 여진에게로 얼른 눈길을 돌린 기수는 여진과 나나를 비교해서 예를 들어 볼까 생각했다가 나나에게 상처를 줄까 봐 생각을 바꾼다.

기수가 본인의 지식을 전제로 나나와 여진의 개연성을 판단한다면, 여진의 자태는 진정 소설가의 경지에 도달한 소설가가 예술적으로 형성화힌 문학적 개연성이랄 수 있다. 하지만 나나는 진정 소설가의 경지에 도달하지 못한 아마추어 수준들이 말하는 일반적 개연성의 피조물에 불과하다고 여기기에 분명히 다르다.

"개연성에도 두 종류가 있는 것 아니겠어요?"

"누가 그래?"

"누가 그러는 것이 아니라 제 생각이 그렇다는 겁니다."

엿장수 맘대로라는 얘기 아니냐며 한 번 들어나 보자는 나나다. 시큰둥한 표정이 마치 개똥철학이면 면박이라도 주고 싶은 모양이다.

"세상에는 글을 쓰는 이들이 헤아릴 수 없이 많은데, 작자가 누구든 상관없이 작품의 수준에 따라 문학작품이라 할 수 있는 문장과 문학작품이라 할 수 없는 문장이 있지요. 동의하세요?"

"그렇겠지."

들고 보니 나나는 자신이 어떤 작품을 완성한다고 문학작품이라 할 수 있는 것이 아니라는 생각이 들었다. 자신은 아직 등단도 못 했지 않은가. 더구나 이렇게 분류하는 건 이제까지 생각조차도 못 했다. 나나는 문득 문학작품이라면 최소한 등단한 작가의 작품이 아닐까 사료한다.

"그렇겠지가 아니라 실제 그렇잖아요."

기수는 이왕 맘먹은 것, 명확하게 하기 위해 나나의 동의까지 구했다.

"문학작품과 문학작품이라 할 수 없는 것의 차이는 무엇으로 증명할 수 있을까요?"

여진이 답변을 바로 하지 못하는 나나에게로 시선을 돌린다. 마치 빨리 듣고 싶다는 듯.

질문으로 나나를 어렵게 하고 싶지는 않았던 기수다. 그런데 전혀 의도하지 않았던 질문들이 나나에게 답을 구하고 싶다는 듯 저절로 던져진다.

"등단한 사람의 작품과 등단하지 못한 사람의 작품 아니겠어?"

나나는 자신의 생각을 내놓으며 '이게 정말 나의 소견일까?' 하는 의구심이 들었다. 솔직히 학교에서 교과서를 통해 배운 모든 작품은 문학작품이라 알고 있었다. 하지만 기수와 대화를 하다 보니 문득 학교에서 배운 소설이나 시가 정말 모두 문학작품일까 하는 의문이 들었다.

"그럼 등단한 사람들의 수준은 무엇으로 증명할 수 있는 걸까요?"

"등단한 사람들의 수준이라니?"

기수의 질문은 전혀 예상하지 못한 것들이라 답변하기가 만만치 않다.

"소설가를 예로 든다면, 소설가가 되기 위해 등단을 꿈꾸는 사람들은 헤아릴 수 없이 많을 것이고, 그 꿈을 이루기 위해 오랜 세월 창작에 몰두했지만 현재까지도 등단을 못 한 사람들은 아직 습작 단계도 탈피 못 한 수준이라는 뜻이겠지요."

기수는 나나가 고개를 끄덕여 표시하는 동의를 확인하며 말을 이어간다.

"습작 단계의 사람들과 다르게, 등단이라는 관문을 통과해 '소설가'라는 사회적으로 특별한 이름을 획득한 사람들은, 작품 속에서 습작 단계를 탈피했다는 증거로, 등단하지 못해 습작 단계에 있는 사람들과는 다른 소설가의 경지를 증명해야 습작 단계의 사람들과 차별된 수준의 경지가 입증되는 거지요."

조금 복잡하긴 듣고 보니 맞는 것 같다.

"쉽게 말해, 소설가라면 그 경지가 입증되는 '소설가 수준'을 증명하는 증거를 알아야 하는 거잖아요."

"그러니까 습작 단계에서 완성하던 작품의 수준보다 높아야 하는, 소설가 수준의 작품을 증명하는 증거가 무엇이냐는 거지."

"예! 바로 그겁니다."

'소설가도 습작 단계의 연장선일 뿐 아닌가?'라고 생각했던 나나다. 그런데 기수의 말을 듣고 보니 자신의 지식이나 생각을 재고해보게 된다.

기수의 말을 들어보니 습작 단계에서 소설가가 되기 위해 노력하는 사람들이 완성하는 작품과 오랜 세월 정진한 결과로 이미 습작 단계를 뛰어넘었다는 사실을 작품 속에서 입증해 해는 소설가의 수준은 정말 뭔가 달라야 하는 것 같다.

만약 습작 단계의 작품 수준과 소설가 경지를 증명할 증거가 아무 것도 없다면, 습작 단계의 사람도 단순히 인기만 끌면 소설가가 되는 것 아니겠는가.

소설가라는 신분은 소설이라는 문학 장르의 전문적 수준을 창출해야 한다는 사회적으로 특별한 호칭인데, 문학성이나 작품성 같은 것과 상관없이 고작 인기만 끌면 되는 거라면 등단이라는 통과 의례도 필요 없다는 뜻과 다르지 않지 않은가.

요즘 문단의 대세는 인기라고 판단하는 나나이기에, 나나는 만약 자신이 소설을 쓴다면 오로지 인기 있는 작품을 완성하고 싶었다.

사실 인기작으로 돈도 벌고 유명해지고 싶다는 단순한 사고력은 글을 쓰는 사람들이라면 누구나 소망하는 생각일 것이다.

"소설가 경지의 작품성은 따로 있다는 뜻이야?"

"당연히 따로 있으니까 습작 단계도 탈피 못 한 수준의 작품과 소설가 경지의 작품이 분류되는 것 아니겠어요?"

기수의 답변은 거침이 없다. 익히 알고 있다는 듯. 그러나 나나는 아무리 머리를 쥐어짜 보아도 배운 기억이 없다.

"등단과 상관없이 분류가 된다는 뜻이지요?"

"물론이지요."

자신감이 넘치는 기수는 등단이라는 것 자체가 말 그대로 실력을 검증하는 통과의례니까, 결론적으로 정의하면 습작 단계의 수준이 아니라 소설가 경지의 작품을 쓸 수 있는 준비가 되어 있는 이를 선정하는 행위라는 것이다. 그러니까 등단 작품의 수준을 평가할 선정위원도 반드시 소설가 경지를 증명할 수 있는 사람들이 해야 한다고 말한다.

"등단이라는 것이 무엇을 뜻하는 걸까요?"

"등단이 뜻하는 거라니?"

대꾸를 하려니 저의가 파악이 안 된다. 등단에 대해 모르고 묻는 것이 아닐 것 같은데.

나나가 아는 등단이란 작가가 되기 위한 하나의 관문이다. 그러니까 나나는 그저 시인이나 소설가가 되기 위해 거쳐야 하는 일반적인 통과의례라고만 생각해 왔다.

"소설기 경지를 증명해야 한다는 뜻과 대동소이한 말인데요."

소설가 경지란 문학작품을 전문적으로 창작하는 사람이라는 의미이고, 등단이 뜻하는 것 역시도 습작 단계의 수준을 탈피해 문학작품을 완성할 수 있는 경지에 도달했다는 사실을 인정하는 관문이라 한다.

기수의 말을 정리해 보면 습작 단계의 사람들의 작품은 아직 문학작품이라 할 수 없는 수준이 증명이 되기에 그 단계에 머무는 거고, 등단한 소설가들의 작품은 작품 속에서 문학작품임이 증명이 되는 증거로 소설가의 경지가 입증이 되어야 한다는 뜻이란다. 그러니까 습작 단계도 탈피하지 못한 수준의 작품과 습작 단계를 탈피한 작품을 명확히 분류할 줄 알아야 한다는 것이다.

들고 보니 문학작품과 문학작품이라 하기 미흡한 수준은 당연히 분류할 수 있어야 하는 것 같다. 그러나 문제가 있다. 문학작품과 문학작품이라 하기 미흡한 수준의 증거를 정확히 알아야 하는데 그게 뭔지 모르겠다.

"누구나 습작 단계를 거치지요. 그러다 등단을 하지요. 등단이란 문학작품을 완성할 수 있는 준비의 관문을 통과했다는 뜻이 되고요. 다시 말하면 등단 이전의 수준은 습작 단계도 탈피하지 못한 수준이니까 문학작품을 완성하기에는 아직 미흡한 상태라는 것이고, 등단한 이들은 습작 단계를 탈피했다는 증거인 문학작품으로 소설가의 경지를 증명해야 할 책임도 있는 거란 말이지요."

"무슨 말인지는 알겠는데 그 증거가 뭐냐는 거지."

답답한지 기수의 설명을 듣던 여진이 불쑥 나선다. 아마 나나도 모르니 기수 씨가 알려주라는 뜻 같다.

"한마디로 단정할 수 없는 건데요. 먼저 기본적인 요소인 장르 고유 특성을 충족시킨 작품이냐, 아니냐를 파악해야겠지요."

"장르 고유 특성이라면 소설은 허구적이다, 뭐 그런 것?"

예상하지 못한 여진의 반문에 기수뿐만 아니라 나나도 이상한 얼굴 모양으로 놀라움을 표현한다.

　두 사람이 그런 반응을 보일 줄 몰랐다는 듯 여진은 얼굴까지 붉히며 어색해 하는데 기수는 그런 여진이 예뻐 보인다.

　"문학은 우리나라에서만 교육하는 것이 아니라 세계 여러 나라에서 교육하는 세계 공통의 문학이지요."

　"세계 공통의 문학이라."

　나나는 기수의 말을 되씹는다. 자신도 문학 창작에 대해 나름 배운 사람인데 기수가 하는 말은 대부분 생소한 느낌이다.

　"우리나라에서는 '허구'가 소설의 특성 중 하나라고 하듯, 모든 문학 장르에는 세계 어느 나라에서건 공통적으로 장르 고유 특성이 있겠지요."

　장르 고유 특성이 존재한다는 기수의 말은 지극히 상식적인 얘기인데도 왠지 익숙하지 않은 것처럼 들린다. 나나는 우리나라에 국한해 생각하는 반면, 기수는 세계 공통이라고 판단하는 포괄적인 견지에서 시각차가 나는 것 같다.

　기수의 말은 문학이란 세계 공통의 문학이고, 모든 문학 장르에는 세계 공통적으로 장르 고유 특성이 있는 거니까, 전 세계의 모든 문학 작품은 기본적으로 장르 고유 특성을 충족시켜야 하는 것이 상식 아니냐는 것이다.

　그렇다. 논리적으로 하자가 없다. 문학작품이라면 기본적으로 문학적 고유 특성을 충족시켜야 문학작품이지, 문학적 고유 특성도 충족시키지 못한 문장을 어찌 문학작품이라 할 수 있겠는가.

　"우리나라에서는 소설의 특성 중 하나가 '허구'라 가르치는데, 이런 가르침에 동의하세요?"

기수의 질문에서 풍기는 어감은 '아니'라는 느낌이다. 하지만 나나는 배운 대로 알 뿐이라 대꾸를 머뭇거린다.

"소설이라는 문학작품이 단순히 습작 단계부터 그저 쓰기만 하던 그대로, 언어적 의미의 통일성 중심으로 완성한 표면적 내용 중심의 문장이라면 허구라 해도 무방하겠지만, 만약 그런 것이 아니라면 재고해 보아야겠지요."

나나가 보기에 기수는 아직 애송이다. 그런데 대화를 하면 할수록 다르게 다가온다. 나나는 기수의 포괄적이고 논리정연한 사고력이 만만하지 않다고 여기게 되며, 이 집에 오기 전까지 조금 쉽게 여겼던 자신의 생각을 재고하게 된다.

기수의 말을 들으며 여진을 본 나나는 문득 여진이 똑똑한 사람을 좋아하나 생각한다. 기수의 설명을 듣는 여진이 너무 진지한 동시에 사랑에 푹 빠진 사람처럼 보여서다.

나나에게 비친 지금 여진의 모습은 마치 여학생 시절 멋진 선생님을 만난 소녀 같다. 자신도 모르게 분출하는 첫사랑 감성에 저절로 몰입되어, 은연중 설레는 감정을 갈무리한 채 흠모의 눈길로 바라보는 소녀 같다.

"얘!"

나나는 기수에게 빠져 몽롱한 여진의 상상을 깨뜨리고 싶었다. 순간 질투가 났기 때문이다.

"냉커피 말고 뭐 시원한 것 좀 없어?"

나나는 더워 죽겠다는 듯 신경질적으로 부채질을 하며 여진에게 손님 대접 좀 잘하라고 한다.

"왜 너만 덥다고 하니? 기수 씨도 가만히 있는데."

"와! 너 사람 차별하니?"

나나가 서운하다는 듯 따진다.

"제가 나가서 뭐 좀 사올까요?"

"아니, 그러지 말고 우리 수영장에나 갈까?"

기수의 의사를 제지한 나나는 지금껏 진지하게 나누던 문학에 대한 얘기는 잊은 듯 수영장엘 가자고 제의한다.

"일하기 싫으니?"

여진이 나나의 심사를 읽은 듯 묻는다.

"어, 오늘 같은 날은 바닷물에나 뛰어들어 놀고 싶다."

"너나 가, 기수 씬 공부해야 해."

여진이 매정하게 뿌리친다.

웨이터 생활을 접은 다음 한 달여를 책만 본 기수는 다른 직업을 구해야 할 것 같아 철밥통이라는 공무원 시험을 계획하고 있다.

"네가 기수 씨니?"

나나의 호칭이 동생에서 기수 씨로 바뀌었다.

"아이 오빠! 놀러 가자. 오늘 하루만."

여진의 매정한 말에 퉁명스럽게 대꾸하던 나나가 갑자기 기수 옆으로 옮겨 앉아 기수 팔을 붙잡더니 몸을 비벼대며 아양을 떤다.

"미친년, 누구한테 오빠래."

여진이 나나의 호칭이 불쾌한지 반발한다.

"내 맘이다."

호진도 자기 맘대로 선택했듯 나나는 여전히 제멋대로다.

"오빠! 기수 오빠, 이제부턴 오빠라고 할게."

"제가 부담스러운데요."

"똑똑한 게 죄야."

기수가 팔을 빼려 하며 반대 의사를 피력하자 나나는 더 달라붙으며 여전히 자기 뜻을 관철하겠단다.

나나는 먼저 배운 사람이 나중에 배우는 사람에게 선생 노릇을 할 수 있는 것처럼, 비록 나나가 기수보다 나이는 많지만 기수는 자신보다 똑똑하니까 충분히 오빠 자격이 있다며, 오빠라 불러도 무방한 것 아니냐며 오빠란 호칭을 계속한다.

"그럼 난!"

여진이 불쑥 화를 낸다.

"넌 뭐?"

여진의 친구가 기수를 오빠라고 하는데 기수와 동거하는 여진 자신은 어찌해야 하느냐고 묻는 모양이다.

"아!"

나나가 여지의 의도를 알아챘나 보다.

"너도 오빠라고 불러! 아니면 여보라고 하든지."

나나의 직설적인 언사에 여진이 부끄러운지 어쩔 줄을 모른다.

"호호호."

여진의 모습이 재미있는지 나나가 웃음을 참지 못한다.

"오빠~아앙."

나나는 마치 기수가 애인이나 되는 듯 기수에게 안기며 여진을 놀린다.

"우후!"

옆으로 옮겨 와 팔에 매달릴 때부터 말초신경을 자극하던 나나의 향기가 잔인하게 충동질을 하는데, 나나의 장난 같은 은밀한 손길이 슬그머니 남성의 상징을 훑어가 자신도 모르게 토한 숨 가쁜 언어다.

"왜 그래?"

나나는 전혀 모른다는 듯 기수의 표정을 살핀다.

"아, 아니에요. 더워서."

순간의 기지로 모면은 했지만 여진이 알아챈 것은 아닐까 부끄럽다.

"난 오빠 옆에 있으니까 하나도 안 더운데."

기수에게 몸을 기댄 채 싱글거리며 여진을 보는 나나의 표정은 아주 노골적으로 괴롭히겠다는 의도 같다.

"그럼 호진이도 부르지요."

나나가 너무 집요해 차라리 수영장에라도 가는 것이 낫다 싶어 호진이와 함께 가자고 하는 것이다.

"그냥 우리끼리 가."

나나는 뭐든 자기 뜻대로 하려는 고집이 강한 것 같다.

"가도 넌 안 데려가."

여진이 불편한 심기를 그대로 쏟아낸다.

"오빠, 쟤 정말 화난 것 같은데. 우리 단둘이 가면 안 될까?"

"그럴까요?"

'호진이랑 단둘이 가세요.' 맘은 그렇게 말을 하는데 입은 아니었다.

늘 냉정하고 차분한 여진의 다른 모습이 보고 싶었는지 기수가 나나의 장난에 동조해 버렸다.

나나의 놀림에 가세하고 나니 기수는 문득 자신이 평소에 여진의 화난 모습은 어떨까 궁금했었나 생각해 보게 된다. 곱씹어 보아도 그렇지 않았던 것 같은데 왜 나나의 심술에 순간적으로 동조했는지 모르겠다.

기수의 말을 들은 여진은 여전히 차분한 자태로 잠시 기수를 주시하더니 일어서 선풍기를 끄더니 자신의 방으로 간다.

"야, 더워!"

여진은 나나의 외침을 아랑곳하지 않는다.

"누님!"

기수는 자신의 배신에 여진이 많이 화났다고 생각하며 일어서 여진을 불러보지만 역시 뒤도 돌아보지 않는다.

"흥!"

나나는 그럴 테면 그러라는 듯 콧방귀다.

"우리가 너무 심했나 보네요?"

"심하긴 뭐가 심해, 그깟 농담 갖고."

나나는 기수가 여진을 위하는 마음마저 고까운 건지, 아니면 장난을 장난으로 받아들이지 않는 여진을 탓하는 건지, 자신은 전혀 잘못 없다는 자세다.

"제가 가봐야겠어요."

"가보긴 뭘 가봐."

기수가 일어서려는데 나나가 잡아 앉힌다.

"정말 십 년이나 차이 나는 여진이 사랑해?"

뜻밖의 질문 속에 나나가 묻는 그 저의가 궁금한데 호진이가 떠오른다.

"누님은 호진이 사랑하지 않으세요?"

두 사람은 곧 헤어질 사람들처럼 살림살이도 마구 던질 뿐만 아니라 피가 나도록 치고받고 싸울 만큼 무지막지하게 싸우면서도 바로 화해한 후 육체적 정열을 불태울 정도로 관계가 돈독하다 하지 않는가.

"내 말뜻은 그런 게 아니라, 정말 다른 사람에게는 마음이 안 가냐는 뜻이야."

다른 사람이 누굴 말하는 건지 모르겠고, 나나가 왜 이런 말을 하는지도 기수는 모르겠다.

"아이 더워!"

모호한 질문을 던진 나나가 더워 못 견디겠다는 듯 일어서 선풍기를 켜는데, 엉덩이를 기수를 향해 치켜드는 꼴이라 짧은 속옷 안이 적나라하게 기수 눈에 비추어진다.

기수는 그 모습을 차마 그대로 주시할 수 없는지 눈을 감고 머리를 돌려 외면한다.

"왜 그래. 눈 아파?"

"글쎄요. 눈이 아프다네요."

"공부하느라고 눈을 너무 혹사시켰나 보구나. 어디 봐."

"아니에요."

순간 기수는 여진이 떠올라 벌떡 일어나 여진의 방으로 간다. 잠시 잊고 있었다는 죄책감이 들어서다.

나나가 의도하는 말이 뭔지는 모르겠지만 사랑을 떠나 동거인으로 이러면 안 된다는 것이 기수의 생각이다.

바다는 바람만큼
파도가 치고
파도는 클수록
난해를 고시해,
살 뜻도 맘대로
전개되지 않는
동경의 지표에
희망이란 목표로
소원의 돛을 쳐,
풍랑에 흔들려도
걷을 줄 모른 채
사랑의 그물을
간판으로 치는
배에, 무리 진
꿈을 이루려는
정열의 향기가,
항해마다 여는
밤노 아름답게
섬기는 항구의
물결로 뜁니다.

"야, 내가 문제 낼게. 맞추어 봐."

안양 유원지 계곡에 자리를 깔고 앉자 음료를 마시던 호진이 안 하던 짓을 한다.

"한문으로 여자와 남자가 부둥켜안으면 무슨 글자가 되는 줄 아냐?"

"그것도 문제라고 내냐, 인마."

"뭐라고?"

즉각적인 창학의 핀잔에 호진이 놀란 반응이다.

"그런 문제는 중학생도 아는 거야, 인마."

"호好."

호진의 실없는 실토가 더 재미있다.

"공부는 잘 되냐?"

"노력할 뿐인 거지, 뭐."

창학의 물음에 기수는 원초적인 답변을 한다.

"야! 그 공무원 시험이라는 거 아무나 다 붙는 거 아니잖아."

호진은 듣는 사람의 기분은 염두에 없나 보다.

"애새끼가 말을 해도 꼭 저 모양이라니까."

"왜, 인마. 내가 뭐."

"야! 저런 꼴통하고 하고 사는 나나 누님도 참 대단한 것 같지 않냐?"

"새끼, 얼마나 좋다는데, 인마."

기수기 답변도 하기 전에 호진이 나선다.

"저렇게 좋을까."

창학은 도무지 호진을 이해할 수 없다는 표정이다.

"참말로 연분은 연분인가 봐."

이해는 못 해도 수긍은 해야 한다는 듯 창학은 그들 관계를 연분이란 말로 표현하며 동의 구하듯 기수를 바라본다.

"수수께끼 같은 연분!"

기수 역시 창학과 대동소이한 의향인 듯 받아들인다.

"호랑이도 제 말 하면 온다더니 호진이 천생연분 저기 오시네."

화장실에 갔다가 먹을 것 좀 사오겠다며 함께 간 반바지 차림의 여진과 나나, 그리고 창학의 새 애인 소희가 검정 비닐 뭉치를 들고 재잘거리며 다가온다.

다들 각선미가 돋보이는 짧은 반바지 차림이지만, 키가 크고 굴곡이 뚜렷한 소희는 특히 주위의 시선을 끌만큼 아름다운 몸매의 소유자이다.

니니는 노란색과 검은색 줄무늬가 허리에 벨트처럼 쳐진 초미니 반바지에 수영복 상의 같은 것으로 가슴만 가려 마치 수영복 차림 같고, 여진은 조금 소심한 기본 바탕이 그런 듯 핑크빛 상의 자락을 허리께에 동여서 배꼽을 가렸다.

"아유, 무거워."

나이가 막내라 소희가 들고 왔나 본데, 창학을 보자 소희가 투정 아닌 투정으로 앙탈을 부리는 것처럼 비친다.

소희는 미스코리아 선발 대회에 출전했었던 경력의 소유자이다. 지역은 인천이었는데 미스 인천 선에 뽑혀 본선까지 진출했었다고 창학에게 들었다.

"오빠, 나 더워. 물에 들어가자."

애교가 많은 소희가 짐을 놓자마자 담배 피우는 창학의 손을 잡아 끈다.

"아이스크림 녹는데 먼저 먹어야지."

"물에 가서 먹으면 되잖아."

소희가 잽싸게 두 개를 챙기려 허리를 굽히자 옆에 있던 나나가 자신도 허리를 굽히는 척하며 소희의 엉덩이를 자신의 히프로 툭 쳐 창학 위로 넘어뜨린다.

"아, 뜨거!"

담배를 피우고 있던 창학에게로 넘어지며 소희가 담뱃불에 데었는지 비명을 지른다.

"어머, 미안."

나나가 별로 미안하지 않은 기색으로 사과를 한다.

"언니!"

"동생, 빨리 물로 데려가. 화상 입기 전에 물에 담가."

소희가 일어서며 화를 내려 하자 나나는 창학을 앞세워 무마시키려 한다.

창학은 귀찮지만 어쩔 수 없다는 듯 소희의 손을 잡고 물로 가더니 흐르며 고인 물속으로 들어가 옷 입은 채로 상체가 잠기게 앉고 소희도 앉힌다.

"괜찮아?"

목만 달랑 내놓은 창학과 소희는 서로를 바라보며 물속에 잠긴 팔을 살핀다.

담뱃불에 살짝 스친 것인지, 상처가 될 만큼 데인 것 같지는 않다.

"가만히 보면 나나 언니는 좀 심술궂어."

소희가 나나를 험담한다.

나나의 심술 덕에 이렇게 한가로운 하루를 즐기게 된 것임을 소희는 모르는 모양이다.

"짜잔!"

나나와 기수의 작당에 화가 난 듯 선풍기도 끄고 자신의 방으로 사라졌던 여진을 달래 주려 기수가 여진의 방문을 열려는데, 문을 열고 나온 여진이 수영복 차림으로 나타나 어린아이가 장난하는 것처럼 짜잔, 하며 포즈를 잡은 것이다.

"푸, 너 뭐하냐?"

가소롭다는 듯 나나의 시큰둥한 반응이었다.

"왜요! 예쁜데요."

여진의 돌발적인 행동에 웃음도 나왔지만 기수는 여진의 몸매도 예쁘지만 수영복도 예뻐 진심으로 하는 말이었다.

"왜요는 일본놈들 요대기가 왜요지."

나나는 분위기 상관없이 말장난이다.

기수는 나나의 말장난을 들었지만 여진의 비위를 더 신경 써야 할 상황이라 그냥 묻어버린다.

여진은 나나가 수영장 얘기를 하자 예전에 사두었지만 아직 한 번도 입어보지 못한 수영복이 문득 생각났다고 한다. 그래서 자신을 놀리려 작당하는 두 사람을 역으로 놀라게 하려고 화난 척 선풍기도 끄고 들어가 수영복을 입고 나온 거란다. 그 결과, 날을 잡아 오늘 다 같이 안양 유원지로 놀러 온 것이다.

사주가 큽니다.

부쳐야 하나요.

뜻이 이는 대로

마음 정할 수 없어,

가슴 에이도록

홀로 이는 꽃씨 하나

몰래 받아내는

향기로운 이 영혼,

틔움도 두려워

메마른 양지에

눈물로 묻어둔 채

꿈으로 발아하는

아름다운 전설만

열매로 따는

향유에 복받쳐

사주를 따릅니다.

사랑해야 할까요.

어찌해야 하나요.

사랑을 위하여

사람의 정신적 성향은 보편적으로 대세를 따르려는 편이지 않나 사료되지요. 그럴 수밖에 없는 이유는 배움의 과정이 그렇게 짜여서가 아닐까 싶고요.

사회라는 바다는 수없이 다양한 강줄기들이 모여 조화되는 형태랄 수 있을 겁니다. 그 기초적 강줄기의 하나가 학업으로 융화되는 큰 줄기겠지요.

어느 나라나 마찬가지겠지만, 현재 대한민국의 경우를 보면, 법으로 정해진 초등학교 입학 연령이 되었으니 학교에 입학시켜 학생이라는 신분으로 정신적·정서적 발달을 연대적으로 추진하는 국가적 대세에 참여하라는 방식이지요.

부모들에게 더없이 소중한 자녀들의 교육은 영원불멸의 철칙 같은 대세이기 때문에 그 어떤 상황에서도 거역하기 몹시 힘들 겁니다. 힘든 만큼 저절로 체득되는 정신적·정서적 철칙의 결과가 미래에 미치는 영향력 또한 확고할 테고요.

교육은 백년지대계百年之大計라며 가르치는 지식은 진리적 진실의 대세를 추구하는 형태라서, 개인마다 받아드는 성적은 의심할지언정 대체적으로 가르치는 신분의 사람들의 대세를 의심하지는 않는 경향이지요.

예를 든다면, 가르치는 신분의 사람들마저도 진정한 소설가의 경지를 증명하지 못하는 대세가 토착화된 상태라면, 소설가의 작품이라 하기 창피한 작품까지도 교육용 교재에 소설로 등재해 놓을 수도 있다는 대세는 간과한다는 거지요.

문학작품으로 하자가 없는 진정한 소설과, 소설이라 하기에도 민망한 작품의 수준차도 증명하지 못하는 실태가 대세로 작용하는 세태라면, 교육용 교재에 소설로 등재한 작품이 문학작품으로 하자가 없는 진정한 소설인지 아닌지도 증명할 수 없을 테니, 결국은 잘못 등재하는 오류가 있어도 오류가 있는지조차 모르는 대세에 휩쓸려, 잘못에 융화될 수밖에 없는 시험 성적만 탓할 것 아니겠냐는 겁니다.

배우는 입장의 대세는 가르치는 사람들에 의해 토착화된 대세에 융화되려 할 수밖에 없는 형태이니까, 잘못이 있어도 그 잘못을 증명할 명확한 증거가 없으면, 잘못이 있는 줄도 모른 채 그저 훌륭한 소설가의 작품인 것처럼 가르치는 대세에 갇혀버릴 수밖에 없는 거란 말이지요.

만약 이렇게 잘못된 대세를 알게 된다면 과감히 바꾸어야겠지요. 백년지대계라는 교육을 위해서라도 반드시 진실을 규명해 볼 필요가 있을 테고요.

사실 소설가의 작품과 소설가의 작품이라 할 수 없는 수준을 분류할 수 있어야 한다는 정도는 상식적으로만 생각해 봐도 알 수 있는 거잖아요. 단지 장르 고유 특성 같은 기본적 요소로 분류해야 하는 방식이 대세로 형성되지 않아 묵과할 뿐인 거지요.

이러한 경우를 보면 대세로 형성되어야 할 실로 중요한 덕목들은 대세로 형성되지 않고, 지역감정이나 학연 따위처럼 대세로 형성되지 않아도 될 것들은 대세로 형성되기도 하는 경향인데, 이렇게 부정적인 대세에 대해 너무 관대하게 되면 옳지 않은 것들도 토착화될 수 있는 것이니, 그저 대세에 편승하려고만 하지 말고 하나의 환경처럼 조성된 대세라 해도 진위를 진단해 보는 것이 나쁘지 않겠지요.

잘못인 줄 모른 채 대세로 엮어지는 잘못은 시나브로 풍토로 토착화되기도 할 뿐만 아니라, 진리적 진실처럼 대세가 되어버린 어떤 잘못은 그 잘못을 증명할 명확한 증거가 있다 해도, 대세로 형성된 그 작용의 힘으로 휩쓸어 버리려 하는 은밀한 조정에 의해 진실이 뭉개질 수도 있으니까, 대세적 상식은 항상 분명한 증거로 진실을 증명하는 방향에서 좋은 토양이 구축되도록 경주해야 하지요.

사회라는 조화 안에서 공통분모를 중심으로 모여 이룩하는 조직적 대세는 개개인이 발의해 이룩하는 독립적 외침보다 우선하니까, 잘못 형성된 조직적 대세가 마치 진리적 진실처럼 조화되고 있는 것은 아닌지도 진단할 수 있는 입증적 대세를 필요로 한다는 거랍니다.

우리가 사는 사회의 진실은 우리가 사랑하지 않으면 알게 모르게 사장되기도 하거든요. 그러니까 문학적 진실이건, 정치적 진실이건, 진실은 반드시 규명되어야 한다는 거지요. 그렇지 못하면 진실을 감추려 하는 자들에게 속거나 농락당하면서도 농락당하는 줄도 모를 수 있으니까요.

"이리 와 봐."

듣기에도 청아한 소리를 내며 흐르는 계곡의 시원한 물속에 앉아 목만 내놓고, 행여 흉터라도 생기지 않을까 하여 데인 곳을 점검하던 창학이 살피고 있던 소희의 팔을 끌어당긴다.

"왜에?"

애굣덩어리 같은 소희가 싫지 않은 듯 코맹맹이 소리를 내며 못 이기는 척 다가가자 창학은 소희를 자신의 무릎에 앉게 한 후 허리를 팔로 감고 상체를 밀착시킨다.

"사람들이 보는데."

"보면 어때, 우리가 뭐 못할 짓이라도 하남?"

쪽!

"이러면 범법 행위인가?"

입을 맞춘 창학이 사랑스러운 눈길로 주시하며 소희가 사람들이 본다고 했던 말에 대한 판단을 의뢰한다.

"풍기문란죄 아니야?"

"만약 풍기문란죄에 걸리면 그건 다 자기 책임이니까, 잡혀가도 자기가 잡혀가고, 벌금을 내도 자기가 내야 돼."

"그런 게 어디 있어. 자기가 해 놓고."

"자기가 너무 예쁘니까 나도 모르게 하고 싶었는걸. 그러니까 자기 죄지."

듣기 좋은 말이다.

"예쁜 게 죄란 말이야?"

창학의 말에 소희는 기분이 정말 좋아 평정심을 잃었다. 그러다 보니 평소에 스스로도 자신이 예쁘다고 생각했던 본심을 실토해버린 것 같아 조금 민망해 창학의 머리를 두 팔로 당겨 자신의 가슴에 안는다.

"사랑해 자기."

소희는 창학이 무척 사랑스러워 그 감정을 행동으로 나타낸 것이다.

"봐. 이건 자기가 저지르는 풍기문란죄야."

소희의 풍만한 가슴에 얼굴을 묻은 채 하는 창학의 말이 분명하지 않아 소희가 팔을 풀어 주자 창학은 반복한다.

"이래도 발뺌할 거야? 자기로 인해 발발한 풍기문란죄야."

소희는 사랑스러운 창학의 얼굴을 두 손으로 감싸며 그윽하게 바라본다.

"왜, 내가 너무 머지져?"

창학이 '멋있어?'라는 말을 애교스럽게 '머지져?'로 바꾸며 행복함을 표현한다.

"엉, 너~무너무 머지져."

애교로 들께기리면 서러워할 수학가 장단을 맞추다.

"야 인마, 너희 풍기문란죄다."

호진이 언제 다가왔는지 지나가며 한마디 한다.

"부러우면 신고해라."

창학이 호진의 말에 대꾸하며 소희의 무게를 느끼는지 몸을 조금 비튼다.

"참 그런데 자기야, 나나 언니는 자기 남편도 아닌데 왜 나이도 한참 어린 기수 씨한테 오빠라고 부른대?"

"늙으니까 노망났나 보지."

"킥킥."

"농담이고, 실은 기수를 따먹고 싶은가 봐."

"뭐! 호호."

창학은 자신의 실없는 장난이 재미있는지 노망이란 말에 소희가 웃자 비밀이야기로 하려는 듯 소희 귀에 자신의 입술을 가까이 대며 다시 장난을 친 것이다.

"정말이야?"

창학의 장난치는 말에 대한 소희의 반응은 외의로 진지했다. 그러자 창학은 다시 장난기가 발동했다.

"왜, 너도 관심 있어?"

"뭐라고? '너도 관심 있어'라니!"

창학은 순전히 농담이었지만 듣는 소희는 농담으로 받아들일 수가 없었는지, 순간 창학의 말을 곱씹은 소희의 가슴이 떨렸다. 애인이라는 사람이 어떻게 이런 말을 이리도 쉽게 할 수 있을까.

창학의 말이 재미도 있지만 진짜일까 궁금하기도 해 정말이냐고 한 것인데, 뜻밖에도 창학이 '너도 기수와 자고 싶으냐'고 묻다니 기분이 나쁘다. 자신을 어찌 생각하기에 이런 말을 이렇게 쉽게 하는지 도무지 이해할 수가 없다.

소희는 창학이 무슨 뜻으로 그런 말을 하는지 모를 뿐만 아니라 화가 나 잠시 주시하며 가라앉힌다.

"그게 무슨 뜻이야?"

소희가 정색을 하며 되묻자 창학이 순간 실태를 인지한다. 하지만 장난으로 한 말인데 뭐, 하는 심정이다.

"내가 이런 업종에 종사한다고 지조도 절개도 없는 년으로 보는 거야?"

"내 말은 그냥 관심 있을 수도 있는 것 아니냐는 거야. 마음에 있다고 다 행동으로 이행할 수 있는 건 아니니까."

소희가 화내는 모습도 예쁘게 보이는 창학은 자꾸 장난기가 발동해 마음에 없는 소리로 소희를 놀린다.

"그 말 진심이야?"

"진심이지."

창학은 웃음이 나오지만 꾹 눌러 참으며 뽀로통한 소희가 귀여워 더 진지한 척한다.

"개새끼."

뜻밖에 욕을 한 소희가 벌떡 일어나자 창학의 얼굴에 물이 확 튄다.

"네가 인간이냐? 이 새끼야."

소희가 한마디 더 던지고는 물에서 나간다.

예상히지 못한 욕과 행동에 놀란 창학이 슈가 어찌할 줄을 모르는데 소희가 가버린다.

"내가 심했나."

나나와 여진이 있는 자리를 향해 걸어가는 소희의 뒷모습을 보며 창학은 그게 그렇게 심한 말이었던가를 생각해 보지만, 자신은 재미

있어 장난으로 한 건데, 하는 생각이라 소희가 너무 진지하게 받아들인 것이라고 치부한다.

나도 알 수 없게
내려지는 내 안의
명령에 길들여져
기합도 참으며
그대에게로 갑니다.
가다가 돌아와도
돌아보면 가고 있어
되돌릴 수 없는 길,
거부하고 싶어도
거역할 방도도
배겨낼 수도 못 찾아
끝내 시키는 대로
길들여진 명령을
받들고 있습니다.

나나가 변했단다. 늘 생각은 있었지만 행동에 옮기질 못했는데 이젠 좀 더 인간답게 살고 싶다는 것이다.

추측컨대 기수는 호진의 영향도 무시하지 못할 것이라 여긴다.

수입이 좋아진 호진은 나나가 룸살롱 일을 그만두었으면 좋겠다고 했었다.

호진은 나나의 의견을 존중해 무조건 따르기로 했단다.

나나는 호진과 의논하길, 자신이 아는 언니 한 분이 생닭과 튀김닭을 파는 장사를 하는데 피치 못할 사정상 급히 그만두어야 한단다. 그런데 막상 급하게 처분하려니 쉽지가 않아 나나에게 해 보라고 했다는 것이다.

나나는 그 언니와 오래도록 친분 관계를 유지하고 있었기 때문에 수입 같은 것까지 사정을 잘 알고 있었기에 솔깃했다.

힘은 들어도 쏠쏠한 수입에다 짓궂은 남자 손님들에게 시달리지 않아도 될 것 같아 호진 에게 상의해 보고 싶었는데, 그때 마침 호진이도 나나에게 룸살롱 생활을 그만두면 어떻겠냐는 의사를 타진했고, 자신도 그 생활에 진력이 나던 차라 과감히 그 길을 선택하기로 했단다.

기수는 나나가 소녀적 꿈인 글도 많이 써 보길 바라는 마음이다.

자신의 경험에 비추어 볼 때, 꼭 무엇이 되어야겠다는 목표도 좋지만, 나나 같은 경우 기본 바탕은 어느 정도 되어 있는 상태니까 순간적으로 떠오르는 영감적 착상들을 예술적 경지로 작품화하는 노력 속에 터득하거나 깨닫는 바가 많다는 사실을 잘 알아서 그렇게 생각하는 것이다.

문학작품과 문학작품이라 할 수 없는 증거에 대해 기수와 토론도 해 본 나나이니까, 단지 문학소녀였던 시절과는 다른 작품을 완성하려 할 것이라 예상한다.

모든 문학 장르에는 제각기 장르 고유 특성이 있으니까 문학작가로 등단한 전문가의 작품은 기본적으로 장르 고유 특성을 충족시켜야 한다는 사실은 고려해 보면 누구나 수긍할 상식 같은 것 아니겠느냐고 했을 때, 나나 역시 머리를 끄덕이며 동의했으니 앞으론 그런 작품을 쓰려 하며 나름 터득하는 깨달음으로 발전해 나갈 것이라 믿는 기수다.

나나와 문학에 관해 대화할 때 기수는 문학작품과 문학작품이라 할 수 없는 작품의 변별적 증거를 자신이 생각하는 '문어체文語體'로 들기도 했다.

"현재 국어사전에 등재된 문어체의 뜻은 '문어로 쓰인 문장의 체'로 문장체라고도 하며, 구어체의 반대말이라 되어 있지요. 또한, 문어文語란 뜻은 '문자 언어이며 시가나 문장에만 쓰이고 말로는 쓰이지 않는 말'이고, 문장어文章語로서 구어口語의 반대말이라 정의해 놓고요.

국어사전에 등재된 문어체의 정의를 구체적으로 정리해 보면 '문자 언어로 쓰인 문장의 체'라는 뜻으로, 더 쉽게 펼쳐보면 '시가나 문장에만 쓰이고 말로는 쓰이지 않는 말로 이루어진 문장'이라 할 수 있는데, 전 이 말에 동의할 수 없답니다. 왜냐면, 시나 소설을 쓰는 데 시어나 소설 낱말 선택에 제한을 두고 있나요? 분명히 없지요.

또한, 시가나 문장에는 쓰이지만 말로는 쓰이지 않는 낱말이 있을 수 있을까요? 전 분명히 없다고 생각한답니다. 문장을 완성하는데 낱말 선택에 제한이 있나요? 없지요. 그러니까 선택에 제한이 없는 모든 언어나 낱말들은 더 많이 쓰이고 적게 쓰일 뿐이지, 문맥에 필요한 낱말을 선택하기도 전에 시가나 문장에만 쓰이고 말로는 쓰이지 않도록 예정된 채 탄생한 언어는 있을 수 없는 거잖아요. 더구나 '시가나 문장'이라는 제한에도 문제가 있지요.

시가나 문장이라는 뜻에는 아직 습작 단계도 탈피하지 못한 아마추어들이 완성한 작품과, 등단 통로를 통과해 사회적 특별한 신분을 획득한 사람들의 작품까지 포함되는 것인지 아닌지도 명확하지 않거든요. 즉 그저 문장으로 완성된 모든 글이 다 해당하는 것처럼 너무 포괄적으로 정의되어 있다는 것이지요. 무슨 뜻이냐면, 수준과 상관없는 정의라 초등학생이 완성한 작문 문장도 포함되고 시인의 작품도 여기에 속한다는 거란 말이지요. '구어체와 반대말'이라는 정의도 동의할 수 없고요. 제가 보기엔 영국 시인들이 말하는 구어체 시가 바로 문어체이니까요.

만약 문어체란 뜻이 '문학적 언어로 이루어진 문장'이라는 뜻이라면, 가장 먼저 문학작품임을 증명하는 증거가 되겠지요. 문어체 문장이 아니면 문학작품이 아니라는 뜻이 되는 거니까요. 물론 문학작품과 문학작품이라 할 수 없는 작품을 분류할 수 있어야 한다는 기본적인 문제가 발생하겠지만요.

문어체로 이루어진 문장만을 문학작품이라 하는 것이고, 문어체가 아닌 문장은 문학작품이라 할 수 없는 것이라면, 등단한 이들은 당연히 문어체로 써야 할 테니까 어떤 문장을 문어체라 하는 건지도 증명할 줄 알아야 하겠지요.

앞에서 밝혔듯 문학작품이란 작품 속에서 습작 단계도 탈피하지 못한 아마추어들이 완성하는 작품 수준과는 분명히 다른 증거로, 문학적 그 경지가 증명되는 작품이라야 한다고 했지요. 즉 문어체가 문학작품임을 증명하는 하나의 증거라면, 문어체 문장이 아닌 작품들은 아직 습작 단계도 탈피하지 못한 아마추어 수준이니까 문학작품에서 제외되는 것이란 말이지요. 시(운문)로 구체적인 예를 든다면 앞에 제가 올린 여러 편의 시 형식의 작품들 중 문어체로 이루어진 작품은 시라 할 수 있는 것이지만, 문어체가 아닌 작품들은 시라 하기 미흡한 문장들이니까 시라 할 수 없는 거란 말이지요. 작문 시라면 몰라도.

쉽게 말해 문어체란 뜻이 문학작품으로 손색없는 문장임을 증명하는 하나의 증거라면, 시이건, 소설이건, 수필이건 간에 문학작품이란 문학작품은 모두 문어체로 이루어져 있어야 하는 거고, 시는 시라는 징르 고유 특성을 충족시킨 문장만을 지칭하는 것이고 소설은 소설의 특성에 부합되는 문장을 문어체라 하는 것이니까, 곧 등단한 사람들은 반드시 문어체로 작품을 완성해야 하는 것 아니겠냐는 겁니다. 만약 그렇다면 문어체에 대한 국어사전의 정의는 잘못 등재된 것임이 증명되는 것이지요.

국어사전에 등재된 포괄적 뜻대로 습작 단계도 탈피하지 못한 아마추어들의 작품도 문어체라 하는 거라면, 사실 문어체란 말이 있을 이유도 없는 것 아니겠어요. 누구나 형식만 빌어다 문장을 완성하면 문어체이기 때문에 결국은 문어체 아닌 문장이 없는 건데 굳이 문어체라 할 이유가 없는 것 아니냐는 거지요. 다시 말하면 문어체 문장과 문어체 문장이 아닌 작품을 분류할 이유도 없는데 왜 그런 문장체가 탄생했겠냐는 겁니다. 제 논리가 틀리나요?

상식적으로 생각해 볼 때 문어체 작품이란 의미는 문학작품과 문학작품이 아닌 것을 뚜렷이 구분하거나 반드시 분류할 필요를 느껴서 확정적으로 단정하기 위해 정의된 뜻이라 사료되기 때문에, 문어체 작품이란 곧 문학작품으로 손색없는 수준임이 증명되는 문장만을 지칭해야 하는 것 아닌가 한다는 거지요. 이렇게 볼 때 문어체가 구어체의 반대라는 정의도 잘못된 정의라 사료되고요.

영국 시인들이 말하는 구어체 시를 한자로 정확히 표기하면 '구어체 시具語體 詩'가 되어야 하지요. 구어체 시의 의미를 한글로 정의하면 '운율을 구체적으로 형상화한 시'라는 뜻이고요. 이 말은 곧 시라는 장르 고유 특성을 충족시킨 문장이라는 얘기가 되지요. 또한, 문학작품으로도 하자가 없다는 거랍니다. 나아가 문어체 문장이 진정 시인의 경지나 소설가의 경지에 도달한 사람들이 완성한 문학작품이라는 기수의 의견이 맞는 거라면, 구어체 시란 뜻이 곧 문어체 문장이라는 의미도 되는 것이기 때문에 문어체와 구어체는 같은 의미나 다름없는 거란 말이지요."

나나는 기수의 열변에 다시 공부하고픈 마음이 고개를 들기도 했다. 자신이 이제껏 진리적 진실처럼 숙지하고 있던 문학적 소양이나 상식이 어느 순간부터 의문을 거둘 수 없을 만큼 신뢰하지 못하게 되며, 어느 것이 정말 진리적 진실인지를 규명해서 자신이 믿어야 하는 진실에 따라 작품을 완성해 보고 싶었다.

기수의 논리에 반박할 여지가 있다면 기수의 논리를 깨부수고 싶은 것이 솔직한 나나의 심사다. 하지만 기수는 나나의 지식을 총동원해서 이겨보려 해도 이길 수가 없다.

3·4조니 7·5조니 하는 운율의 정체로 다투어 보기도 했다. 그러나 자신이 아는 운율의 정체는 학교에서 배운 리듬적인 것이라 적용의 한계가 있다.

쉽게 예를 들면, 나나가 옳다고 증명할 수 있는 적용 편수는 불과 몇 편 안 되지만, 기수의 논리를 따르면 모든 시에 다 적용이 되고 그 증거가 분명하다. 그러니 이길 수가 없다. 또한, 기수가 제시하는 답처럼 모든 작품에 다 적용되는 양식이 진리적 진실에 가깝다는 사실을 인정하지 않을 수 없다. 그러다 보니 이상하게도 다시 공부하고 싶은 감정이 새록새록 돋았다. 하여 겸사겸사 닭 장사를 하기로 마음먹었다. 계획한 대로 잘 될지는 모르겠지만 일단 부딪쳐 볼 요량이다.

믿는 구석이 없지도 않다. 룸살롱 식구들과 호진이 거느리고 있는 식구들도 도와줄 테니까 괜찮을 것 같다. 해여 고전을 한다 해도 일단은 호진의 수입이 있으니까 당분간은 문제없을 거라 사료된다. 더불어 계획대로 잘 되면 호진이 원하는 아기도 가질까 고민 중이다.

나나는 호진이 자신을 정말 사랑한고 느낀다. 나나가 그렇게 느낄 만큼 호진은 이제껏 나나가 만나왔던 남자들과는 다르다.

나나는 처음부터 호진이 조금 다르다고는 느꼈지만, 단순히 여인의 육체에 대한 신비감이나 이성적 호감에서 비롯된 짧은 열정 정도로만 알았다. 그러나 날이 가고 달이 바뀌어도 나나를 대하는 호진의 정성이나 열정은 바뀌지 않았다. 특히 바로 끝장을 낼 것처럼 무섭게 싸운 후에도 스스로 잘못했다고 화해를 청하며, 우리가 아직 결혼식을 진행한 정식 부부는 아니지만 백년가약을 맺은 부부나 다름없게 살을 맞대고 사는 동거인이니까, 어쩌다 다투더라도 결혼 서약을 이행하듯 화합해 영원히 함께하는 부부로 열심히 사랑하자는 다짐이 든든한 사내로 믿게 만든다.

'사랑, 개도 안 물어갈 사랑'이라고 했던 것이 불과 얼마 전인 것을 생각해 보면 어느새 호진은 나나의 영혼까지 변화시켰다.

돈이 좀 모이면 결혼식부터 하자고 하는 호진이다. 그리고 나나처럼 예쁜 자기 딸 좀 낳아 달라고 조르는 모습은 정말 예뻐 보인다.

자신의 육체가 조신하게 살아온 평범한 여자들과 다르다는 사실을 너무나 잘 아는 나나이기에 자신은 이런 행복을 오래 누리지 못할 줄 알았다.

호진을 알기 전 동거하다시피 했던 유부남도 처음엔 참 잘해주었다. 부모님과 부인, 그리고 아이들이 살고 있는 주거지가 부산이지만, 사업상 일주일 내내 서울에서 근무하다 주말에만 부산으로 가는 주말부부였는데, 자신만 바라보라며 방까지 얻어준 후 남편처럼 자상하게 생일을 챙겨주기도 했었다. 하지만 호진과 많이 다른 것은 싸울 때 하는 언사였다.

그 남자가 아내와 아이들을 보러 가는 주말에 나나가 외출하는 문제로 주로 싸움이 발생했는데, 그 남자는 자신이 주는 생활비로 여진을 비롯한 다른 그 누구와 술 마시는 것도 기분 나쁘단다.

남자도 아닌 단짝친구와 시간을 갖는 것마저도 싫어할 만큼 구속하는 것도 나나는 나름 자신을 사랑하기 때문이라며 참을 수 있었다.

당시 나나는 이런 사람이면 평생 종이 되어도 좋겠다는 마음을 품었을 만큼 끔찍이 사랑하던 사람을 잃고 방황하던 시기였다.

나나가 처녀성을 바쳤던 바람둥이 선배 이후로 가장 사랑했던 동화는 건축설계사였는데 작은 키에 대한 콤플렉스를 갖고 있는 남자였다.

나나보다 크지 않은 키에 대한 콤플렉스 때문인지 모르겠지만, 동화는 호진처럼 나나의 직업에 대해 개의치 않아 둘은 동화가 얻은 대림동의 월세방에서 동거를 시작했다.

대구가 고향인 동화는 대림동 근처 설계사무실에 취직이 되어 이곳에 방을 구해 직장생활을 했었는데, 자신의 사무실이 인천으로 이사를 해 어쩔 수 없이 직장이 있는 인천으로 출퇴근을 하게 되었던 것이다.

나나는 동화가 출퇴근 시간에 많은 시간을 빼앗기며 시달리는 모습이 안쓰러웠다. 하여 나나는 동화에게 소형 자가용을 사주었다.

동화는 정말 좋아했다. 그리고 동화는 그런 감정을 나나가 진정한 사랑으로 느끼게 쏟아 냈다. 지금도 동화와 살던 그 시기는 문득 떠오를 때마다 늘 저절로 미소가 번질 만큼 행복했다고 되새기는 나나다.

너무너무 행복한 사랑은 누릴 운명이 아닌지, 아니면 하늘에 있는 천사들이 나나와 동화의 관계를 시기해서인지, 나나와 동화의 꿀맛 같던 나날의 사랑은 추억으로만 간직할 수밖에 없게 만든 불의의 교통사고로 끝이 났다.

새벽에 출근하던 동화가 교차로에서 버스와 충돌해 그 자리에서 유명을 달리했다는 소식에 나나는 기절을 했고, 깨어보니 세상은 그대로지만 자신의 세상은 너무도 많이 달라져 있었다. 그런 연유로 고독함과 외로움에 지친 것인지, 사고의 충격에 나나 자신도 느끼지 못하게 변하게 된 것인지, 그 유부남은 정신적으로 너무 공허할 때 따뜻한 손길을 내민 사람이라 나나는 고마운 마음이 컸었다. 그러므로 구속이 심해도 이해하고 수용하려 애썼다. 하지만 그 남자는 성질만 나면 나나의 약점을 아무렇지도 않게 후벼 팠다.

그는 나나 스스로도 만약 나중에 결혼하게 된다면 남편 될 사람에게 떳떳할 수 없다고 여기는 육체에 대해 직설적으로 더럽다는 욕을 마구 해댔다. 나나가 너무 잔인하다고 여길 만큼.

돈을 아무리 많이 주는 남자라 해도, 평소에 진짜 남편처럼 자상하게 위해 주는 남자라 해도, 나나는 그 남자의 그런 옹졸함을 견딜 수 없었다. 그래서 헤어졌다.

어차피 헤어질 사람이지만, 아니, 어쩌면 호진과도 헤어질 각오를 하고 만났으며 동거도 했다고 하는 게 옳을 것이다. 그냥 남자가 필요하니까. 아니, 여자로서의 정신이나 육체가 남자를 원하니까, 떠날 것을 예견하면서도 떠날 때까지만이라도 곁에 있는 것이 없는 것보다 좋은 거라고 치부하는 영혼의 명령을 이행하고 싶어하는 것이다.

나나는 무서움이 많은 편이다. 특히 밤에 침대에서 혼자 있는 것이 무섭다. 외로움인지도 모르겠지만, 잠을 자다 한밤중에 깼을 때 옆에 아무도 없는 혼자라는 사실은 이상하게도 참기 힘들게 무섭다.

속옷 하나라도 입으면 잠이 잘 오지 않는 나나는 벌거벗은 신체의 일부를 통해, 그것이 손이 되었건 다리가 되었건 따뜻하게 느낄 수 있는 편안한 접촉감을 영혼이 감지해야 심신이 안정이 되는 여자라서 그런지 모르겠다고 생각해 보기도 한다. 또한, 자신의 근본적 성향 자체가 잠을 자면서도 유지하고 싶은 이성적 교감을 본능적으로 갈구하는 성향이라, 자기 전 누군가가 옆에 있다는 생각만으로도 평안함을 느낄 수 있는 감성이, 옆에 아무도 없을 때 돌변해 무서움으로 나타나는 건지도 모른다고 스스로를 진단하기도 한다.

그런 면에서 나나는 호진에게 고맙다. 아직 나이가 어려서 그런지 생각도 깊지 않고 행동도 신중하지 못하다. 하지만 나나의 약점 따위는 안중에도 없는 듯 진지하게 미래를 설계한다. 결코 욕심을 내지는 않지만, 나나가 은연중 바라는 여자의 행복에 대해서도 배려하며, 차츰 백년가약을 맹세한 남편처럼 가장으로의 역할까지 자각하는 사내다운 면모를 드러내, 나나가 평생의 짝으로 의지해도 좋을 것처럼 생각하게 한다.

꽃은 꿀을 담고

꿀은 달게 열려

유혹하는 향기에,

마력의 벌이

앉게 빠지는

기지를 뜻으로

무늬를 띠므로,

가는 맘 말리게

명할수록 피는

위로나 연민의

병명이 있습니다.

올대로 해결될

병이라면 차라리

수술이라도 하련만,

끝없이 진단해도

아픔의 처방전이나

약방문도 없어,

곪도록 앓으며

아려서 터지는

입원의 딱정이가,

의사에서 떨어질 때까지

간호하게 가두는

열병의 심사마다,

감정을 채취케 해

애수의 열기에도

시나브로 취해 갑니다.

"또 떨어졌다고?"

이 음악다방 커피가 제일 맛있다는 호진은 커피잔을 들며 예상이라도 했다는 듯 머릴 끄덕인다.

"내 그럴 줄 알았어. 야! 고시공부 아무나 다 하는 것 아니야."

"알았으니까. 그만해 인마."

"새끼, 왜 나한테 화풀이야."

호진의 언사가 불쾌한지 창학이 언사를 높이자 호진은 한풀 꺾어주면서도 투덜댄다.

"넌, 발표 났냐?"

창학이 기수에게 묻는다.

"엉, 어, 어제."

"됐어?"

창학이 꽤 궁금했다는 듯 조급하게 묻는다.

"재수가 좋았나 봐."

"정말?"

성질 급한 호진이 뒤로 기댔던 몸을 바로 세우며 반색을 한다.

"넌, 붙을 줄 알았다."

창학이 담배를 물며 축하 인사를 건넨다.

"축하, 축하!"

호진도 손뼉을 치며 좋아한다.

"아직 2차 면접 남았어."

"면접이야 특별히 하자 없으면 거의 다 통과되는 거잖아."

"그렇긴 한데."

"하하하, 야, 너희들 정말 웃긴다."

갑자기 호진이 크게 웃더니 기수의 말을 자르고 들어온다.

"운전면허시험, 그것도 2종을 2번씩이나 떨어진 놈이, 공무원 시험을 단번에 합격한 놈 면접 걱정하는 꼴이라니, 정말 배꼽 빠질 일 아니냐. 하하하."

호진은 창학의 말이 주제넘다고 여기는지 노골적으로 비교해 말을 한다.

"아휴, 저것도 친구라고."

창학은 빈정거리는 호진에게 커피잔을 집어 뿌릴 듯하다 마시며 참는다.

"내 말 틀린 말 아니잖아, 인마."

"니니 끌헤, 인끼."

"소희 씨 집에 인사 갔었다며?"

기수는 그 얘기가 듣고 싶었다. 그래서 두 사람 사이에 말을 끊으며 끼어들었다.

소희와 동거를 하던 창학은 정말 소희가 맘에 들어 소희 집에 인사를 가기로 했었다.

　인사를 가기 전 소희가 알려준 바로는 위로 오빠만 4명이 있으며 직업군인이었던 아버지는 돌아가시고 어머니만 계신다고 했다.

　소희는 자기 집안의 딸이 오직 자신 하나라 무척 귀여움받았으며 오빠들 보살핌 속에 어려움 없이 자랐다고 했다.

　창학은 소희의 말을 아마도 오빠들이 가만 안 둘 거니까 마음의 준비를 하고 가라는 약간의 협박처럼 들었다.

　물론 그런 말에 겁먹을 창학은 아니다. 하지만 소희는 몸에 밴 자신의 오만함의 발로인지 정말 각오해야 할 거라고 말하며 창학의 표정을 살폈다. 창학이 주눅이라도 드는 걸 보고 싶은 건지. 그러나 당시 창학의 마음은 담담할 뿐이었다. 단지 특이하게도 별이 많은 집안이라는 애매모호한 말을 들었을 때 가슴이 부풀었다.

　소희 말을 들을 때 창학은 아버님 영향을 받아 군 장성이 여럿 되나 보다, 하여 존경스러운 마음이 돋기도 했다. 그 정도 되니까 미스코리아 선발 대회에 출전할 만큼 곱고 아름다운 소희 같은 아가씨도 탄생하지 않았겠냐고 추측하며 가슴이 따뜻해졌던 것이다.

　별이 이십 개 가까이 된단다.

　창학은 소희 오빠들을 보고 참으로 놀랐다. 4형제가 전부 별을 달았는데 현재 열 몇 개란다.

　창학은 소희네 집에 인사 오기 전, 자신의 배다른 형제들을 생각해 보게 되었다.

　창학의 아버지는 박정희 전 대통령과 육군사관학교 동기로 군인이었는데, 대령으로 예편한 후 병무청에 근무하다 어느 날 갑자기 뇌출

혈로 돌아가셨다.

창학은 당시 자신이 알기로 대한민국 사립 초등학교 중에서도 세 손가락 안에 든다는 홍익초등학교를 졸업했고, 그렇게 유명한 사립학교를 다닐 수 있었다는 약간의 자부심도 있다.

창학은 기수에게 자신은 초등학교를 다닐 때부터 늘 정장을 하고 넥타이도 했으며 머리도 항상 단정하게 했었다고 말했다. 그러다 중학교 입학 후 어느 날 갑자기 아버지가 돌아가시자 아버지 집으로 쳐들어온 큰어머니와 배다른 형제들에게 어머니와 함께 빈손으로 쫓겨났단다.

창학과 함께 쫓겨난 창학의 친어머니는 그전에 아버지가 마련해 주었던 집으로 돌아갔고, 고등학교 졸업 후 이렇게 자신은 집을 나와 살고 있다고 했다.

창학의 어머니는 창학의 아버지의 세 번째 부인이었다.

얼마 전 창학은 기수와 함께 자신이 예전에 아버지와 함께 살던 서교동 집 근처까지 갔었다.

기수는 창학의 옛집 주위를 한 바퀴 돌며 아주 좋다는 탄성을 발하기도 했다. 자신이 이제까지 서울에서 본 집 중에 최고라고.

기수는 정말 창학이 안내한 집을 밖에서만 보았지만, 그 규모와 멋에 놀랐다.

현재 창학의 배다른 형제들 중 한 명은 청와대에 근무하고, 또 한 명은 경찰청에 근무한다고 한다. 나이 차가 창학과 크지 않은 셋째는 지금 뭐 하는지 잘 모르지만, 아버지 영향이나 형들의 보살핌으로 좋은 직장에 다닐 거라 추측했다.

창학은 자신의 배경에 비추어 소희의 집안도 생각했던 것이었다. 그런데 알고 보니 소희 오빠들의 별은 모두 교도소에 다녀온 별을 말하는 것이었다.

"자네가 우리 예쁜 막내 남자친구라고?"

인사 갔던 날, 집에는 큰오빠와 어머니뿐이었는데 전라도 사투리를 구사하는 큰오빠는 대면부터 범상치 않은 기도를 풍겼다.

"예에."

형님이라는 말을 붙이려 했는데 뜻대로 되지 않았다.

나중에 안 사실이지만 둘째와 셋째, 넷째 오빠는 사고를 쳐 현재 교도소에 있단다.

"여러 소리 할 것 없고 소희 울리지 마라. 소희 울리면 나한테서가 아니더라도 성하지 못할 테니까."

"명심하겠습니다."

조용조용 하는 말이지만 으스스한 협박을 느낀 창학은 본인도 모르게 주눅이 든 자신을 발견하게 되었더란다.

소희는 씩씩한 오빠들 사랑 속에 자라서 그런지 과감한 면이 많았다. 그리고 고집도 장난 아니게 세다. 특히 싸울 때 소희의 모습은 나나와 비슷하다. 창학과 싸움이 붙으면 항복을 모르는 듯 살림을 다 집어던지며 이기려 들었다. 그러고는 자신이 집을 나가 삼사일씩 안 들어오는 외박도 불사했다.

호진과 나나도 금방 찢어질 것처럼 싸우고 외박을 삼사일씩 했지만, 창학과 소희의 동거도 역시 그들처럼 계속되었다.

창학은 입버릇처럼 섹스 잘하는 창녀와 결혼하고 싶다고 했었다. 그래서 그런지, 자신에게도 여자가 많아서 묵과하는 건지, 소희가 외박하는 것에 대해 그다지 예민하게 굴지 않았다.

기수는 창학이 말하는 섹스 잘하는 여자가 어떤 여자인지 알지 못해 이해하기 어려웠다. 그래서 소희가 섹스 잘하는 여자냐고 물어보고 싶기도 했다. 서로 죽일 듯 피터지게 싸우고도 행복해하는 모습을 보면 창학이 입버릇처럼 말하던 그런 여자이기 때문일 것이라 추측되어서다. 하지만 물어볼 수 없었다. 설령 창학이 인정할 만큼 그런 여자라 한들 기수가 확인할 수 있는 사안이 아니기 때문에 묻어둘 수밖에 없었다.

"닭집 호황이라며?"

나나가 인수한 닭집이 무척 잘된단다. 기수는 생닭과 튀김닭이 모두 잘 팔려 금방 빌딩 지을 것 같다는 얘기가 문득 떠올라 물어본 것이다.

"너무 잘 되어도 문제다, 야."

호진의 의외의 답변이다. 돈을 잘 벌면 좋아할 호진인데 돈을 잘 벌어서 문제가 생긴다니 의아하다.

"그게 무슨 말이야?"

기수가 이해할 수 없다고 하자 호진은 창학을 힐끔 보더니 나나가 술집 때려치우고 같이 닭 장사를 하자고 하다고 말했다.

듣고 보니 일손이 부족하면 그럴 수 있을 것 같다.

나나는 처음엔 너무 힘들어 투정이었는데 갈수록 장사가 잘되다 보니 재미가 들려 이제까지 하지 않던 배달까지 해 보자며 호식을 끌어들이려 한다. 겨울로 들어서자 늘어난 주문량을 혼자는 도저히 감당할 수 없어 주말 같은 때에는 시간제로 사람을 써야 한단다. 그러나 호진은 현재 직책에 만족한다. 그래서 생각 끝에 호진은 여진과 함께 해 보는 것이 어떻겠냐고 했단다.

특별히 장소가 좋은 것 같지도 않고 나나의 솜씨가 뛰어난 것도 아닌데 전임자보다 매출이 상승한 요인을 모르겠다.

"타고난 복인가 보지. 주위에 사람이 잘 꼬이는 사교성 좋은 사람이잖아."

창학이 분석한 말에 기수가 좋은 의미를 부여하려 하는데, 창학은 좀 전에 호진에게 당한 복수전이라도 하고 싶은가 보다.

"사교성 좋지. 붙임성도 좋고 화끈한 성격이라 기분 좋으면 몸까지 다 주겠다고 큰소리칠 테니까."

"뭐야! 얀마! 말이면 다냐?"

호진의 성질이 폭발한다.

"사교성이라는 것이 그렇다는 거지 꼭 네 와이프가 그렇다는 것은 아니잖아. 짜샤."

예상했던 대로라는 듯 미소를 띤 창학은 말을 우회적으로 돌려 호진의 판단을 헷갈리게 한다.

"그러냐?"

호진이 기수에게 창학이 한 말에 대한 진위를 묻는다.

기수는 바로 답변을 못 한다. 이럴 땐 어찌 답변을 해야 할지 대답하기 곤란해서다. 호진을 좀 더 놀리고 싶은 맘도 없지 않지만, 욱하는 성격인지라 적당할 때 끝내야 좋다 생각해 답을 한다.

"농담으로 생각하면 쉬울 것 같은데."

기수는 궁여지책을 내놓은 것이다.

"농담도 그런 농담은 기분 나쁘지."

호진의 말에서 그가 평소에 나나를 어찌 생각하는지 알 수 있을 것 같다.

"얀마, 넌 아직도 나나의 성격을 모르냐? 한마디 말이 천 냥 빚을 갚는다는 식으로, 말만 잘하면 다 준다는 말은 네 와이프가 트레이드마크처럼 하던 말이야 인마."

창학이 예전의 나나의 성향을 상기시킨다.

"그건 말 그대로 옛날이잖아. 지금은 엄연히 내 동거인이고."

호진도 질 수 없다고 현재를 직시하라고 따진다.

창학과 호진은 늘 티격태격하는 편이면서도 서로를 의지하는 친구라는 조금 묘한 관계라 사료된다.

창학은 영리하고 핸섬한 편이라 잔머리도 잘 굴린다. 반면 호진은 우직하고 평범한 스타일이라 직설적이다. 그래서 그런지 창학은 호진을 자기 뜻에 맞추어 구슬리며 적당히 부리는 편이다. 언변이나 술수, 계교 같은 것으로는 도저히 창학을 당할 수 없는 호진이기 때문에 결정할 일이나 판단이 필요한 경우에는 대부분 창학에게 의존하는 편이기도 하다. 그러다 보니 창학과 호진은 마치 갑과 을의 관계인 것처럼 비칠 때가 많다.

소화의 수치가
욕을 달아도
탈 난 위장은
속셈 위주라,
임명의 식단에
인사된 반주는
주류를 마시는
영달로 드네.

영위를 꾀어 온
보신의 탕마다
잡음이 그려진
자취의 그릇이
설거지에 깨져도,
행주 된 부류는
세척의 용기로
수장을 담네.

정서를 징벌하는
만성적 도모마저
투지로 소인해,
요리가 감정된

반죽의 재료에

지표만 포장되게

개봉하는 극장엔

영화만 상영되네.

여진이 'city100'이라는 오토바이를 샀다. 나나와 함께 닭 장사를 시작하자 욕심이 생겼는지 자신이 직접 배달까지 하겠다며 구입한 것이다.

오토바이는 샀지만 아직 탈 줄을 모르는 관계로 여진은 아침부터 의욕을 불태웠다. 겨울로 접어든 추운 날씨임에도 불구하고 빨리 배워 신나게 타고 다녀야겠다고.

기수와 호진은 나나와 여진에게 이끌려 근처 초등학교 운동장에 모여 호진을 선생님으로 오토바이 타는 법을 배웠다.

호진은 축구할 때 축구부 코치 선생님이 타고 다니던 오토바이로 타는 법을 터득하고 있었다.

호진은 여진을 앞에 태우고 자신은 여진 바로 뒤에 바짝 붙어 타, 여진과 같이 핸들을 잡은 채 다리를 땅에 대고 아주 천천히 가는 법부터 가르쳤다. 다행인지 여진은 하체도 길고 자전거도 탈 줄 알고 있었기 때문에 호진처럼 다리를 땅에 끌며 쓰러지지 않게 유지하는 법을 쉽게 터득했다.

여진이 쉽게 배우자 나나도 나섰다. 여진이 배우는 방법을 봐 둔 나나 역시 호진이 같은 방식으로 유도를 하자 어렵지 않게 배운다.

"오빠도 배워 보지?"

나나가 이번엔 기수를 추천한다.

나나는 호진이 쪽팔린다고 말려도 여전히 기수에게 오빠라 한다.

"그래요. 이 기회에 기수 씨도 배워둬요."

조금 망설이던 기수는 여진까지 거들자 못 이기는 척 조작법을 알려달라고 하고 혼자 타 본다.

호진이 권하길 자전거만 탈 줄 알면 별것 아니라고 해 자전거 타는 방식으로 혼자 해 보겠다는 것이다. 또한 호진이 혼자 타도 무난하다고 권해 실행한 것이다.

자전거보다 무거워 그런지 핸들 조작이 자전거와는 달랐지만 기어 변속을 하지 않는 상태로 유지하는 것은 자전거나 다르지 않아 쉽게 배울 수 있었다.

"자 그럼, 일차적으로 기본 주행은 배웠으니까 기어 변속하며 속도를 조절하는 법을 배우자고."

이럴 때 호진은 유능한 지도 선생 같았다.

"보기보다 운동신경이 좋네."

호진은 여진이 땅에 끌며 타던 발을 발판에 올려놓고 유턴을 하는 모습을 보며 칭찬은 한다.

"골목길과는 다를 텐데."

기수는 그래도 걱정스럽다. 여진이 배달할 길은 이렇게 넓은 운동장 길이 아니라 골목길이기 때문에 은근히 신경 쓰인다.

"금방 적응하게 돼 있으니까 걱정 붙들어 매셔."

호진은 아무 문제 없을 테니 노파심 따위는 버리란다.

"생각보다 재밌는데요."

나나에게 오토바이를 넘긴 후 다가온 여진은 미소까지 걸고 즐거움을 표현한다.

"그렇지요?"

호진은 그럴 줄 익히 알고 있다며 동조한다.

"이젠 당장에라도 배달 갈 수 있을 것 같은데요?"

기수는 여진의 목소리에서 정말 즐거워한다는 것을 느낄 수 있다.

"이미 다 배웠는데 못 갈 것 없지요."

호진은 당연하다는 듯 부추긴다.

"오빠, 뒤에 타봐."

오토바이를 기수에게 넘겨주려 다가오는 줄 알았는데 나나는 기수에게 자신의 뒤에 올라타란다.

"벌써 뒤에 태워도 될 만큼 자신감이 붙었다는 겁니까?"

기수가 나나의 의도를 눈치채며 뒤에 타자 나나가 오빠는 눈치도 빠르다며 출발하는데 조금 비틀거린다.

뒤가 무거워 핸들 조절이 혼자 탈 때와 같지 않자 잠시 비틀거린 것이다. 하지만 곧바로 달린다.

"꼭 잡아, 오빠!"

몹시 시끄러운 엔진 소리를 뚫고 들릴 만큼 크게 소리친 나나는 속도를 내는 만큼 차가운 겨울의 찬바람이 춥지도 않은지 신 나게 달린다.

기수는 나나의 허리에 팔을 둘러 잡고 눈을 감은 채 나나와 자신이 오토바이 타고 달리는 모습을 그려 본다.

"크크."

영화에 나오는 근사한 장면은 주로 남자가 긴 생머리 날리는 여자를 뒤에 태우는 장면인데 자신들은 반대라 웃음이 나온다.

"왜 웃어?"

크게 웃지도 않은 소리가 나나에게도 들렸는지 나나가 멈추며 묻는다.

기수는 사실 그대로 영화의 한 장면을 생각했다고 하자 웃음이 나오더라고 말했다. 그러자 나나가 그럼 오빠가 자신을 태우고 영화의 한 장면처럼 달려 보란다. 그렇게 기수의 뒤에 탄 나나는 기수의 등에 바짝 붙어 찬바람을 피하며 앞에 타는 것보다 뒤에 타는 것이 더 추운 것 같다고 속삭이나 싶더니 바로 떨어져 두 손을 활짝 펴 치켜 올리며 "야! 신 난다!" 하고 크게 소리친다.

"육갑을 떨어요."

호진은 마땅치 않은지 불편한 심기를 드러낸다.

"왜요, 멋진데요. 영화의 한 장면 같지 않아요?"

"영화는 무슨."

호진은 반박하다 만다.

"오호."

여진이 손을 흔들며 좋다고 호응하는 모습으로 다가오는 오토바이를 반기기 때문이다.

여진은 잘 웃지 않는 편인데 요즘은 웃음이 많다.

기수는 왜 그렇게 애써 웃으려는지 감지하기에 여진이 안쓰럽다.

여진은 기수와 이별이 멀지 않았다는 사실을 잘 알기에 가능한 한 웃으려 하는 것이다.

기수는 자신의 고향인 괴산에서 시험을 보았고 생각보다 수월하게 2차 시험까지 합격했기에 그곳 어딘가로 발령이 날 거라 했다.

여진은 기수가 시험을 본다고 했을 때 적극 추천했었다. 여진 자신이 웨이터 생활을 그만두고 다른 직장 구하는 게 어떻겠냐며 기수의 의향을 타진하기도 했었고, 시험을 통해 들어가는 직장은 많은 사람이 원하는 좋은 직장이라 여겼기에 정말 반겼다. 하지만 이렇게 불과 육칠여 개월이라는 단시간에 내에 기수와 이별을 해야 될 줄은 전혀 예상하지 못했다.

기수에게 남다른 면이 있다는 사실을 몰랐던 건 아니지만, 글을 잘 쓴다고 기수가 원하는 시험까지 수월하게 통과할 줄은 정말 몰랐다. 그러나 서로가 원했던 대로 좋게 이루어진 일이다. 그렇기 때문에 하루하루를 더 즐겁고 행복하게 만들고 싶었다.

기수가 고향에 같이 가자고는 하지만, 여진의 생각에 기수는 자신에게 얽매이게 해서는 안 될 존재로 여겨진다.

나이 차이도 그렇지만, 기수는 현재 대한민국 국어사전에 등재된 고사성어의 의미처럼 일반적으로 통용되는 용어를 비롯해 학교에서 가르치는 지식에 오류가 너무 많아, 이런 오류들을 바로잡는 것이 목표라 했다. 그러므로 자신은 그런 잘못된 지식을 규명하며 자신이 깨달은 바를 만천하에 알리는 것을 사명으로 느낀다고 종종 말했다. 그러기 위해서는 진리적 진실에 입각해 정확히 증명이 되는 명확한 증거들을 확보해야 한다. 더불어 이와 같은 목표를 달성하기 위해서는 오랜 시간 더 공부를 해야 될 거라 했는데, 그런 기수에게 여진은 아무리 생각해 봐도 평생 어울리는 짝이 될 수 없을 것 같아 보내줄 생각이다.

만약 기수가 강력히 원해 결혼하여 산다고 해도 아이를 낳으면 어찌 돌변할지 모른다는 강박감이 너무 강하다. 또한 여진은 전남편에게서 도망치며 각오한 그대로 다시는 아이를 낳지 않을 각오인데 그 점도 기수를 포기하게 작용한다.

아이를 낳지 않겠다는 사실 하나만으로 자신은 한 남자의 배필로서의 자격을 상실하는 것이다. 그러므로 기수를 떠나보낼 예정이다.

당분간은 힘들고 어렵겠지만 아름다운 추억으로 영원히 새겨 보는 것도 나쁘지 않을 것이다.

의미적 가치가

둥지를 트네.

사랑의 재료가

목마른 결정의

곳간을 짓는

설계도 그려,

임이라 진술하는

주림의 창고에

갇힌 채 열림이

허가된 시장마다

소망을 작성해,

꿈꾸는 사모의

답지에 젖도록

가정을 치는

의미적 가치가

둥지를 트네.

그대를 구속한다

어찌 보면 이성적 사랑이라는 틀의 요지는 존중심을 바탕으로 조성되는 경애적 영혼의 밭에, 저절로 생성되는 진정성을 함께 영위하는 공동의 터전 같은 것이라 여겨지기도 하지요.

저절로 생성되는 공동의 터전에는 두 사람의 가치관이나 인성 같은 것에 따라 씨가 뿌려지며, 움이 트고 자라는 것들을 확인해가는 과정에서 기름지게 가꾸어갈 토양인지 아닌지도 판단하게 되어 있는 것 같고요.

사랑을 밭처럼 개간하기에 사랑보다 우선하는 가치나 항목도 가꿀 수 있는 인간들의 탐욕적 지향의 꿈은, 저절로 생성되는 공동의 터전도 이기적 야욕이나 욕구 따위를 충족시키는 도구로 이용할 수 있는 것 아니겠어요.

지향에 따라 개간이 연여이 화장되고 확장을 영위하는 만큼의 시기나 기만 또는 술책 같은 계교를 부릴 수도 있을 뿐만 아니라, 실체를 파악하기 어려운 진정성마저도 연기가 가미된 농간으로 교묘히 꾸밀 수 있는 역량에 따라 고도로 발전시킬 수도 있기에 믿음이나 교감까지도 혼란에 빠지게 할 수 있는 것이겠지요.

어떤 이들은 사랑에 깊이 빠진 상태에서는 구속도 아름다울 수 있는 거라 하더군요. 그 아름다움이 얼마나 지속될지는 모르겠지만, 인간들의 진실한 사랑의 경향은 본능적으로 서로를 위하여 존중하는 자세로 대하려 하지 결코 함부로 대할 수 없게 되어있지요. 그러기에 지나친 구속은 집착으로 비칠 수도 있고, 구속의 강도에 따라서는 병적인 오해도 불러일으킬 수 있겠지요. 사랑이라는 말로 모든 것이 포장되지는 않는 거니까요.

인간들이 인정하는 사랑의 용량은 저마다 허용할 수 있는 용인의 범위에 따라 결정되기도 하는 감정적 수용치라고도 할 수 있을 겁니다. 인간들의 사고력은 경험하면 할수록 부딪치고 갈라지며 확장되는 여러 면면들에 의해 넓어진다고 볼 수 있기 때문에, 인위적 감도나 수용의 범주 같은 것도 나이가 들수록 달라지니까요.

오늘 할 일은 오늘 해야 한다고 하던 생각이, 오늘 해야 할 일이 따로 있는 것이 아니다, 반드시 때에 맞추어 하다 보면 오늘 할 수 없는 일도 내일 또는 그 이후 언젠가는 할 수 있다는 식으로 변할 수 있다는 거지요.

시기에 맞추어 일어나는 세상 모든 일에는 때가 있듯, 때를 맞추어 찾아오는 것 같은 사랑도 도래의 때에 따라 변하는 시기가 있지요.

이성 간의 사랑만 해도 연애를 목적으로 시작하는 사랑이 있는가 하면, 오직 결혼을 목표로 시도하는 사랑의 때도 있지요. 그뿐만 아니라 나이가 들어갈수록 깨닫는 사랑도 있어 사랑에 대한 정의나 감흥 같은 것도 달라지지요. 또한, 육체적 사랑을 정신적 사랑보다 우선시하는 시기가 있는가 하면 정신적 사랑을 육체적 사랑보다 먼저 생각하는 시기도 도래하지요. 인간의 정신이나 정서는 육감적 기질이 왕성하던 젊은 시절에서 감각적·감성적 느낌이 추가되어가는 성향이라 볼 수도 있으니까요.

인간들이 사랑이라고 묵인할 수 있는 작용의 한계치는 때에 따라, 혹은 정황에 따라 달라지기도 해서 정신적·정서적으로 최대 강점이자 약점이 될 수도 있지요. 그 이유는 용인의 기준이나 증거로 증명되는 것 없이 그저 저마다의 판단에 의해 결정되는 개개인의 인위적 소산치에 좌우되는 숙명적 종류이기 때문이 아니겠어요.

인간들에게는 인간의 단어로는 단순히 천성이라고 명명할 수밖에 없는 절대적 숙명이 있고, 그 천성은 한 개체로 태어나며 반드시 지니도록 예정된 독특한 생명력 같은 변별적 자질이라 거역마저도 불허하는 첨예의 요인이지요. 하여 마지막 결정은 결국 천성적 자질이 추구하는 독특한 생명력에 의한 선택이라 할 수 있을 겁니다.

남과 여로 분리된 인간에게 부여된 천성적 기질의 요인 중 최우선적 자질이라고 할 수도 있는 정신적 동질감은, 근원적 정서를 유지하는 천성적 생명력 중 하나처럼 서로 느끼는 교류의 감도가 은연중 일치됨을 깨달을 때 개통되는 성향이지요.

진정한 사랑은 누구의 강요에 의해 좋아하게 되는 이해가 아니니끼요.

진정한 사랑은 누구의 조언에 따라 허락되는 가슴도 아니거든요.

진정한 사랑은 누구의 명령에 준해 내어 주는 마음도 아니랍니다.

진정한 사랑은 누구의 사주에 끌려 교류하는 정서도 아니지요.

진정한 사랑은 누구의 입김에 빠져 허용되는 방식도 아니잖아요.

진정한 사랑은 누구의 조종에 조종당해 교감하는 영혼도 아닐 겁니다.

"청혼이요?"

"예."

보강천 미루나무 숲에 조성된 화단 길을 걸으며 중평 문인 협회에서 무료로 전시한 시화전을 감상하는데, 이십 대 후반쯤 된 통통한 체격의 아가씨가 화단 중간쯤에 아치형 가설물을 설치하기에 무슨 행사가 있느냐고 물었더니 청혼을 위한 특별 이벤트가 있어 준비 중이란다.

"청혼이라."

문득 그녀가 떠오른다.

추억을 상기시키는 바람이 은은한 향기처럼 스쳐 간다. 생각만 해도 늘 미소를 동반하게 하는 그녀의 체취도 은연중 스며든다.

각인된 듯 기억되는 평범한 자태와 환하게 미소 진 얼굴, 그리고 함께했던 많은 사연 속에서 미처 몰랐던 새로운 맛을 느끼는 기분이다.

이 기분 이대로 옛날의 그녀를 만날 수 있다면 지금이라도 청혼하고 싶은 생각이다. 빈 하늘에 외치는 공허한 메아리가 될지언정.

나보다 훌륭한 남자를 만나 어디선가 잘 살고 있을 테지만, 만약 나처럼 혼자라면 지금이라도 이 시대의 젊은이들처럼 커플링도 하고, 커플 티셔츠도 맞추어 입고, 이벤트 회사에 의뢰해 보다 멋진 곳에서 근사한 청혼식도 벌이고 싶다.

시기의 고리에 갇혀 세월의 깊이를 짜온 보강천을 보다 멋지게 만드는 두 아름드리쯤의 미루나무가 왕성한 기운을 자랑하며 싱그러운 기운을 내뿜듯, 인간으로서의 활력을 보강천 미루나무 못지않게 발산하던 그 시절에 알던 그녀가 그립다.

낭만적인 추억이 아련히 물결치는 감성은 아직도 청춘의 감흥이 왕성하다는데, 어느새 할아버지가 된 친구들이 꺼내 놓는 손자손녀들에 관한 이야기가 대화의 대세가 되어가는 시기에 이르렀다.

인간에겐 동시대가 있고, 동시대를 사는 사람들은 동시대의 시대성을 탈피하기 어렵듯, 시대성마저도 오랜 시간이 흐른 다음에야 주름진 세월만큼 벗어던질 수 있는 사랑으로 발돋움해 정서로 이완되는 것 같다.

아픈 가슴 쥐고 있는 그녀가

애인과 이별하고 남은 미래를 치르려

홀로 방황하고 있습니다.

거리에 캐럴은 울리고,

연인들은 쌍쌍이 눈길을 디디는데.

"허기수 씨!"

"예?"

대부계에서 근무하던 기수는 뒤에서 누군가가 자기 이름을 불러 일어서며 돌아보았다. 순간 가까이 다가온 두 남자가 기수의 팔을 잡아 힘으로 제압을 한다.

"당신을 살인죄로 체포합니다."

"뭐라고요?"

영문을 알 수 없어 놀랄 뿐인 기수는 건장한 두 형사가 팔을 잡아 뒤로 꺾는 강한 완력에 저항도 못 한 채 체포되었다.

낯선 사람들이 공공의 경계선 안까지 침범해 기수를 찾을 때부터 무슨 일인가 궁금해하던 동료들을 비롯한 손님들이, 대부계에서 대출 업무를 맡고 있던 기수가 살인죄라는 죄명으로 체포되자 농협 안이 더욱 웅성거린다.

느닷없이 살인죄로 체포당한 기수는 형사들이 몰고 온 봉고차에 태워졌고, 같은 직장 동료로 이제 막 기수와 사랑을 시작한 나라는 기수가 체포되는 것을 그저 바라볼 수밖에 없었다. 저절로 샘솟는 눈물도 감추며.

나라는 기수와 초등학교 때 짝꿍이었던 동창이다. 당시 둘이 너무 친하게 지내 서로 사귀는 사이라고 아이들에게 놀림까지 당했던 사이였는데, 중학교 때 나라네 가족이 괴산읍으로 이사를 하며 헤어졌다가 성인이 되어 직장에서 다시 만나게 되었다.

　기수는 처음 출근하던 날, 인사를 나누던 시간에 나라를 알아보았다. 나라의 얼굴이 별로 변하지 않았기에 첫눈에 알아볼 수 있었다.

　나라와의 재회는 가슴 뛰는 사건이었다. 생각지도 못한 첫사랑과의 뜻밖의 만남은 즐겁고 행복한 직장 생활이 되었다. 매일 그녀를 만날 수 있고 얘기도 할 수 있으며 밥도 같이 먹을 수 있어 활력소가 되었다. 그러며 그녀가 사귀던 남자와 얼마 전에 헤어졌는데, 헤어진 남자의 친구가 사귀자며 따라다니는데 어찌해야 할지 모르겠다는 나라 자신의 현재 고민을 상담해도 기수는 즐거웠다.

　기수는 정말 나라가 좋은 남자를 만나 행복하길 바랐다. 기수는 나라와 단둘이 있는 시간에 초등학교 시절을 떠올리며, 그런 추억만으로도 즐겁고 행복했기에 자신이 도와줄 수 있는 일이라면 무엇이든 도와주고 싶었다.

　"애인 있어?"

　"글쎄."

　기수는 여진이 떠올라 순간 망설였다.

　"뭐 대답이 그러냐. 남자답지 못하게."

　"있다고 해야 하는 건지 없다고 해야 되는 건지 몰라서."

　"그런 말이 어디 있냐! 있으면 있는 거고, 없으면 없는 거지."

　"넌, 그 남자에 대해 어찌 생각하는데?"

기수는 나라에게 여진과 관계를 밝혀야 할지 말아야 할지도 빨리 결정할 수 없었다. 하여 대화의 방향을 돌렸다.

"싫지는 않은데 확 내키지도 않아."

이 시기의 젊은 군상들은 대부분 정열적으로 몰입하는 화끈한 사랑을 꿈꾸는 편인데 현재 나라는 그 남자를 향한 자신의 감정이 시큰둥해 고민인 모양이다. 그러나 나라는 외로워 그 남자를 만나기도 한단다.

인간의 정서는 흑백논리처럼 분명히 이분화되는 것이 아니기 때문에 그렇게라도 해서 아픔이 치유된다거나 외로움을 달랠 수 있다면 나쁘지 않은 것 아니겠는가. 그러다 시나브로 깊어지는 감정도 생길 수 있는 거고, 어느 순간 자신도 모르는 변화에 의해 화끈한 정열 모드로 발전할 수 있다면 그것 또한 좋은 결과이다.

인간은 내일을 모르는 존재들 아닌가.

최종 합격자 명단에 든 기수는 2월 말에 발령이 났다. 그것은 전혀 예상하지 못했던 빠른 발령이라 여진과의 관계를 어찌 풀어야 하는지도 고민이었다.

여진은 기수가 함께 가자고 한 제의는 고맙게 생각하지만 함께 가겠다는 확답은 하지 않은 상태다.

기수는 발령을 축하한다며 제의하는 송별식도 사양하고 싶었지만 거절하지 못하게 밀어붙이는 창학을 비롯한 친구들이 베풀어 준 성대한 송별연에 참석할 수밖에 없었다.

"오늘 하루 문 닫는다."

그것은 기수에게 너무 부담스러운 일이었지만 창학은 룸살롱의 하루 수입을 포기하며 진창 마시고 떠들며 즐기자고 했다.

늘 만나던 친구들과 여자들, 그리고 종업원들과 일부 조폭 동생들까지 참여한 술판은 기수가 처음 경험하는 성대한 자리였지만, 장사도 쉬며 기수 옆자리를 차지한 여진과 나나는 술에 의존하는 자리였다.

창학과 호진 뿐만 아니라 나나와 평소 안면 있는 여자 종업원들도 술을 권해 기수도 많이 마셨다.

술판이 무르익으며 춤도 추고 노래도 하며 왁자지껄한 룸 안의 분위기는 고조되어 갔지만, 더 마시면 취할 것 같은 기수는 눈물을 감추며 말없이 술만 마시는 여진을 슬그머니 훔쳐 보다 자신의 심정도 답답해 화장실에 간다며 룸을 나왔다.

화장실에서 볼일 보고 손을 닦는데 갑자기 비명이 들리며 싸움이 벌어진 것 같은 예감이 든다.

무슨 일인가 궁금해 급히 나오니 룸살롱이 야구 방망이가 난무하는 아수라장으로 변한 것이다.

직감적으로 철주파가 쳐들어온 것 같다고 느꼈다.

창학이 사장이 되며 대항하던 철주파가 호시탐탐 노리고 있다는 소문을 듣고 있었다.

"아악!"

"야 이 개새끼야, 누굴 때려!"

앙칼진 여인의 목소리는 나나 같다. 아마도 호진이가 맞았나 보다.

기수는 화장실에 있는 대걸레 자루를 부러뜨려 들고 나왔다. 밖으로 나오니 여자들의 비명과 욕설이 더 크게 들렸다.

기수는 철주파가 공격하는 뒤편에 있었기에 싸움판에서 빠져나오는 여종업원들과 마주치는 상태였는데, 마침 산발인 채로 빠져나온 나나가 기수를 보더니 잡아끌며 오빠는 도망가란다. 하지만 그럴 수 없었다. 창학과 호진이 악전고투를 벌이는데 어찌 혼자만 도망치는 비겁자가 된단 말인가.

기수는 나나를 뿌리치고 룸으로 들어가 탁자 위에 올라서서 야구 방망이를 휘두르는 건달의 무릎을 대걸레 자루로 젖 먹던 힘까지 다해 후려갈겼다.

"악!"

"악!"

먼저 터진 비명은 기수에게 무릎을 맞고 쓰러진 남자의 비명인데, 뒤이어 터진 여자의 비명은 여진의 목소리 같아 눈길을 돌리니, 기수에게 무릎을 맞고 쓰러진 건달이 여진에게로 쓰러졌던 모양이다.

여진은 싸움이 벌어져 난장판이 된 와중에도 꼼짝하지 않은 채 주체할 수 없는 슬픔의 잔을 혼자 기울이고 있었던 모양이다. 그러다 갑자기 기수에게 다리를 맞은 건달이 쓰러지며 여진을 덮친 것이다.

기수는 급히 여진에게로 가고 싶었지만 다른 놈이 야구 방망이를 휘두르며 막아 자신의 안위도 급한 상태였다.

"디 죽어 개새끼들!"

무기를 준비해온 철주파 건달은 겁을 주는 듯 죽이겠다고 소리치며 병도 부수고 탁자도 내려치는 위협뿐만 아니라, 피가 터지고 뼈가 부서지도록 무지막지하게 밀어붙였고, 급한 맘에 술병이라도 들고 대항하던 신성파의 결과는 참혹했다.

한 번쯤 붙어야 할 거라는 예상은 하면서도, 철주파가 공격하지 않는 한 태은이 형님이 입각하기 전까지는 조직만 공고히 하겠다며 동태만 예의 주시했었다. 그러다 오늘은 기수의 송별회 날이라 조금 방심한 것 같다.

"꿇어! 이 좆만이들아."

청민은 오른팔이 부러졌는지 덜렁거리고 호진은 머리가 터진 채 쓰러져 있다. 아마도 기절한 것 같다.

신성파가 변변한 대응도 하지 못한 채 쓰러지자 철주파 애들은 자신들이 이겼다는 듯 꿇을 것을 종용한다. 그러나 창학은 헝클어진 모습이지만 상대에게서 빼앗았는지 야구 방망이를 휘두르며 버티고 있다. 모르긴 몰라도 여러 군데 맞아 엉망일 것이다.

죽는 건 두렵지 않은데 병신 되는 건 두렵다던 창학이다.

만약 지금 항복하면 이놈들에 의해 어디 한 군데는 부러지거나 영원히 병신이 될 가능성이 농후하다. 그렇게 되느니 차라리 죽음을 택하고 싶은 창학이다.

"윽!"

겨우겨우 버티다 허벅지를 강하게 맞은 기수의 신음이다.

휘이익!

그때 갑자기 밖에서 호루라기 소리가 들렸다.

"가자!"

호루라기 소리가 사전에 약속된 신호였는지 철주파 건달들이 물러가려 한다.

팍!

"악!"

철주파 건달들이 부상자들을 부축하며 일부 나가는데 병 깨지는 소리와 함께 남자의 비명이 울려 퍼진다.

"이런 개 같은 년이!"

기수에게 다리를 맞아 여진에게로 쓰러졌던 건달이 돌아가자는 소리에 맞추어 아픈 다리를 이끌고 일어서려는데 여진이 맥주병으로 머리를 후려쳤던 것이다.

기습적으로 머리를 맞은 건달은 아픈 부분을 만져보다 머리에서 흐르는 피를 손으로 닦아 확인한 후 여진을 공격하려 한다.

"안 돼!"

움직이기도 힘들어 소파에 주저앉아있던 기수는 아픈 다리를 끌고 여진에게로 기어갔다.

여진은 아직 깨진 병을 든 채 건달이 공격하면 찌르겠다는 듯 주시하고 있다.

"야! 빨리 나와!"

밖에서 급박한 명령이 하달되자 건달은 욕을 하며 절뚝절뚝 걸어나간다.

"야 이 개새끼야, 왜 만져!"

여진이 병으로 건달을 공격한 이유가 드러난다.

기수에게 다리를 맞은 건달은 여진 옆으로 쓰러지며 움직일 수 없는 척하고 있다 철수하라는 명령이 떨어지자 슬그머니 여진의 몸에 손을 댔던 것이다.

철주파가 철수하자 창학은 그 자리에 조용히 앉아 술부터 한잔 마셨다.

"형님! 애들 불러 모을까요?"

청민이 창학의 의향을 물었다.

"그 몸으로 뭘 어쩌려고."

창학은 냉철했다.

"병원부터 가."

"호진아! 호진아!"

기수는 기절한 호진이 뺨을 치며 호진의 상태를 점검했다.

"왜? 호빵이 잘못됐어?"

나나가 급히 들어오며 호진의 상태를 묻는다.

"기절한 것 같은데."

"아유 빙신."

"야! 일단 병원으로 가!"

창학이 나나의 말이 묻히게 소리치자 온전한 자들이 없는 종업원들이 서로 부축하며 밖으로 나간다.

"누님이 신고했어."

"어."

나나가 경찰에 신고했단다.

"애들 좀 부탁합시다. 병원비는 내가 책임질 테니 입원하겠다는 애들은 전부 입원시켜 주세요."

"알았어."

"너도 가. 진찰받아 봐야 되는 것 아니야?"

기수는 창학이도 걱정되었다.

"나중에."

창학이 나중에 갈 수밖에 없는 이유는 곧 알게 되었다.

"어찌 된 일입니까?"

"개판이군."

경찰 복장의 두 사람이 들어오며 건방진 거수경례와 함께 상황을 살핀다.

"아이고 수고 많으십니다. 여긴 보시다시피 이 모양이니 일단 사무실로 가시지요."

창학은 사후 처리를 미리 생각하고 있었던 것이다.

"괜찮아요?"

모두 떠나고 둘만 남자 여진이 기수의 안위를 묻는다.

"미안해요. 그리고 고마워요."

기수는 여진의 얼굴을 손으로 만지며 솔직한 마음을 표했다.

차후 언제 신세를 갚을 기회가 올지 모르겠지만 이제 기수와 여진이 함께 보낼 시간은 별로 없다.

"병원 안 가도 되면 집으로 가요 우리."

난생처음 끔찍한 일을 겪은 기수는 불편하기는 해도 참을 만한 다리를 절뚝거리며 그들의 보금자리로 왔다.

여긴은 슬픔이 무게가 누르는 만큼 여러 종류의 술을 마셨지만 취하지 않았다. 아니, 왜인지 자신을 어떤 식으로든 자학하고 싶었다. 하지만 행동으로 옮길 용기는 나지 않아 더 술에라도 의존하려 했는데 그마저도 뜻대로 되지 않았다. 그 와중에 기수에게 맞아 쓰러진 건달이 갑자기 손을 대 자신도 모르게 화풀이를 했던 것이다.

"우리 같이 씻을래요? 아니, 제가 씻겨 드릴게요."

항상 자신의 몸가짐에 대해 신경 쓰며 자신의 몸을 환한 곳에서는 영원히 안 보여 줄 것처럼 대하던 여진이 같이 씻자고 한다.

"아니요. 혼자 씻을 수 있어요."

기수는 자신이 다쳐서 그러나 보나 한 것이다.

"내가 그러고 싶어요."

여진의 눈길이 애잔하게 느껴져 거부를 못 하겠다.

비록 어둠 속이었다지만 서로 볼 것은 다 본 사이다. 하지만 분위기에 따라 변할 수 있는 감정의 변화도 존중해 주어야 한다고 생각하던 두 사람이라 상대가 예민하게 여기는 부분들은 침범하려 하지 않았었다.

여진은 조심스럽게 기수의 옷을 하나하나 벗기며 바로 접어놓았다.

"어머! 멍이 심해요."

기수의 바지를 내리다 야구 방망이에 맞은 허벅지를 본 여진은 정말 병원에 가지 않아도 되겠냐고 묻는 투다.

"괜찮아요."

기수가 여진의 단발머리와 목덜미를 만지며 안심해도 좋다고 하자 하던 일을 계속한 여진은 벌거숭이가 된 기수를 등지고 자신의 옷도 벗으며 똑같이 접어 기수의 옷 옆에 놓는다.

기수는 자신을 등진 여진이 자신의 몸에 걸쳐져 있던 옷들을 한꺼풀 한꺼풀 벗어 접을 때마다 묘한 충동을 느꼈다.

조신한 여진의 찬찬한 행동이 유혹적이기도 했고, 조금씩 드러나는 여진의 우유빛깔 피부와 옷을 접을 때마다 단발머리 아래로 드러나는 여진의 목덜미가 너무도 선정적으로 다가왔다. 속옷이 드러나게 반복될수록 짐승처럼 달려들어 입 맞추고 싶을 만큼 강렬해졌다.

"여보!"

불러놓고 자신도 놀란 기수다.

기수는 이제까지 여진을 누님이라고 불렀는데, 자신도 모르게 불쑥 그렇게 튀어나왔다.

팬티와 브래지어만 걸친 채 앉아 치마를 접고 있던 여진이 머리를 들어 기수를 올려다본다.

"당신도 잠자리에서 그렇게 부르잖아요."

기수는 토해버린 말이 무안해 뭔가 변명을 해야 한다고 생각했는데 의도치 않았던 말을 다시 쏟아놓았다.

순간 여진이 얼굴을 붉히며 다시 머리를 돌린다.

부끄러워 마주 볼 수가 없어 피한 것이다.

늘 차분하고 조신하게 행동하는 여진의 본모습은 뜨겁고 정열적인 여자라는 사실을 기수가 알게 된 것은 기수와 여진이 한 침대를 쓰던 날부터였다.

멋진 첫날밤을 위해 영화도 보고 외식도 한 후 돌아와 섹시한 옷차림으로 다시 기수를 불러낸 여진은 포도주로 분위기를 잡은 다음 조용한 음악을 틀었다. 그리고는 포도주잔을 든 채 기수에게 블루스를 추자고 했다. 그렇게 기수와 여진은 포도주를 마시며 분위기를 고조시켰고, 실수로 여진의 입가에 묻은 포도주를 기수가 자신의 혀로 핥기도 하자 여진은 자신의 입에 포도주를 머금었다 넘겨주기도 했다. 그렇다 보니 키스도 자연스러워지고 가슴도 뜨거워져 여진과 깊은 키스를 나눈 기수는 그녀를 번쩍 안아 들고 침대로 갔다. 그리고 조심스럽게, 아주 부드럽게 애무를 했다. 예민하게 분위기를 강조하는 여진이 그런 걸 원한다고 여겼기에.

"아! 여보."

처음엔 조금 당황스럽기도 했고, 징그럽기도 했다. 그러나 그건 습관 같았다. 관계를 가질 때마다 어느 순간에 도달하면 몸부림치며 마냥 쏟아내는 용어이니까.

"아! 여보."

"사랑해요, 여보."

"아! 여보, 나 죽을 것 같아."

"으흑 여보!"

기수는 흥분한 상태에서 여자가 토해내는 본능적 외침일 거라 여겼다. 그래서 이제껏 평소에는 거론하지 않았다. 그러다 이별을 눈앞에 둔 상태에서 불쑥 튀어나왔다.

"여보."

무안한 감이 있긴 하지만 여진도 싫어하는 것 같지는 않아 다시 불렀다. 대답하라고. 그러나 여진은 못 들은 척했다. 그게 재미있어서 기수는 앉아서 등만 보이는 여진에게 강요를 했다. 자신 앞에 서서 대답할 때까지 계속 크게 소리치겠다고. 그러자 여진은 머리를 숙이고 일어서 모깃소리 같은 작은 반응을 보였다.

"예, 여보."

여진의 빨개진 얼굴이 기수에게는 너무 사랑스러웠다.

그러한 여진을 보며 기수는 나이를 떠나 소녀적 감수성을 간직하고 있는 여진은 영원히 소녀적 순수성을 잃지 않을지도 모르겠다는 생각도 했다. 그래서 그런지 여진은 평생을 함께 살아도 싫증 나지 않을 것 같았다.

기수가 느끼는 여진은 참으로 좋은 여자다. 물론 자신의 약점이 자신을 괴롭혀 이렇게 살 수밖에 없다지만 세월이 가면 변할 수도 있는 것 아닐까 생각한다.

기수는 여진에게 다가가 그녀를 일으켰다. 그리고 살그머니 당겨 입을 맞춘 후 손을 뒤로 해 그녀의 브래지어를 풀었다. 그러자 여진이 브래지어에서 팔을 빼 자신의 옷 위에 놓고 수줍은 모습으로 기수에게 안겼다.

밝은 형광등 아래 나신이 되어 있던 기수의 입술은 여진의 귀에 키스하고 목덜미를 흝으며 가슴으로 내려가더니, 여진이 걸친 마지막 꺼풀 위에 키스를 한 후 천천히 벗긴다.

여진은 부끄러운지 손으로 가리며 자신의 꺼풀 밖으로 발을 뺀다.

여자의 팬티를 자신의 옷 위로 던지며 일어선 기수는 여진을 끌어안고 블루스를 추듯 몸을 움직이며 그 자리에서 몸을 회전시키다 여진이 어즈버 하자, 나신의 몸을 구부려 여진의 발을 자신의 발 위에 올려놓게 한 다음 다시 춤을 추며 그 자리를 빙글빙글 돈다. 나신의 두 남녀의 육체가 바짝 붙어 춤을 추며 서로를 향한 그윽한 마음의 눈동자로 바라보다 키스를 한다.

"힘들지 않아요"

발등에 올라탄 여진과 발을 맞추며 춤을 추는데 맞은 자리가 갑자기 욱신거려 순간 비틀하자 여진이 이제 그만 씻으러 가잔다. 하지만 기수는 조금 아파도 그 상태 그대로 춤을 추며 욕실로 향했다.

여진은 기수를 씻어 주고 기수도 여진을 씻겼다. 그리고 물기를 닦은 여진을 안아 그녀의 두 다리를 자신의 허리에 감게 한 후 여진의 허리에 팔을 둘러 잡은 채, 코로 그녀의 체취도 맡고, 입으로 감도도 채취하며 침실로 가, 혀와 입술로 그녀의 영혼을 접할 때마다 터지는 선율의 피아노를 쳤다.

몰입하게 하는 그 영혼의 선율은 본능적 갈증을 부추기며 감미로운 꿀샘에 빠지도록 향기를 발동하고, 발동한 그 향기가 마르도록 강인함을 추진하는 강건한 전사의 후예들은, 여인의 육체에 내재된 화산이 폭발하며 분출하는 마그마에 영육이 탈 때까지 불을 지피기도 한다.

"아! 탄다, 타."

"여보, 아악, 타요, 타!"

죽을 것 같다던 뜨거운 부르짖음이 어느 순간 '탄다'는 희열의 화음으로 바뀔 때까지 아주 오랜 시간, 목마른 육신의 뜨거운 대화에 함께 점화된 영혼의 불이 자신을 태워버린다는 천상의 소리를 토해내도록 육체를 불태웠고, 여진은 난생처음 경험하는 느낌이라며 아마도 이것이 오르가즘인 것 같다고 했다.

말이 줄어듭니다.
에이게 아파도
가짐은 끊고,
맺힘을 알려
꼽히게 답하는
질박한 화살이
절박한 과녁을
목표로 겨냥해
날아가며, 꽂히는
깊이도 몰아가
박히게 바뀜에
말이 줄어듭니다.

"사랑한다고 여기면서도 사랑으로 잡을 수 없었던 시절이 있었지요. 늘 곁에 있던 오랜 친구였기 때문에요."

그때 청혼을 했었더라면 어찌 되었을까?

이제 생각하는 자체가 때늦은 후회겠지만 변수라는 것은 늘 작용하게 되어 있는 건데 그걸 이제 깨닫는다. 나이 쉰도 넘어.

그땐 왜 청혼까지 생각을 못 했을까.

요즘 세대처럼 커플 반지니, 커플 티셔츠니 하며 오직 둘만이 공유할 특별한 사고력도 없었다. 또한, 사랑으로 마음을 앓으면서도 사랑한다는 말도 쉽게 하지 못했던 사회 풍조였다.

"청혼을 위한 이벤트라."

한편으론 부러우며 시골에서 보릿고개를 겪어야 했던 우리 어린 시절보다 많이 살기 좋아진 결과물 중 하나라고도 생각한다.

나만 그런 건지는 모르겠지만, 우리 세대는 지금 세대들처럼 청혼을 위한 이벤트는 생각도 하지 못했었다.

먹고 살기도 바쁜 시대라 대부분 그저 좋은 관계를 유지하다 사랑하는 마음이 서로 통한다고 여기면 약혼하고, 얼마 지나 결혼하는 것이 일반적인 결혼 절차였다.

"언제 합니까?"

청혼 이벤트를 보고 싶기도 했다. 전문적으로 주관하는 업체에 맡겨 준비하는 모양새가 제법 거창할 것 같아 은근히 관심이 간다.

"이따 밤에요. 특별하고 근사한 축제처럼 폭죽도 터트리고 밴드도 동원해 노래와 춤판도 벌일 거예요."

이벤트를 준비하던 아가씨는 묻지도 않은 과정을 친절하게 설명해 준다.

"시 낭독 같은 것은 없나 보네요."

기수는 시화전을 구경하던 참이었고 기수 자신이 시를 쓰고 연구하는 사람이기 때문에 그녀의 설명에서 시가 빠졌다는 사실을 상기시키고 싶었다.

기수의 말은 들은 그녀는 그것도 하나의 이벤트 아이템이라 여기는 듯 전시된 시화전을 눈으로 훑어간다.

"시 좋아하시나 봐요."

하던 일을 계속하며 그녀가 던진 말이다.

"무척 좋아한답니다."

사실 기수는 그녀의 일을 거들어 주고 싶은 맘이 생겼다. 아가씨 혼자 일하는 것이 안쓰러워 보여서. 그러나 여러 편 전시된 보강천 잔디밭의 시화전을 아직 다 둘러보지 못해 선뜻 나서지 못한 채 망설이고 있다.

그 아가씨는 피튜니아, 팬지, 금어초 등등의 꽃밭이 인공적으로 부분부분 만들어진 사잇길에다 입구 같은 아치형 설치물을 세우고 있었고, 기수는 그곳을 중심으로 널리 분포되어 펼쳐진 시화전을 감상하고 있었다.

"시는 너무 어려워서 별로."

말은 기수에게 던지며 그녀의 눈과 손짓은 둔치에서 두리번거리는 젊은 남자를 향했다. 추측건대 동료일 것이다. 그 순간 아가씨를 발견한 그 남자가 손을 가볍게 흔들더니 이쪽을 향해 온다.

시가 어렵다고 하는 말은 아주 흔히 듣는 것이고, 그럴 때마다 기수는 속으로 이런 반문을 한다.

'당신이 사랑하는 사람의 마음을 얻는 일은 어렵지 않으세요? 만약 어렵다고 멀리하거나 포기한다면 그 결과는 말하지 않아도 알 겁니다.'

인간의 일반적 속성은 지식의 습득이건 사람 간의 관계이건 대부분이 차츰 알아가는 방식이지요.

초등학생에게는 그들이 이해할 수 있는 초등학교 수준을 가르쳐야 습득이 가능하기 때문에 그 과정을 따로 둘 뿐 아니라, 중등 과정, 고등 과정, 대학 과정도 나누어 가르치지요. 또한, 문학적 소양 같은 것 역시도 교양적인 수준과 심화적인 수준으로 분리해 가르치지요.

심화 과정은 어렵지요. 그렇지만 어려워도 배우려 하는 노력이 따라야 자기 소양으로 소화될 수 있는 것이고요. 즉 사람들은 시詩가 어렵다는 말을 너무 쉽게 하는데 그 말은 곧 스스로 이해력이 부족하다는 자기 무지의 선언과 같은 뜻임은 간과하는 것 아니냐는 거지요.

시인이 무슨 말을 하는 건지, 어떤 의도를 전달하고 싶은 건지 제대로 알 수가 없다 말하는 이해력 부족 자체가 소양에 문제가 있다는 뜻 아니냐는 거지요. 이 말을 다른 각도에서 생각해 보면 스스로 무식하다는 사실을 정말 인정하고 싶지 않은 본심이 은연중에 가동된 본능적 방어 태세 같은 것으로, 모른다고 하기보다는 어렵다는 말로 은폐할 수 있는 궁색한 의미가 실물화된 구실적 용어일 수도 있다는 거지요.

구체적인 예를 든다면 우리가 흔히 시라고 하는 용어에는 작문과 운문(시라는 장르 고유 특성을 충족시킨 진짜 시)이 포함되지요.

작문은 누구나 쓸 수 있는 문장이니까 운문(진짜 시)이라 할 수 없는 모든 시 형태의 문장이 작문에 속하겠지요. 그렇다면 운문에 대한 소양을 높이려면 운문에 대한 공부를 해야 하는 것 아니겠어요.

지식은 저절로 체득되는 것이 아니지요. 비록 형태는 같지만, 차원이 다른 경지에 도달해야 완성할 수 있는 운문이 있고 누구나 완성할 수 있는 작문이 있다면 분명 운문과 작문은 다른 점이 있을 테니까, 무엇이 어찌 다른지 분류할 수 있는 지식 같은 것을 정확히 배워야 어느 것이 운문이고 작문인지를 진단할 수 있는 것 아니냐는 거지요.

옛 선조들은 시를 운문이라고 하는 다른 이름을 사용했다 하듯이 작문과 운문은 옛날부터 이미 분류되었던 것이라 할 수 있는 거잖아요. 그러니까 작문은 습작 단계도 탈피하지 못한 아마추어 수준의 사람들도 완성할 수 있는 시 형태의 문장이고, 운문은 시라는 장르 고유 특성에 부합되게 완성한 작품만을 칭하는 거라면, 작문을 제외한 운문만을 시라 해야 되는 것 아니냐는 거랍니다. 운문은 작문과 따로 분류가 되기 때문에 옛 선조들은 시만을 운문이라 했던 걸 테고요.

현재 대한민국에서 사용되는 시라는 용어에는 학생들이 작문 시간에 써보는 작문도 포함되고, 시인이라는 사회적 특별한 신분을 획득하기 위한 하나의 통과의례로 누구나 거쳐야 하는 등단 통로를 통해 작품 속에서 아마추어 수준인 습작 단계를 탈피했음을 증명하는 분명한 증거로, 시인의 경지를 입증해야 하는 이들이 완성하는 운문도 시라 하고 있지요.

쉽게 말해 옛날엔 분명 운문과 작문이 분류되었다는데, 지금은 학창시절에 그저 시 형태만 빌어다 시처럼 완성한 작문 문장도 시(운문)라 하고, 전문성을 획득한 특별한 사회적 신분으로 아마추어와는 그 경지가 다른 시인이 작품도 시라 한다는 거지요. 분명 차원이 다른 수준일 텐데, 대한민국의 현재 실상은 작문과 운문을 분류할 수 있는 정확한 증거로 시인의 경지를 증명하지 못한 채 모두 다 시라 하는 문제가 있다는 겁니다.

단순히 시 형태의 문장을 완성했다고 모든 작품이 다 운문이라 할 수 있는 것은 아니니까, 작문과 운문은 따로 분류할 수 있어야 하는 건데 그러질 못하고 있다는 거지요.

만약 이러한 문제가 있는데도 그 문제를 인식하지 못해, 스스로를 욕되게 하는 의미인 줄도 모른 채 그저 쉽게 '시는 어려운 것'이라고 말할 수 있는 풍토가 당연한 것처럼 고착화된 거라면 교육 자체에도 문제가 있는 것 아니겠어요.

소양이란 것은 스스로 높이지 않으면 좋아질 수 없듯이 시에 대한 소양 역시 공부를 해야만 진전이 있는 거란 사실은 누구나 알 텐데, 왜 시에 대해선 유독 어렵다는 핑계로 자신들의 역량까지 무지하게 탈색시키느냐는 거랍니다.

몰래 사랑하는 그녀가

엮는 마음은 몰라 준 채

다른 누군가를 사랑하다 헤어져,

아픈 가슴 숨기려 애씁니다.

그것을 보는 일 역시

몹시 괴로운 일이지요.

이제라도 내 사랑 고백으로

그녀를 달래주고 싶지만

그녀는 위로마저도 차단하려

미연에 거리를 띄웁니다.

남을 사랑한 찌꺼기보다도 못한

내 그림자가 내게 밟혀도

내 흠모의 대상인 그녀가

아프지 않기만을 기원합니다.

이와 같은 시 형태의 문장이 있을 때 시와 작문의 변별성을 증명할 줄 안다면, 앞의 작품이 시라는 장르 고유 특성을 충족시킨 시인지 아니면 습작 단계도 탈피하지 못한 작문인지 분류할 수 있겠지요.

모든 문학 장르에는 장르마다 고유 특성이 있으니까 시라는 문장 역시 시라는 장르 고유 특성을 충족시킨 문장이라야 진정한 시라 할 수 있는 것 아니냐는 뜻이지요. 그러니까 시와 작문은 반드시 분류할 수 있어야 하는 거란 말이지요.

시라는 낱말에는 운문과 작문이 포함되고, 작문과 운문은 분류될 수 있는 문장으로 분명히 다른 수준이라면, 그 다른 점을 명확히 증명하는 지식이 바로 시에 대한 진정한 소양일 테니까, 진짜 시임을 증명할 수 있는 그런 지식으로 진실을 입증할 줄 알아야 하는 것 아니냐는 겁니다.

"풋! 왜 또 이런 데냐."

시를 그저 어려운 것으로만 치부하려 하는 말에 반발적인 영혼의 소리에 빠져 있던 기수는 자신을 자책하는 실소를 터트리며 다른 작품 앞으로 발걸음을 옮긴다.

한시가 전시된 곳이다.

이곳에서 멀지 않은 좌구산 근처가 고향이라는 김득신 선생에 관한 작품을 읽다, 목이 뻣뻣하고 눈도 침침해 눈을 감으며 목을 뒤로 젖혀 보다 녹색 이파리들이 무성한 미루나무 가지 사이로 드러난 파란 하늘에 시선을 둔 채 가볍게 목 운동을 해 본다. 그러나 그의 머릿속에선 시에 대한 생각들이 다툰다.

사실 얼마 전까지만 해도 이곳은 숨쉬기조차 힘들어 산책도 할 수 없는 장소나 다름없었다. 미루나무에서 발생한 하얀 꽃가루가 나무 아래 조성된 잔디밭을 눈처럼 덮을 정도로 심해, 기수는 친구에게 봄철 꽃가루의 주범인 미루나무는 모두 베어버리고 다른 수종으로 대체해야 한다는 말까지 했었다.

이곳처럼 불과 며칠 동안만이라도 숨쉬기조차 어려운 상태의 환경이 조성되면 찾아오는 사람들이 없듯, 인간들은 대부분 무엇이든 어려우면 일반적으로 잠시 기피하는 성향이 있지 않나 싶다.

자연적으로 일어나는 변화를 익히 아는 때에 잠시 지속되는 환경은 기피해도 무방하지만, 영혼의 양식 같은 소양은 기피의 대상이 될 수 없는 것이기 때문에 언젠가는 개인적 문제로 작용한다는 사실이다.

구체적으로 예를 든다면 자녀가 성장하며 시에 대해 물을 경우 시에 대한 소양이 부족하면 부끄러움을 당할 수 있는 것처럼, 일반적 상식 차원의 소양은 늘 문제화될 수 있는 여지가 있는 것이다. 물론 일반상식 같은 기본 소양마저도 등한시하는 차원의 사람들에게는 해당하지 않는 얘기이겠지요.

시는 일정한 수준의 교육을 받은 사람들이라면 누구나 상식적으로 알고 있어야 하는 일반적 소양에 지나지 않는 문학이지요. 그런데도 아무 부끄럼도 없이 너무도 쉽게 어렵다고 하는 말 자체가 창피한 얘기인 줄은 모르는 것 같지요.

따지고 보면 부끄러운 말인데도 그 점은 간과한 채 거리낌 없이 창피한 말을 내뱉는 사회 풍조가 당연한 것처럼 용인된다는 사실은, 근원적 시각에서 원인을 해결하기보다는 그저 지금 이 시간은 흘러 간다는 주의에 편승해, 그렇게 하는 것이 영리한 선택이라는 이타적 계산을 합리적 수단으로 정당화하려는 경향이 팽배해 있기 때문이 아닐까요.

단순히 '시는 어렵다'고 하는 말 자체엔 이미 어려우면 몰라도 된다는 위선적 포장이 동반하는 것이라 사료될 뿐만 아니라, 어려운 것은 기피해도 무방하다는 뜻과 그러한 소양은 부족해도 창피할 것 없다는 뻔뻔함이 너절하게 깔려 있는 것 아니냐는 거지요.

우리 조상님들의 고결한 선비 정신이 이토록 가볍게 버려질 몽매한 기질이란 말인가요.

시는 세계 여러 나라에서 공통으로 교육하는 세계 공통의 문학일 뿐만 아니라, 고시를 비롯해 고려, 조선 시대의 조상님들이 남기신 한시 작품도 많듯, 아주 오랜 세월 동안 창작되어 온 장르라서 제대로 알기 위해선 많은 연구와 분석이 필요하다고 사료되지요. 특히 우리 조상님들 작품 중에는 차운시次韻詩도 많지요.

차운시란 곧 운韻을 빌려온다는 뜻이니까 운율의 정체를 정확히 알아야 가능했다고 말할 수 있겠지요. 만약 운의 정체를 모른다면 감히 빌려올 꿈도 못 꾸는 얘기니까요. 그러니까 운을 어찌 빌려올 수 있었는지, 왜 빌릴 수밖에 없었는지 등등, 반드시 알아야 할 지식을 알아야 선조들의 작품을 제대로 이해했다 할 수 있는 것 아니겠냐는 겁니다. 지식이라는 종류 자체가 좀 더 분명히 알기 위해서는 정확한 연구와 분석이 필요한 것이니 심층적인 공부가 동반되어야 함은 당연한 거겠지요.

요즘에 출간되는 현대시 중에 차운시를 볼 수 있나요? 아마 없을 겁니다.

왜 요즘엔 차운시가 없는 걸까요? 선조들 작품에는 있는데.

만약 근래에 출간된 시집이라 하는 작품집에는 차운次韻할 운韻이 존재하지 않아 빌릴 수조차 없는 거라면 그러한 작품도 시라 할 수 있는 걸까요?

시를 제대로 이해하려면 이런 생각도 충분히 해 볼 수 있는 것 아니겠어요.

식자우환識字憂患

앎을 사랑하면 그윽하여 근심하지.
도리나 이치에 따라 피고 지는
세상사의 승하차 대전에도
차비가 없으면 차를 타기 어렵듯,
맞으며 터득한 지식의 소지는
차표로 내는 깨달음에도 타고,
기름으로 안게 안달하는 주유마다
차비가 켜는 연정에도 켜,
감응을 연소시켜야 하는 자비에
앎은 사랑할수록 그윽하여 근심하지.

고사성어에서 차운한 작품이지요.

고사성어에서 운율을 차운해 쓴 작품을 제시한 것처럼 시라는 장르는 반드시 운율적으로 형상화해야 하는 기법의 문장이라서, 운율의 정체를 명확히 증명할 줄 알면 다양한 방법으로 차운할 수도 있답니다. 그렇기 때문에 우리 조상님들 작품을 보면 차운한 작품들도 많은 것이라 사료되지요.

요즘엔 왜 차운 작품이 없냐고 하면 어떤 이들은 형태나 쓰는 방법이 다르기 때문이라는 핑계도 대더군요.

글을 쓰는 형태나 방법이 다르기 때문에 차운시가 없는 거라는 핑계는 시가 어렵다는 핑계와 다름없는 거라 사료되지요. 왜냐면 시라는 장르 고유 특성은 옛날이나 지금이나 변함없으니까요. 또한, 시의 형태는 시인의 기교에 의해 언제든 여러 형태로 탄생할 수도 있는 것이기에 학문적 차원에서 판단해 볼 때는 별로 중요한 요소가 아니랍니다.

시라는 장르 고유 특성이 옛날에도 있었겠냐고 따지고 싶어 하시는 분들도 더러는 있을 것 같은 노파심에서 미리 말씀드리는데, 제가 오랜 시간 연구해 본 결과를 정리해 보면 장르 고유 특성이 학문적 기준으로 확정된 것은, 이미 선배님들이 각 장르의 기준으로 삼아 보완해 온 특별한 고정적 틀을 최고의 가치로 설정해왔기 때문에, 그러한 설정이 거듭되며 완성된 하나의 법칙이 최적의 용도로 자리한 거라는 겁니다. 그러므로 옛날 작품이나 지금 작품이나 문학적 고유 특성은 그대로지요.

이해를 돕기 위해 쉬운 예를 들면 영국 시인들은 이백여 년 전부터 시는 구어체로 써야 한다고 했다는데, 이미 이백여 년보다 이전의 작품에도 구어체 작품이 존재했었을 거란 말이지요. 단지 구어체로 써야 한다는 그 방법이 시를 완성하는 최고의 기법임을 알기까지 많은 시행착오를 거쳐야 했기 때문에, 약 이백여 년 전에야 시는 구어체로 써야 한다고 하는 주장이 구체적으로 제기된 것뿐이라는 거지요. 만약 시는 구어체로 써야 한다는 주장이 학문적으로 수용하기 어려운 주장이었다면 현재까지 오지도 못한 채 파기되었을 것이고요. 그렇듯 시라는 장르 역시도 오랜 세월 시행착오를 거치며 작문 문장과는 다른 차원의 운문(시)이라는 문장을 증명할 증거가 필요했을 것이고, 그러기 위해서는 작품 속에서 드러나는 장르 고유 특성으로 입증하게 된 것 아니겠냐는 겁니다.

잘 아시겠지만, 작문은 시상의 정체나 장르 고유 특성 같은 문학적 중요 요소를 전혀 몰라도 쓸 수 있는 거잖아요. 그러니까 글 쓰는 이가 맘대로 그저 시 형식만 빌어다 시 같은 문장을 만들기만 하면 되는 문장이지요. 그러나 시는 다르지요. 시는 세계 공통적으로 시라는 장르 고유 특성에 부합되는 문장이 되어야 하는 거니까요. 그러므로 시와 작문은 반드시 분류할 수 있어야 하는 거란 말이지요. 선조들이 그랬던 것처럼요.

사실 실제로 시에 대한 소양이 부족하다고 살아가는 데 큰 어려움이 있다거나 문제가 될 건 없는 거지요. 그러나 완전히 모르는 것보다는 아는 것이 있는 게 덜 부끄럽듯 너무 쉽게 어려운 장르로만 간주해 기피할 문제는 아니라는 점이지요.

시라는 장르는 교양 있는 사람들이면 누구나 알고 있어야 하는 일반적인 소양 같은 종류이니까요.

그대가 아름다울 수밖에 없는 이유는
누군가의 사랑의 대상이기 때문이지요.
인간의 역사는 사랑으로 연장되는 방식이고
그 방식은 섭리적 법칙으로 강요되는
운명적 철칙이기 때문에,
섭리를 벗어날 수 없는 인간들은 원천적으로
타성을 갈구하도록 만들어진 존재이니까
그대가 아름다울 수밖에 없는 이유는
누군가의 사랑의 대상이기 때문이지요.

"어디니?"

어머니 전화다.

"증평이요."

노파심 많으신 어머니는 기수가 집에 없으면 늘 확인하려 드시는 편이다.

"언제 와?"

이제 오후 3시경인데 왜 독촉인지 모르겠다.

"빨리 와."

"금방 갈 거요."

병원에 들러 한 달 치 위장약을 받고 은행에서 볼일까지 다 본 다음 이곳에 온 거니까 집에 급한 일이 있다면 당장에라도 출발할 수 있다. 하지만 어머니가 전화한 의도는 늘 그렇듯 내가 어디 있는지, 언제쯤 오는지를 파악하는 데 있는 것 같다.

"엄마 속 썩이는 일 만들지 말고 집에 있어."

연세 드신 분들의 일반적인 노파심 때문인지, 아니면 병적인 요소인지 잘은 모르겠지만, 어머니는 기수가 나가는 걸 막는 편이다.

기수가 어딜 간다고 하면 불안한가 보다. 그래서 늘 "집에 있어, 집에 있어." 하고 말씀하나 보다, 라고 나름 이해하려고는 하지만 이러한 구속도 스트레스로 작용한다.

세상 물정 알 만큼 알 나이인데 여든일곱의 어머니는 아직도 기수를 어린애인 줄 아나 보다. 그래도 다행인 것은 연세보다 또렷한 정신과 신체를 유지하고 있다는 점이다.

불행하게도 기수는 돋보기를 하고도 바늘귀에 실을 못 꿰지만 어머니는 맨눈으로 척척 꿸 정도로 눈도 좋다.

계단을 오른다든지 조금 오래 걷게 되면 "아이쿠 힘들다, 힘이 없다."고 하지만, 종종 밭에 나가 잡초도 뽑고 깨나 콩 같은 농작물도 조금씩 재배를 한다.

기수는 일하기도 몹시 싫지만 농사일이라는 것 자체가 너무 힘들어 기피하는 편인데, 어머니는 자투리땅도 남김없이 이용하려 해서 어떨 땐 끌려가듯 동행해 일을 해야 하기도 한다. 그럴 땐 간혹 다툼이 일기도 한다. 하지만 어머니가 몸져눕지 않고 움직일 수 있다는 그 자체만으로 늘 감사하는 마음이다.

3년 전쯤의 한 겨울엔 허리뼈에 금이 가 아래채 구들방에 꼼짝하지 못하고 누워 계셨다. 청주 최 병원에서 나온 진단 결과가 병원에 입원하지 않을 거면 꼼짝 말고 누워 있으라는 결정이라 거의 3개월을 누워 요양해야 했다.

기수의 시골집에는 연세 든 부모님들을 위해 본채 옆에 따로 황토방을 하나 만들었는데, 옛날부터 뜨끈뜨끈한 아랫목에 누워 허리 지지는 것을 좋아한 어머니는 겨울이면 주로 그곳에서 주무셨다.

아침저녁으로 아궁이에 불을 때야 하는 아래채 온돌방에 어머니가 3개월여를 누워 있기만 했을 때엔, 며칠에 한 번씩 산에 가 땔감을 구해 와야 했고, 아침, 점심, 저녁은 본채에서 준비해 가져다 드려야 했었다. 홀아비의 운명을 탓도 하며.

그나마 조금 덜 힘들었던 것은 '아름다운 숲 가꾸기 운동'의 일환으로 군청에서 파견된 간벌 전문가들이 간벌한 나무들을 주워올 수 있어서, 입산 금지가 시행되던 어린 시절 지게와 톱, 도끼 같은 장비로 감시자들 몰래 나무를 해야 했던 때보다 수월했다. 물론 도로 사정이나 나무를 자르고 운반하는 장비도 많이 바뀌었다.

톱이나 도끼를 나무하는 도구로 사용하던 때에 가장 필요한 것은 힘이었고, 시간도 오래 걸렸지만, 시대가 발달한 만큼 과학적 장비를 이용하는 지금은 기계를 이용하는 기술이 중요하다. 그렇다고 힘을 안 써도 된다는 뜻은 아니다.

기계톱을 사용해 나무를 해도 땀이 많이 난다. 또한, 운반 장비에 싣기 위해 거의 어른 키만큼씩 자른 나무 동강이들을 옮기는 일도 장난이 아니라 한겨울에도 옷이 흠뻑 젖을 정도다. 그나마 비탈지고 경사진 산기슭 길뿐이었던 어린 시절의 운반 장비는 등에 지는 지게가 유일했었지만 지금은 산길도 경운기가 다닐 만큼 확장한 곳이 많아 훨씬 편하다. 하지만 기수는 경운기도 트랙터도 없다. 하여 짐을 운반할 수 있게 개조한 사륜 오토바이를 운반하는 장비로 쓴다. 그러다 보니 경운기로 한 번 운반할 양을 기수는 십여 번 반복해야 한다. 또한 경운기나 트랙터는 다닐 수 있어도 사륜 오토바이는 못가는 경우가 있어 좀 더 어려운 경우가 있다. 하지만 그러한 점들은 감내하기 어렵지 않다. 정말 어려운 것은 어머니가 거동을 못 할 때였다. 그것을 알기에 어머니가 마을회관까지라도 마실을 나갈 수 있음을 늘 감사한다.

오늘도 태양은 늘 그렇듯

어제의 형태로 세상을 비추고 있는데

우리에게 해님은

어제의 해님과 다른 빛을 살포하네요.

임이여!

서로에게 임일 때에는

떨어져 있는 매 순간의 그리움까지도

반짝이는 물결처럼 따사로워 행복한

내일의 태양 같았는데

오! 임이여,

어이해 해님 같은 빛을 거두어

인생마저 어둡게 죽이시나요.

오늘도 마음은 늘 그렇듯

어제 같은 빛으로 임을 맞는데.

꽃
그
리
고
바
람

인간들은 대체적으로 스스로 신뢰하는 진실을 모태로 추구하는 삶을 영위하려 하는 경향이지 않나 사료되지요.

오로지 자신의 이득만을 진실이라 여기며 자기의 이익만을 우선시하는 극단적 이기주의자들은, 나라를 팔아서라도 자신의 이득만을 취하고자 할 만큼 매국적인 행동도 불사하고, 자신의 이득보다 국가의 안녕과 국민의 평안을 진실로 도모하는 애국지사나 독립투사 같은 분들은, 오직 한 번밖에 살 수 없는 자신의 목숨까지 도외시하는 거시적 결정에 기꺼이 희생을 감수하기도 하는 걸 보면, 인간들은 자신이 믿는 진실을 바탕으로 판단하고 결정하는 결과로 삶이 형성되는 형태가 아닌가 싶답니다.

인간들은 알게 모르게 개개인이 믿는 진실을 실현하려 하는 성향이지요. 단순하게 시험을 생각해 봐도 그렇듯 대부분의 사람들의 성향은 자신이 신뢰하는 진실을 바탕으로 판단하는 편이지요.

잘못된 지식도 잘못이 아니라는 사실을 입증하지 못하는 한 진리적 진실처럼 배운 소양을 무한정 신뢰하기 때문에, 철칙처럼 소양화된 그 지식을 바탕으로 자신의 실현도 진리적 진실로 구체화하는 경향이란 말이지요.

구체적인 예를 제시한다면, 문학에 관한 문제를 풀 때도 현재 자신이 알고 있는 지식을 진실로 믿기 때문에 그렇게 믿는 그 지식을 전제로 진실을 실현하려 한다는 뜻이지요.

고사성어로 정확하게 제기하면 한글은 한자의 영향을 많이 받았다고 하고, 우리가 현재 사용하는 언어에도 많은 한자가 사용되는데, 사필귀정事必歸正 같은 고사성어를 사용할 땐 그 의미가 '만사는 반드시 정리正理로 돌아감'이라는 뜻을 진실로 신뢰하기에 그대로 사용하는 거란 말이지요.

우리네 삶의 형태를 고려해 볼 때 국어사전에 등재된 사필귀정의 정의처럼 진정 인간들 사회의 만사는 반드시 '정리'로 돌아간다고 할 수 있는 걸까요?

전 아니라고 여겨지는데요.

정리를 국어사전에서 찾아보면 '올바른 도리'라고 등재되어 있는데, 우리가 살아가는 세상의 모든 것이 진정 '올바른 도리'로 돌아간다고 할 수 있느냐는 겁니다.

간단한 예로 군사 쿠데타로 정권을 잡은 군사정부 시절엔 힘에 눌려 그들의 행위가 정리로 진행되었지만, 그들이 실권을 빼앗긴 후엔 쿠데타 정부로 낙인찍어 정리에 어긋난 짓이었다는 사실을 확정했지요.

성공한 쿠데타는 그 자체가 정리라고 주장하는 사람들도 있을 것 같아 말씀드리는데, 만사가 정리로 돌아가는 거라면 정리적이지 못한 그 시절에 희생당한 사람들에게는 정리적이지 않은 것 아니냐는 뜻이지요.

이렇듯 상식적인 차원에서만 판단해 봐도 사필귀정에 대한 국어사전의 정의는 의구심이 드는데, 왜 이의를 제기하지 않고 마치 현재의 정의가 진리적 진실인 것처럼 그대로 수용만 하느냐는 겁니다. 만약 사필귀정의 한자의 뜻을 잘못 해석한 거라면, 결론적으로는 잘못된 지식이 진리적 진실처럼 둔갑을 한 것인데도, 잘못임은 모른 채 진실로 신뢰하며 사용하는 거라는 얘기가 되겠지요.

잘못된 해석이 진실한 해석처럼 둔갑한 것인데도 잘못된 해석임을 모른 채 진리적 진실처럼 신뢰하는 거라면, 잘잘못도 규명하지 못하는 바보들이 바보가 아니라고 우기면서도 바보화되는 지식을 진실로 믿는 바보짓을 하고 있는 것일 테고요.

해석이 잘못된 것이라는 사실을 증명할 줄 안다면 진실이라고 믿을 수가 없기 때문에 국어사전에 등재된 정의처럼 사용하지 않고, 명확하게 증명되는 본연의 진실한 뜻에 맞게 사용할 텐데, 현재 국어사전에 등재된 정의가 진실이라고 생각할 수밖에 없기 때문에 그것이 정리라 여겨 그대로 사용하고 있는 거란 말이지요.

잘못이 있어도 잘못을 증명하지 못하니까 진리적 진실의 근거처럼 작용하는 국어사전에도 잘못된 의미 그대로 등재된 것 아니겠어요. 그러니까 잘못이 있으면 명확한 진실을 위해서라도 반드시 바로잡을 필요가 있는 것이겠지요.

사필귀정의 '사事' 자는 '일 사' 외에도 '섬길 사, 벼슬 사, 다스릴 사' 등등 여러 가지 뜻으로 쓰이지요.

'필必' 자는 '반드시 필, 살필 필, 기약 필' 등등이 있고요. '귀歸' 자는

1자 2음인데 이 고사성어에서는 '돌아갈 귀'로 충분한 것 같고요.

'정正' 자는 '바를 정' 외에도, '떳떳할 정, 첫 정, 과녁 정, 분별할 정' 등으로 쓰이기에 정리해 보면, '벼슬(아치들)은 반드시 돌아갈 때 떳떳해야 함.'으로 정의되어야 하는 개념이 아니냐는 뜻이지요. 즉 '과실을 다스려 화목할 말'이란 고사성어의 의미를 생각해 해석하면 후자가 부합된다는 겁니다.

고사성어란 뜻이 단순히 현재 우리가 알고 있는 것처럼 '옛일을 근거로 이루어진 말'이라는 뜻이 아니라, 오랜 시간 연구해 본 결과 개념적인 말로 사료되어 거기에 부합되게 해석한다면 후자가 옳다는 거지요.

만약 사필귀정이 고사성어가 아니라 단순한 사자성어의 뜻에 지나지 않는 거라면 현재 국어사전에 등재된 정의에 대해 트집 잡고 싶지 않지만, 한자를 연구해 보면 고사성어의 '사' 자와 사필귀정의 '사' 자가 다른 의미로 쓰인 것처럼, 그 의미는 우리나라의 일반적 행태처럼 마치 한 가지 의미로 획일화된 듯 쓰이지 않거든요. 그러니까 각 문장에 가장 부합되는 의미로 해석하는 것이 올바른 도리 아니냐는 겁니다.

보시면 아시겠지만 같이 쓰인 글자 '사事'만 해도, 고사성어의 '사' 자는 '다스릴 사'이고, 사필귀정의 '사' 자는 '벼슬 사'로 해석해 그 의미는 아주 다르지요.

고사성어의 '고故' 자가 온고지신溫故知新에서의 '고故' 자와 같지만, 고사성어에서는 '과실 고'로 쓰이고, 온고지신에서는 '까닭 고'로 쓰인 것처럼 하나의 한자라도 그 의미는 다양하게 활용되는 것이니까, 제대로 알기 위해선 반드시 진실을 증명하는 방식이 되어야 하는 것 아니냐는 겁니다. 그러므로 온고지신도 고사성어에 부합되게 해석하면 '익히는 까닭을 깨달아야 새롭다.'가 되지요.

인간사의 지식은 제가 말하는 고사성어적 의미로 해석한 온고지신의 뜻과 같아야 제대로 공부도 되는 것일 뿐만 아니라 창의력도 발휘되는 경향 아니겠어요.

인간들의 성향 자체가 스스로 믿는 진실을 구축하며 그렇게 구축된 바탕을 모태로 스스로 신뢰하는 진실을 추구하는 경향이지요. 그러니까 진실을 규명할 줄 모르면 규명하지 못하는 그 진실의 틀에 갇혀 발전의 길을 모색하려 한다는 거지요. 현대시의 운율과 리듬은 아무런 연관성도 있을 수 없는데 동일한 것으로 배우고, 그렇게 배운 지식이 잘못인 줄 모른 채 굳게 믿는 만큼 온갖 추상적 이론이 진리적 진실처럼 양산되는 것처럼요.

이제 임은 내 일기 속에서도 떠나야 하고;
기억에서도 지워져야 하네요.
밀어; 멀어지기까지는 달램이 필요해,
떠나간 뒷모습만 오릴 내 영혼은,
오늘의 태양마저 잃은 어둠에;
달도 삼켜버리는 구름의 동굴에서,
당도에 허기지는 일기만 쓰다;
지쳐 슬어지는 기일을 쓰겠지요.
내일은 늘 오늘보다;
아름다운 빛을 기대케 했었는데.

비바람이나 눈보라에
길을 찾을 수 없다 해도,
더러 폭풍에 휘말려
전의를 상실한다 해도,
시간은 항상 새로운 장을 마련해,
저마다 맞는 시간을 감도록;
태엽을 돌리는 것이겠지만,
떠난 꽃에 잡혀있는 두뇌가,
떠나지 못하는 그물에 갇혀,
잡을 수 없는 긴 그림자에;
애정이 묻히는 눈물을 써도,

끝내는 정선의 동강으로;
간직한 여정의 장도를 기장해,
인생이라는 역사의 여행에,
추억이라는 향기의 고깔로
보듬어 장식해야 하겠지요.

자연의 섭리에 따라;
벌과 나비는 꽃을 찾고,
꽃은 온몸으로 향기를 발산하게
생성되는 꿀을 만들며,
조화되는 바람 속에 담긴
화합의 기치까지 안고자 하는데,
정지를 수용하기 위한 결정에;
깊이 다른 뿌리의 생리마다,
순리만 작동하는 수술; 따로
격리되는 열의의 고수만
감당해야 하는 운명은 아니겠지요.

새로운 직장에 출근한 지 불과 두 달여 만에 정확한 영문도 모른 채 남부 경찰서로 잡혀 온 기수는 살인죄가 아니라 살인 교사教唆라는 죄명으로 오랜 시간 취조를 받았다.

하지만 기수는 살인 교사를 한 적이 없다. 그렇지만 기수가 왜 살인 교사의 누명으로 취조를 받아야 하는지는 취조를 받으며 짐작할 수 있었다.

기수의 송별연 날 호되게 당한 창학은 그날의 수모도 견딜 수 없었지만, 자신이 계획하는 원대한 꿈을 위해서라도 철주파를 그냥 두어서는 안 되겠다고 판단을 했고, 그 판단을 실현하기 위해 얼마 전 철주파들 전원이 모여 개최한 봄맞이 단합 대회를 피바다로 만드는 큰 사건을 일으켰단다. 그 결과 현재 수배 중인데 경찰들이 추측하기는 이미 해외로 도피한 것 같단다.

언젠가 이 세계를 주름잡을 명성을 위해서는 한 건 해야 한다던 창학의 말이 떠오른다. 그리고 저번에 당한 복수는 기수가 거절을 해도 꼭 해주겠다고 했었다.

기수는 나중에 안 일이지만, 창학은 그동안 청민이 모은 쓸만한 아이들에게 은밀한 지령을 내려 각자 목표로 한 체력 강화와 체격을 키우는 일정 및 또 다른 그들만의 구성원을 조성하는 조직 강화 훈련을 시키고 있었단다. 그 결과 큰 성과가 있어 한 번에 동원할 수 있는 조직원 수도 이백 명이 넘었단다.

철주파는 백여 명이었고, 겁 없이 죽자사자 달려드는 십 대들 중심의 신성파는 철주파의 두 배였지만 창학은 아이들의 희생을 최소화하기 위해 사전에 철저히 준비도 했단다.

철주파의 두목인 철주의 얼굴 사진부터 중간 보스들 사진까지도 사전에 다 확보해 철저히 익히게 했고, 그들이 관리하는 영업소, 그리고 철주가 자주 가는 식당 등등 정보를 최대한 확보하다가, 그들이 봄마다 단합 대회 명목으로 모여 먹고 노는 장소도 알게 되었단다. 하여 그날을 디데이로 잡아 복수를 하기로 하고 아침부터 철주의 활동을 체크했단다.

철주에게는 불행이겠지만 창학에게는 수월하게도 철주는 단합 대회 장소에 다른 사람들보다 한 시간가량 늦었다. 창학은 동네 어귀를 통해 가는 길목도 아랑곳하지 않은 채 철주가 지나갈 곳에 수십 명의 아이들을 미리 배치했다가, 철주가 탄 차를 앞뒤로 막은 다음 야구 방망이와 쇠파이프, 자전거 체인 같은 것으로 부수며 잡는 데 성공했단다.

철주를 의외로 쉽게 잡은 창학은 철주파가 그랬던 것처럼 조직원들에게 야구 방망이를 비롯한 각종 무기를 모두에게 나누어 주고 공격을 감행했단다. 마치 인해전술로 육박전을 벌이듯 두 배의 인원수로 공격을 하는 가운데 창학은 굴비 엮듯 동아줄로 묶은 철주와 부하세 명을 끌고 나타나 철주를 시켜 항복을 종용했단다.

철주가 잡혀 오자 돌을 들고 대항하던 철주파의 조직원들은 더 이상 저항은 포기한 듯 결국은 무릎을 꿇었단다. 그러자 창학은 선언을 했다. 오늘부터 철주파의 모든 구역은 신성파에서 접수하겠다고. 하지만 철주는 비웃었다. 애송이 새끼가 까분다고.

창학은 그 순간까지도 고민했다고 한다. 철주를 죽이고 싶지 않지만 죽여야 한다고. 철주를 반드시 죽여야 자신의 앞날이 순탄하다고.

살인자가 되고 싶은 사람은 없을 것이다.

창학도 영원한 낙인될 살인자란 말이 두려워 오랜 시간 갈등하고 고민했단다.

"비겁한 기습으로 이겼다고 승부가 끝난 건 아니다. 이 애송이야."

철주는 창학의 심기를 긁었다.

그때까지도 창학은 망설이며 갈등을 했단다.

"이제부터가 진짜 전쟁이다. 네놈이 죽든 내가 죽든 죽을 때까지 해보자."

창학이 자신의 원대한 계획의 희생양으로 철주를 선택했는지도 모른 채 철주는 동생들 앞에서 두목으로의 기개를 꺾지 않으려 했다. 하지만 창학은 끝내 용단을 내려 철주를 그 자리에서 살해했다고 한다.

창학은 사전에 미리 준비한 사시미칼로 철주의 복부를 마구 찌른 다음, 철저히 무섭게 보이도록 사전에 준비한 계획대로 피가 흐르는 사시미칼을 입술로 닦은 후, 붉은 피가 입술을 타고 떨어지는 악귀 같은 모습으로 죽고 싶은 놈 있으면 또 나오라고 소리쳤단다.

듣기만 해도 끔찍한 광경이다.

기수는 창학이 그렇게 독한 사람인 줄은 꿈에도 몰랐다.

자신의 미래를 위해서 남들이 '창학' 하면 떠올릴 수 있을 만큼 강하게 각인될 자신의 모습을 생각한다더니 그것이 그토록 잔인하고 악랄한 짓인 줄은 상상도 못 했다.

인간은 상식적으로 벌 받을 짓을 했으면 벌을 받아야 하고 책임질 일이 있으면 책임을 져야 한다고 한다. 하지만 벌 받을 짓을 벌이거나 일을 책임질 위치에 있게 되면 그렇지 생각하지 않는 사람들도 많은 것 같다.

청문회나 대통령 선거를 비롯해 국회의원 등등의 각종 선거 행태만 보아도 쉽게 납득 할 수 있을 것이다.

국민의 대표 자리에 오르겠다는 자들에게 숨겨져 있던 진실을 보면 가관이다. 어찌 논문 위조나 성추행 같은 파렴치한 작태를 숨긴 채 오로지 지지만을 요구하는 발상을 할 수 있는지도 상식적으로 이해가 불가하다.

윗물이 맑아야 아랫물도 맑다는 속담을 모르지 않는다면 어찌 그런 자들을 그런 자리에 앉히겠다고 추천할 수 있을까 하는 의구심도 든다. 그런 자들을 추천한 결과 자체가 스스로 맑지 못하다는 자백이나 다름없으니까.

명장 밑에 약졸 없다는 명언에 비추어 생각해 보면, 그런 자들을 국민의 대표 자리에 추천한 사람 자체가 본인은 스스로 명장이 아니라는 의미 아니겠는가.

국민을 대표하는 위치에 있겠다는 자들을 추천하는 사람이 성추행이나 논문 위조 같은 인간적·윤리적 과오나 실태 따위는 안중에도 없이 그저 자신의 이득만을 추구하는 이기적 사고력을 지닌 자들을 추천한다면, 국가적 재난 같은 중대한 판단이 필요한 결정적인 순간에 이완용 같은 매국노로 돌변하지 않을 거라 누가 장담할 수 있겠는가.

나라를 팔아서라도 자신의 이익만을 도모하려는 극단적인 이기주의자들을 경계해야 하는 이유는, 역사적 사례를 보면 자신의 이득을 위해서는 못할 짓이 없는 그런 자들이 바로 간신의 유형에 가깝고, 역적 짓을 일삼은 자들의 유형과 유사하기 때문이다.

역사적인 인물들 중에 청백리나 본분의 소임에만 충실하게 산 사람들과 비교해 생각해 보면 쉽게 납득이 갈 것이다.

지역적 정서상 공천만 받으면 당선이 예약되는 지역구에, 성추행 같은 심각한 범죄에 대해서도 죄의식이 둔감한 자들을 국회의원 후보로 공천해 당선시키는 등의 행위는, 국민의 미래를 위해서도 국가의 수준을 위해서라도 절대 있어서는 안 될 일이다. 추천자가 범죄를 방조하는 짓이나 다름없는 거니까.

국민을 대표할 수 있는 자리는 추천자에게 복종하는 추천자의 종들로 구성되는 자리가 아니다. 또한, 국민을 대표할 수 있는 자리는 결코 추천자에게 충성하는 자리도 아니다. 국가와 국민에게 충성하는 자리이지.

국민을 대표할 수 있는 자리가 범죄마저도 방조하는 무리들로 조직되는 거라면 범죄 조직과 무엇이 다르단 말인가.

인간의 부류는 여럿이 있고, 어느 자리의 사람이건 범죄를 조장할 수 있는 가능성이 있기에, 국민을 대표할 수 있는 신분의 사람들은 최대한 범죄 조장 가능성이 낮은 인물임을 증명하려 청문회 같은 요식 행위를 두고, 나름의 검증 절차를 거쳐 타당하지 않은 자들을 사전에 걸러내려 하는 정의적 의도라면, 먼저 최소한 윗물이 맑아야 아랫물도 맑고, 명장 밑에 약졸 없다는 금언에 어울리는 사람인지 아닌지부터 파악한 후 추천했으면 하는 바람이다.

국민들을 대표할 수 있는 인물들의 구성체는 조직폭력배와는 차원이 다른 집단이어야 되지 않은가.

조직폭력배들처럼 두목에게만 충성하는 조직체에 기여해 달라고 성추행 전과자나 논문 조작자들까지 공천을 주어 당선시키는 거라면, 마땅히 벌을 받아야 할 부류들까지 구성원으로 조직한 의도적 집단이라 할 수 있는 것 아니겠는가.

무기도 없는 백여 명의 조직체를 쇠파이프 같은 무기로 무장한 이백여 명의 조직원들이 공격할 경우 그 승부를 쉽게 예측할 수 있는 것처럼, 상식적으로 용납되지 않는 조직체들의 행위 결과는 우두머리를 욕보이는 결과로 귀추되게끔 예측하는 것이 상례이다. 그렇기 때문에 모든 일에는 사전의 분별력이 필요하고 판단의 사후에는 진단도 필요하다.

살인자도 범법자이고 성추행자도 범법자이다. 성추행자라는 범법자가 포함된 조직체나 살인자라는 범법자가 포함된 조직체나 동일하게, 범법자가 구성원의 일부로 포함된 조직체라는 사실이 중요한 사안이 되는 것은, 그 우두머리를 비롯한 일원의 전체적 수준을 판단하는데 상투적 빌미의 대상이 된다는 점이다.

한 마리 물고기가 우물물 전체를 흐린다고 하듯 어떤 조직체의 구성원들 하나하나는 전체적 고리로 연결성을 지니기에, '벼슬길을 걷는 이들은 필히 돌아갈 때도 떳떳해야 한다'는 사필귀정의 정신에서 입각해 생각해 볼 필요가 있지 않을까 한다는 겁니다.

만사는 그냥 놔두면 제멋대로 얽히고설킬 뿐이지 결코 정리正理로 돌아가지 않는 거라 사료되거든요.

국민을 대표할 자리에 오르려 하는 자들마저도 성추행이나 논문 조작을 하는 범죄자들이 추천되거나 공천을 받는데, 어찌 현재 국어사전에 등재된 사필귀정의 정의가 합당하다 할 수 있다는 얘기인지 이해가 가지 않는다는 거랍니다.

잘못을 진실로 믿는 정신적 피해는 돈으로 환산될 수 없을 만큼 막대하다 할 수 있을 것입니다. 총이나 칼 같은 무기로만 사람을 죽이는 것이 아니라 잘못된 진실이 사람을 죽이게도 만드는 거니까요. 또한, 잘못된 지식이 인간에게 미치는 지대한 영향력도 고려해야 하니까, 잘못이 있으면 잘못이 규명되는 진실한 논리가 풍토화되는 사회가 되어야 하지 않겠어요.

문명이 발달할수록 인간들은 이성적 견지를 근간으로 해 발달해 왔다고 할 수 있으니까, 현재 국어사전에 등재된 정의를 이성적으로 판단해 볼 때 재론해 볼 여지가 충분히 있는 것 아닌가 사료된다는 뜻이지요.

만약 국어사전에 등재된 정의에 문제가 있다는 것은 아주 심각한 일이거든요. 진리적 진실의 중심이라 해도 과언이 아닐 만큼 큰 국어사전의 존재감이 사람들에게 미치는 영향력은 어마어마한 거니까요.

국어사전의 등재된 정의는 하얀 것도 검다고 하면 검은 것이 되는 것과 같이, 잘못이 진실로 둔갑을 해도 진실로 믿게 만드는 절대적 존재이기 때문에 그런 점들까지 고려해야 한다는 뜻이지요.

사람들은 대체적으로 학력으로 수준을 평가하는 경향이지요. 학력의 보편적 시발점은 시험 성적이랄 수 있고요. 시험 성적이 좋으면 유명한 대학에 가고 유명한 대학을 나오면 그 사람의 수준에 대한 평가가 높은 것처럼, 사람들이 수준을 평가하는 일반적인 성향은 학력을 지표로 하는 편이란 말이지요.

시험 성적이란 것은 출제자가 원하는 답을 정확히 제시하는 방식이지요. 그러다 보니 가르치는 사람들에게 정답이라고 배워서 사전에 답으로 정해진 지식 그대로를 제시하도록 약속된 요식 행위에 불과하지요.

쉬운 고사성어로 예를 든다면 '우이독경牛耳讀經의 뜻을 써라.'라는 문제가 출제될 경우엔 반드시 '쇠귀에 경 읽기'라는 답을 제시해야 한다는 계산이 사전에 약속처럼 깔려 있는 거란 말이지요.

국어사전을 찾아보시면 아시겠지만 우이牛耳란 뜻에는 쇠귀라는 뜻 외에 '일당, 일파, 한 단체의 수령'이라는 뜻도 있는데, 현재 대한민국의 해석 방식은 그저 비유적 의미로라도 그럴듯하면 되는 것처럼 심도 있는 연구와는 먼 길을 가고 있지요.

한자로 된 시를 연구해 보면 대부분의 언어는 직설적 의미로 사용되는 성향인데요.

중국 시에 쓰인 고사성어를 예로 제시해 본다면 권토중래捲土重來 같은 경우 이렇지요.

두목杜牧의 작품 「오강정烏江亭」 4행 '권토중래미가지捲土重來未可知'에 나오는데, 현재 국어사전에 등재된 권토중래의 정의처럼 '한번 패했다가 세력을 회복해서 다시 쳐들어옴'의 뜻이 아니라, 권토중래 뒤에 이어지는 '아닐 미未' 자와 '허락할 가可, 깨달을 지知' 자의 시구에 부합되게 해석하면 '힘 우적우적 쓸 토양(형상화된 토양으로서 쉽게 말하면 개개인의 시절) 거듭 도래하게 아니 허락함을 깨닫네.'가 이 시 전체에 형상화된 운율의 통일성에 부합된다는 거지요. 그러니까 현재 국어사전에 등재된 정의에 대해서는 재고해 보아야 한다는 거랍니다.

두목의 오강정에 내재된 권토중래의 시적 의미는 '힘 우적우적 쓸 토양 거듭 오나?'란 뜻으로, 인생은 한번 가면 그만이라는 의미라 사료되기 때문에, 그 행에 이어진 '미가지'와 결합해야 그 의미가 구체적으로 구성되는 형태라는 거지요. 그러니까 권토중래만 따로 떼어 생각할 때는 의문 부호가 붙어야 하는 것 아닌가 고려해 보아야 한다는 거고요.

제목인 오강정도 내재된 운율의 통일성에 입각해 시상으로 포착된 의미를 파악해 해석하면 '탄식의 강에 이르러'가 되어야 하지요.

이 시에 쓰인 '오烏' 자는 우리가 일반적으로 아는 '까마귀 오' 자로 쓰인 것이 아니라 '탄식할 오' 자로 쓰이고, '강江'이란 형상화된 강이기 때문에, 이 시에 내재된 운율의 정체를 파악해 보면 나이가 많아 느끼는 인생의 회한을 형상화한 세월의 강임을 알 수 있으니까요.

우이독경이나 권토중래의 예를 제시한 것처럼 이러한 고사성어의 대부분의 의미는 직설적 의미인데, 직설적 의미는 외면한 채 간접적 의미로 배운 지식을 진실로 숙지하는 방식을 영원히 고수해야 하는 거냔 말이지요.

앞에 몇 개 제시한 내용에서 깨달은 분들은 아시겠지만, 직설적 의미와 간접적으로 비유 된 정의는 뜻하는바 자체가 다르기도 한데, 국어사전처럼 절대적 진실인 양 영향력을 과시하는 중요 근거에 의구심이 드는 정의가 등재된 것을 이대로 영원히 간과해도 무방한 거냐는 주장이지요.

앞에서도 말했듯 정서적·정신적 폐해도 막중한 거니까 올바른 정서나 정신을 확보하기 위해서는 잘못된 지식은 반드시 바로잡아야 하는 중요 사안이랄 수 있지요.

고사성어로 예를 들면 현재 우리가 알고 있는 뜻 그대로 '옛일로 이루어진 말' 이란 단순한 의미보다, 뜻하는 바가 다른 '과실을 다스려 화목하게 하는 말'이란 의미로 사용된다면, 고사성어란 말을 인식하는 정신적·정서적 변화가 기존의 의미와는 상당히 달라지기 때문에, 부정부패나 온갖 비리로 얼룩지는 사회에 개념어로 일조하는 순도까지도 많이 다를 테니까 이런 점들까지 고려해야 하는 것 아니냐는 겁니다.

단순히 '옛일로 이루어진 말'이란 고사성어의 진위가 어떤 의미이며, 어떤 개념인지, 그리고 나아가서는 그 탄생의 용도가 의문스럽지 않나요.

우리가 익히 아는 의미 그대로 '옛일로 이루어진 말'이란 용도로 탄생된 언어라면 고속도로高速道路나 입산금지入山禁止 같은 사자성어가 제격이라 사료되지만, 만일 제가 제시한 내용이 고사성어란 말의 그 탄생의 용도에 부합되는 뜻이라면, 진정 고사성어란 말의 사용 가치로 타당하다 여겨지지 않냐는 거지요.

인간의 소양은 사고력과 밀접한 연관이 있는 거라 사료되지요. 또한, 분별력에도 일조를 한다고 여겨지지요.

쉽게 말하면 고사성어의 뜻이 '과실을 다스려 화목하게 하는 말'이라고 숙지하고 있다면. 그 의미에 관련된 사고력이나 분별력에도 음으로 양으로 기여를 하게 되어 있다는 거지요.

그렇지 않고 단순히 현재의 의미 그대로 숙지하고 있으면 아무런 개념도 없는 뜻이라 그 용도에 관련된 사고력이나 판단력에 별 도움을 주지 못한다는 거고요.

세상은 복잡하고 세태는 예상처럼 진행되지 않기에 사고력이나 판단력에 기여하는 지식은 매우 중요하지요. 잘못된 지식의 여파로 살인이 일어날 수도 있는 거니까요.

해가 사리를 푸는
고시에 눈을 떠도,
시계를 타고 가는
벽의 유치장으로
호송 온 차가,
바퀴로 삼키려
앗아가는 인도의
무심한 결재에,
별을 따라온
빛무리들의 목차마다,
굴레 된 하차로
질주하는 발차 속에
발작의 의도까지도
자동으로 계산되네.

창학은 외국으로 도피했단다. 증인이 수백 명인데 행동대장으로 키우던 태진이 살해한 것으로 자수하게 해 놓고는.

창학과 태진은 사전에 논의한 약속이 있을 것이다. 그렇기 때문에 창학이 철주를 살해한 사시미칼에도 창학의 지문은 깨끗이 지우고 태진의 지문만 가득 남겼을 것이다.

경찰들은 스스로 찾아와 자수한 태진을 구속하는 일도 하나의 성과이기 때문에 태진에게 살해 동기를 취조했고, 취조하는 과정에서 파악된 새로운 조직 신성파의 두목은 모창학이지만, 그의 친구인 기수가 그동안 신성파의 두뇌 역할을 한 것으로 판단하고 있었다.

기수는 발령받아 서울을 떠난 시점부터 근무지에서 한 번도 이탈하지 않은 사실들로 전혀 관여하지 않았음을 증명하려 했지만, 형사들은 그 사건이 기수의 송별연 때에 당한 복수 차원이었기 때문에 철저히 준비하는 과정에서 전화 통화로든, 창학이 기수의 근무지로 찾아와 상의를 하는 방식이든, 어떤 식으로든 기수가 관여했을 거라며 아무런 증거도 없이 구속 영장을 신청했다. 그리고 기수가 구속된 건 린치의 결과였다.

"아니라는 거 우리도 알아, 인마."

퍽, 퍽.

대꾸를 원하지 않는 그들은 그들이 조작한 내용에 반박할 권한도 없다는 듯 무지막지한 린치를 가했다.

"우욱."

"인정하지 않으면 고통만 더해질 뿐이니까 잘 판단해."

그들은 답변을 하면 농담처럼 '죽여달라고 했냐?'며 아직 견딜만하다는 뜻으로 해석해, 마치 때려죽일 것 같은 폭력으로 육신도 정신도 자기들 뜻대로 조종하려는 듯 학대했다.

퍽퍽!

"으악!"

"좋아, 그럼 다시. 음, 살인 교사죄는 빼줄 테니까 신성파의 일원임을 인정하는 걸로 하지. 여기서 인정하면 징역 2년, 집행 유예 5년으로 풀려나는 걸로. 어때?"

그들에게 진실은 안중에도 없었다. 그저 거래를 원했다.

아무 죄 없는 선량한 한 사람의 인생을 깡그리 망친다는 생각은 조금도 안 해보는지 오로지 윗선에서 강요하는 실적을 위해 복종만을 추구했다.

"너 같은 놈 하나 죽이는 건 일도 아니야, 인마. 사고사로 위장하면 되니까 뒤진다고 문제 될 것도 없고."

그들은 주로 잘 드러나지 않는 곳을 골라 린치를 가했다. 그리고 린치를 가하는 방법도 기술적이었다.

폭력을 감당할 수 없어 어쩔 수 없이 인정한 거라며 재판에서 억울함을 호소했지만, 그들도 같은 부류인지 통하지 않았다.

온 나라를 군부가 장악한 시기이었고, 새로 생긴 삼청교육대만으로도 알 수 있듯 군부가 민심을 얻기 위해 시도한 정략적 활로가 조직 폭력배를 비롯한 범죄자들 소탕이었기에, 폭력을 행사해서라도 실적을 올려야 했던 기관원들의 무지막지한 린치에는 그들이 요구하는 대로 실토할 수밖에 없었다. 그리하여 기수는 너무도 억울하지만 약자의 설움만 각인한 채 바로 고척동 구치소에 수감되었다.

그리고 꾸며진 각종 범죄를 제목으로 재판을 받았으며 결국은 2년의 징역형에 처해졌지만 초범이라 집행 유예 5년을 선고받고 풀려났다. 하지만 진짜 시련은 그때부터였다.

"허기수 씨!"

"누구?"

형이 확정된 후 억울하지만 그나마 다행이라 생각하며 갈 곳을 생각해 보니 막상 갈 곳이 마땅치 않았다.

서울에서 생활할 때 친구로 지냈던 창학과 호진은 외국으로 도피했다고 하고, 고향에도 소문이 났을 테니 주저하게 된다.

근무지에서 직원들과 일부 조합원들이 보는 가운데 살인죄로 체포되었다는 사실은 기수의 인생을 하루아침에 모두 바꾸어 놓은 것이다.

막막한 심정으로 여진이나 나나라면 그래도 냉대는 하지 않을 것 같아 그들이 장사하는 닭집으로 가려 했다.

여진이나 나나는 아마도 기수가 체포된 것도 모를 것이다. 그저 근무지에서 직장생활을 잘하고 있는 것으로 생각할 것이다. 만약 알았으면 밥 사먹으라고 영치금이라도 넣어주려 면회를 왔을 거라 예상되기에, 잘못된 모습을 보여야 하나 싶기도 해 기수는 일말의 망설임이 일기도 했지만 갈 곳이 그곳밖에 없어 발길을 그리로 옮기려 했다. 그런데 문래동 법원 도로 옆에 검은색 세단을 대기해 놓고 있던 건장한 사내들 세 명이 기수에게 만나고 싶어 하는 사람이 있다며 동행을 요구했다.

기수는 예감이 좋지 않았다. 그러나 말하며 바짝 다가선 그들은 이미 기수의 팔 하나씩을 끼고 있었다.

기수는 형사들의 폭력에 이미 심신이 지칠 대로 지쳐 반발할 기력도 없었다. 그러다 보니 직장에서 체포되듯 그들의 완력에 쉽게 체포된 기수는 가벼운 몸부림 끝에 세단 뒷좌석에 태워졌고, 차가 출발해 서울의 중심 시내를 빠져나가기도 전에 두 눈이 가려져 목적지도 모른 채 그들을 따라가야 했다. 그리고 몇 시간이 지난 듯 꽤 오래도록 달린 후 차에서 내린 기수의 두 눈에 들어온 광경은 산속에 불이 환하게 밝혀진 성 같은 근사한 집이었다.

한 아름드리 기둥 몇 개가 버티고 선 위로 2층이 있는 동화 속 궁전 같은 집은 산을 배경으로 운치를 자랑하지만, 상황이 상황인 만큼 기수의 감수성을 크게 자극하지는 못했다. 하지만 그 위용이나 전경은 그런 상황에서도 인상적으로 다가왔다.

"철주 형님에게 급한 볼일이 생겨 내일 오신답니다."

철주는 창학에게 죽었다는데 어찌 철주가 다시 온다는 말인가?

기수는 별장에서 일행을 기다리고 있었던 사람이 하는 말을 듣고 의아해 했다. 하지만 묻고 싶지는 않았다. 내일이면 자연스럽게 알게 될 테니까.

철주가 내일 오겠다고 하자 기수를 강제로 끌고 온 사내들은 바로 그곳 지하실에 특별히 설치된 철장 안에 기수 일행을 기다리다가 보고를 했던 명건과 함께 감금했다.

그곳 지하실은 수십 평은 될 듯 넓었고 헬스장처럼 온갖 운동기구들이 설치되어 있었다. 그리고 안쪽 구석에 샤워실 겸 화장실과 교도소 접견실처럼 제작한 철장이 있었는데 기수는 그곳 철장 안에 감금된 것이다.

기수의 두 손에 수갑을 채워 방에 밀어 넣은 다음 밖에서 철문을 잠근 명건은 계속 주시 할 거니까 허튼수작 부리지 말라고 했다.

명건은 기수와 비슷한 나이로 보였다. 그런데 하는 말마다 반말이었다. 하지만 기수는 그런 것에 신경 쓰고 싶지 않았다. 중요한 것은 자신에게 벌어지고 있는 예기치 못했던 상황이다.

이런 곳에서 죽으면 정말 쥐도 새도 모르게 죽을 것 같다. 또한, 흔적을 남기지 않으려면 얼마든지 가능할 것 같다. 뒤쪽 배경이 온통 산이니 맘만 먹는다면 등성이 하나 너머 계곡 같은 곳에 묻어 버리면 영원히 찾을 수 없을 것 같다.

최근 자신에게 갑자기 닥치는 여러 일들을 도무지 이해할 수가 없다. 죄도 없이 범죄자가 되었고, 전혀 관계없는 사람들에게 강제로 잡혀 와 교도소 같은 철장 안에 감금되었다.

어릴 적부터 친구였던 옛사랑을 성인이 된 후 직장에서 다시 만나 달콤한 새로운 사랑을 막 시작했는데 느닷없이 살인죄란 죄명으로 체포되었다.

나라는 지금 기수를 어찌 생각하고 있을까도 궁금해진다.

살인죄라니!

만일 그것이 진짜면 천인공노할 짓은 용서 못 한다며 호적을 파내겠다는 아버지의 화난 모습도 선명하다.

"야!"

두 눈을 감고 파노라마처럼 스쳐 가는 각종 상념에 빠져 있는 기수를 명건이 부른다.

"저녁이다."

철창 가까이 다가온 명건이 철창 사이로 저녁이라며 휙 던져 준 것은 단팥빵이다. 그리고는 초콜릿 우유 하나를 창틀 사이에 올려 놓는다.

먹는 음식을 던지는 행동이 고까워 먹고 싶지 않다. 그래서 던져진 채 두고 다시 눈을 감았다.

속으로 먹는 걸 남기거나 던지면 벌 받는다고 했던 어머님 말씀이 갑자기 떠오르며 가슴이 뭉클해진다. 그런데 머리와 다르게 배에선 다른 신호를 보낸다. 그러고 보니 오늘 종일 아무것도 먹질 못했다.

살그머니 눈을 떠 보니 명건은 우유를 올려놓고 물러난 모양이다.

방 안을 둘러보니 던져진 빵 외에는 아무것도 없었다.

방 안에 아무것도 두지 않은 것은 아마도 자살 같은 것을 예방하기 위한 조치였나 보다.

명건은 결국 기수를 감시하기 위해 같이 감금된 꼴이다. 그러나 기수는 그런 데 신경 쓸 상황이 아니었다.

기수는 피곤했다. 하지만 신경은 곤두서 있었다. 자신의 의지와 상관없이 돌아가는 이 상황에 대해 몹시 예민해져 있는 상태였다.

참으로 어이없는 상황이라 느껴지는 답답함과 당하면서도 어찌할 수 없었다는 심사에서 치미는 분노 같은 것들이 영혼을 자극해 괴롭다. 하지만 처한 상황은 금방 어찌 변할지도 모른다. 강제로 납치된 상태나 다름없기 때문에 좋은 취지가 아닌 것은 분명하지 않은가.

까강.

지하실 문이 열리는 소리일 것이다.

기수가 처음 들어올 때 그런 소리가 났다.

"명건."

여자의 목소리다.

웬 여자일까 궁금했지만 일어서면 확인할 수 있는 일을 확인하지 않았다.

"예 사모님!"

사모님?

또각, 또각.

하이힐 소리가 들린다.

명건을 사모님이라 부른 여인이 내려오는 모양이다.

누구의 여자이기에 사모님이라 부를까? 궁금하다.

조폭의 아내들은 다 형수님이라고 부르는 편이라 기수는 명건이 사모님이라 칭하는 여자는 조폭의 아내는 아닌 것 같다고 여긴다.

"어쩐 일이세요?"

"시팔, 서울에서 한참 오는데 내일 온다고 하잖아. 다시 돌아가기도 그렇고 해서 여기 와서 자려고 천천히 구경하며 놀다 온 거야."

"아, 예. 저녁 식사는?"

"그래서 내려온 거야. 내가 오다가 족발이랑 회 사왔거든. 빨리 올라가 먹어."

"아이고 고맙습니다. 사모님."

"고맙긴 뭐."

"같이 안 올라가세요?"

"난 오다 너무 많이 먹은 것 같아서 운동 좀 하려고."

"그러세요, 그럼."

끼리릭, 끼리릭.

운동기구 움직이는 소리가 난다.

"참! 철창에 너무 가까이는 가지 마세요."

계단을 올라가다가 하는 소리 같다.

"왜? 누가 있어?"

"모르셨어요?"

"뭘?"

"신성파한테 복수하려고 신성파 두목 친구이자 신성파의 브레인을 잡아다 놨잖아요."

"오 그래?"

또각, 또각. 하이힐 딛는 소리가 가까이 온다.

"사모님, 너무 가까이 가시면 위험해요!"

기수는 명건이 왜 위험하다고 말하는지 알 수 없었다.

"알았어, 인마. 걱정하지 말고 올라가 처먹기나 해."

명건은 기수가 그녀를 해치기라도 할까 봐 그런 말을 하나 싶지만, 자신은 철창 안에 감금된 상태인데 어찌 철창 밖에 있는 그녀를 해칠

수가 있나 생각하니 명건의 조바심은 지나친 노파심 같은 거라 여겨진다. 더구나 기수는 그녀가 철창문을 열고 들어와도 해칠 의사가 전혀 없다.

까강.

지하 문소리가 다시 나는 걸 보니 명건이 문밖으로 나간 모양이다.

기수는 그녀도 자신이 어떻게 생긴 사람일까 궁금해 다가오는 거라 생각하면서, 사모님이라면 철주의 부인이지 않을까 생각되어 어떤 여자가 깡패 두목의 부인이 되었을까 궁금해 눈을 뜨고 철창에 나타날 얼굴을 기다렸다.

와우! 미스코리아 인천 선발 대회에 나갔었다던 창학의 애인 소희보다 더 예뻤다. 키도 커 보였다. 그리고 과감히 철창을 붙잡으며 철창 사이로 내민 가슴도 풍만했다.

기수가 철창에서 가장 먼 곳에 앉아 벽에 등을 기대고 있으니까 아마 그렇게 할 수 있는 것 같다.

"오! 내 취향이네."

여인의 진한 향수 냄새가 예쁜 그녀의 향기처럼 코끝을 파고든다.

"통성명이나 할까, 우리?"

그녀는 처음 보는 기수를 보더니 철창 사이로 길게 손을 뻗어서 잡으라고 한다.

은색 실크 블라우스에 가려진 길쭉한 팔과 부드러운 하얀 손이 기수의 눈길을 끈다.

기수는 앉은 채 수갑 찬 두 손을 뻗어보았다. 닿지 않는 거리다. 하지만 그냥 흔들며 "허기수라고 합니다." 하고 인사를 했다.

"어머! 수갑을 차고 있었네."

기수는 수갑을 가리고 있었던 것도 아닌데 그녀는 이제 보았나 보다.

"기수라, 건강한 이름인데. 난 아정이야. 권아정."

그녀의 자태에 어울리는 이름이라 여겨진다.

"나 어때?"

무슨 뜻인지 모르겠다.

"외모를 물으시는 거라면 잔인하게 예쁩니다."

자신도 예상하지 못한 말이 불쑥 쏟아졌다.

"호호호. 잔인하게 예쁘다고?"

기수는 그때 왜 불쑥 그런 말이 튀어나왔는지 모르겠다.

"표현법이 아주 독특하네. 자신의 처지를 빗대어 한 말처럼."

듣고 보니 말이 된다. 아정은 마치 기수가 영어[圖圖]의 몸이 아니라면 아정이 너무 예뻐 한번 유혹해 보겠는데 그럴 수 없는 처지라 그 신세가 너무 잔인하다고 한 것처럼 이해하나 보다.

"누님을 한번 보고 그냥 모른 체하는 사내가 있다면 그런 놈들은 남자새끼도 아닐 것 같은데요."

기수가 보기에 아정은 여진의 또래쯤 된 것 같았다.

"나도 그렇게 생각해. 그러니까 철주 같은 노인네도 환장을 하는 걸 테니까."

미모에 대한 자신감이 넘친다. 두뇌는 미모를 따라주지 못하는 것 같지만.

"노인네라고요?"

철주를 노인네라고 칭하는 아정이 이해가 안 되어 반문했다. 창학에게 살해당한 철주는 아직 사십도 안 된 걸로 알고 있었는데.

"우리 회장은 산적 두목처럼 우락부락한 얼굴에 머리가 훌러덩 벗겨진 대머리라 완전 노인네야. 몰랐어?"

못 봤으니까 당연히 모른다. 그런데 사장님도 아니고 회장님이란다.

아정의 말을 들어보면 분명 조폭 두목 철주와는 다른 인물 같다.

"너, 나한테 충성을 맹세하고 내 밑에 있을래?"

아정이 불쑥 뱉은 말은 상상도 못 했던 제안이었다.

"무슨 뜻인지?"

"뜻은 무슨, 너 조폭이라며? 그럼 그냥 이 누나에게 인생을 맡겨 봐! 나쁠 것 없을 테니까."

아정은 기수를 조폭으로 판단하고 그런 일에 이용하고 싶은가 보다.

"저 조폭 아닌데요?"

기수는 조폭의 일원이 되고 싶은 마음이 추호도 없었다.

"신성파라며."

아정도 들은 바가 있나 보다.

"절대 아닙니다."

강하게 부인은 했지만, 문득 창학과 호진, 청민 등과 어울리며 조언했던 말들이 떠올라 정말 나는 조직폭력배가 아니라 할 수 있는 건가 하는 의구심이 들기도 한다. 하지만 자신은 분명히 조폭의 일원이 아니라고 거부한다.

"절대 아니라고? 그럼 지금부터 하면 되잖아."

아정은 자기 맘대로 기수의 인생 진로까지 결정하려 한다.

기수는 조직폭력배 생활이란 것도 아무나 할 수 있는 것이 아니라 생각한다. 아니, 자신 같은 사람은 남에게 린치를 가하거나 무자비한 폭력을 행사할 만큼 독하질 못해 할 수 있는 일이 아니라고 단정한다.

모든 직업이 그렇듯 조직폭력배가 되는 것도 그에 합당한 자질이 있어야 가능한 것 아니겠는가.

"사양하겠습니다."

"호, 예쁘게 봐 주었더니 아직 상황 파악이 안 되는 모양이네."

상황이 안 좋다는 것은 납치될 때부터 알고 있었다. 하지만 아정의 말이 은근한 협박처럼 들린다.

"너 여기서 죽고 싶냐?"

기수를 납치한 이유가 조금은 밝혀지는 것 같다. 더구나 창학이 철주파의 두목인 철주를 살해하고 도피하지 않았나.

철주파가 창학에 의해 와해되고 구역을 신성파에게 빼앗겼다고는 하지만, 만약 철주파의 부하들이 철주의 복수를 하는 동시에 자신들의 미래를 모색하기 위해 기수를 납치한 거라면, 꿩 대신 닭이 희생될 수도 있는 것처럼 현재 철주파 손아귀에 빠진 기수는 몹시 위험한 상황에 처한 것이다.

"젊은 나이에 죽고 싶은 놈은 없겠지."

당연하다. 개똥밭에 굴러도 이승이 낫다는데 누군들 젊은 나이에 죽고 싶겠는가.

기수는 아정의 의도를 명확히 알 수 없어 대답을 하지 못했다. 그랬더니 아정이 기수의 심정을 읽는다는 듯 혼잣말을 한다.

"잘 들어. 내 제의는 기회야. 어쩌면 마지막 기회인 줄도 모르고."

아정의 말은 죽기 싫으면 조폭이 되라는 뜻 같다. 하지만 기수는 아직까지 법이나 도리에 어긋나는 짓에 동행하고 싶지 않았다. 그래서 대꾸하지 않았다.

"좋아. 조폭이 되기 싫다면, 까짓거, 내가 한참 양보해서 내 운전사 자리 준다. 어때?"

면허증이 있는지 없는지도 모른 채 운전사 자리를 제의한다.

농협직 시험에 합격한 기수는 바로 운전면허 취득 시험에 3번째 도전하는 창학과 함께 응시했고, 1종 보통 시험과 코스까지 첫 도전에 모두 통과해 면허를 취득한 상태였다. 능숙한 솜씨는 아니지만.

"참, 면허는 있니?"

먼저 알아보았어야 할 사안이 이제 생각났나 보다.

"예."

기수는 머리를 끄덕였다.

"그럼 잘 생각해 봐. 지금 너에겐 구세주가 필요하고, 네 구세주가 될 사람이 누구인지."

"어쨌든 고맙습니다. 예쁜 누님."

예쁜 누님이란 말을 하는데 서글퍼진다. 감당하기 힘들게 벌어지는 상황들을 인지하며 자신도 모르게 기회주의적으로 변했다는 걸 느껴서다.

이런 상황이 아니었다면 그냥 누님이라고 했을 것이다. 그런데 구세주 운운하며 아정이 사태의 심각성을 일깨우자, 누님 앞에다 예쁘다는 형용의 말을 붙여 좀 더 환심을 끌려는 기회주의적 의도를 본능적으로 드러냈다.

기수는 자신이 이렇게 간사한 인간이었나 생각해 본다. 자신의 의지와는 상관없이 기수가 피해자가 되도록 가해지는 각종 사건을 겪으며 나타나는 비열한 모습에 스스로 실망한다.

아주 위험을 느끼는 위기에 처했다거나 거시적 결정이 필요한 지경에 이르렀을 때는 평상시에 알 수 없었던 것들마저도 알게 된다.

평상시의 창학과 조직폭력배로 활동하기 위해 의도적으로 계획한 행동을 했던 창학이 다르듯, 천성적 의식을 감내할 의지나 신념 같은 것은 그런 것이 나타나도록 만들어진 상황 하에서 드러나는 경향인 것 같다. 그렇기 때문에 국가적 중대사를 결정할 수 있는 자리나 국민의 안위 같은 것과 직결되는 첨예한 요직에 있는 사람들을 지지할 때는 항상 스스로 잘 파악해 결정해야 한다고 사료된다.

퇴적된 고도의 숲에서
우는 바람이 메아리친다.
멀게 열리는 눈은
차인 바랑에 쏠리고,
설게 오리는 차림은
새김 도지게 모여,
이름도 사무치게
간절한 포기들마저
이우는 기술의 부리로,
용인의 줄기를 쓰게
그리는 성능의 부리가
뻗침의 갈기를 치게
퇴적된 고수의 숲에서
웃는 바람도 메아리친다.

인
도
로

가
는

길

어떤 사랑이 진정 진실한 사랑인지는 정확히 말할 수 없겠지만, 인간들이 보편적으로 사랑이라 명명하는 그 사랑을 살펴보면, 사람은 모두가 사랑의 밥통에 밥을 짓는 존재들 아닐까 사료되지요.

태생적으로 인간들은 타고난 저마다의 사랑을 영원한 필수품처럼 소지하고 있는 것 같지요. 마치 모든 사람들이 아름답게 느끼는 전원全員의 교향곡을 간직하고 있는 것처럼요. 물론 취향이나 기호 같은 부수적 이유를 동반해 격이 다른 경우도 만들고 인간적 관계의 신뢰성 같은 것들이 애를 타게도 하지요.

그뿐만이 아니지요. 사랑에 취하는 강도나 빠지는 깊이에 따라 분출되는 모든 개인사가 행복인지 불행인지 명확히 진단할 수는 없으나, 인간적인 한계에 맞출 수밖에 없는 결론을 유추한다면 늘 때에 맞는 시기를 두고 있는 것 아닌가 싶지요.

남녀 간의 사랑을 예로 든다면 이성에 눈을 뜨는 시기가 도래하고, 도래했다 해도 익숙하게 인지하는 시간이 경과되어야 서로를 좀 더 허용하는 등의 뜸도 들이지요. 밥통에 밥을 해도 뜸 들이는 시간이 있는 것처럼요.

개인적인 착각일 수도 있겠지만, 누가 알려주지 않아도 저절로 생성되어 지어지는 사랑이라는 밥은, 생쌀에서 밥이 되어가는 과정 같은 묘한 들끓음도 동반해 은연중 맛있는 밥을 지으려 하는 나름의 심사審査도 깊지요.

영혼이 인지하는 타이머는 제 입맛에 맞게 맛있는 밥이 되어야 울리도록 내장되어 있는 것처럼, 눈에 차야 하는 외모뿐만 아니라 믿음이나 신뢰성 같은 정신적 소산의 결과도 중요하게 인지하도록 되어있지요. 그렇게 밥이 안쳐진 밥통은 알게 모르게 개개인의 소양적 양식의 밥에 부합될 때까지 뜨겁게 소장한 채 기름지게 품고 있는 성향이지요.

누구나 느끼겠지만, 이성 간의 사랑 단계는 기름지게 사귀면 기름지게 사귈수록 행복하지요. 그러다 어느 순간 왕성한 식욕을 느끼게 되고, 식욕의 강도는 인생 전부를 다 걸어도 아깝지 않을 만큼의 방심芳心에 빠지게 해 결국은 다 퍼주게 되는 편이라 할 수 있겠지요.

다 퍼주어도 아까움을 모른 채 더 퍼줄 게 없나 고민하다, 더 퍼줄 게 없음이 안타까워 슬퍼하게 되기도 할 정도로요.

그런데 불행한 건지 다행인 건지 명확하지는 않지만, 사랑은 주고 또 주어도, 받고 또 받아도 결국은 주리는 공복의 성향이라, 허리가 꺾일 만큼 배가 고프고 허기가 져도 배부르게 섬길 뿐이지요.

인간의 두뇌가 인지하는 습관적 인식은 저마다 추구하는 행복의 가치를 최우선에 두기 때문에, 오늘 배부르게 섬기는 행복이 행여 내일 가난하게 빌지언정, 당장 행복한 계기를 연장하고자 갈구하는 편이니까요. 그것이 허기의 타이머라 해도 본능적으로 인생이라는 전기傳記

내내 그 대금을 지불하라고 하기에, 인간들은 인간이 살아갈 수 있는 모든 전력全力이 빠질 때까지 추구하지요. 인간들의 사랑은 스스로의 사랑을 밥처럼 짓는다 할 수 있는 거니까요.

'우리 만남은 우연이 아니야. 그것은 우리의 바람이었어.'

일기장 옆에 두었던 휴대폰에서 가수 노사연의 노래 「만남」이 흐르며 일기 쓰기에 빠져 있던 나라를 깨운다.

휴대폰을 살피는 나라의 표정은 그다지 밝지 않다.

휴대폰엔 '너 운'이라고 떠 있다.

'너 운'은 이름이 아니다. '너는 내 운명'의 약자로 어릴 때부터 친구였던 기수가 임의대로 입력한 것이 생각나 부활시킨 것이다.

"왜?"

자신이 대답을 하고도 스스로 목소리가 너무 차다고 생각하는 나라다.

"안녕! 잘 지내지?"

평소 같으면 반가운 목소리로 즐겁게 조잘거렸을 텐데, 그 누구와도 만나고 싶지 않은 지금은 찬 목소리로 현재 자신의 심경을 드러낸 것 같아 공연히 스스로에게 조금 언짢다.

"너 또 찼냐?"

기수가 눈치챈 듯 정곡을 찌른다.

"그래!"

반발심처럼 바로 대꾸를 한다.

그러고 보니 늘 그랬던 것 같다. 편해서 그런지 기수에게는 늘 시시각각의 감정을 그대로 표현했었다. 아니, 그런 식으로 자신의 변화나 심경을 제일 먼저 기수에게 알렸다. 그러고 나면 새로운 애인을 만난 것처럼 둘이 쉽게 어울려 다닐 수 있었으니까. 예측건대 이 시간 이후 기수는 날 위로한다며 세상에 둘도 없는 짝꿍이 되어줄 것이다. 늘 그랬으니까.

"나와!"

예상대로다.

"어디로?"

당연히 그러리라 짐작했던 것처럼 몸도 이미 행동에 옮기고 있다.

사실 일기를 쓰는 내내 기수에 대한 생각이 가득했다.

기수와는 텔레파시가 통하는 것인지 나라에게 기수라는 존재가 필요하다고 여기는 시간이 오면 이상하게도 대부분 기수와 연락이 닿았다. 그런 일이 신기해 어떤 때엔 마치 실험하는 것처럼 기수를 머리에 그리면서 '기수야 네가 필요하니 전화해라, 전화해라.' 주문을 외워보기도 했던 나라다. 하지만 오늘은 그런 주문도 전혀 없었다. 그러나 전화가 왔다.

나라는 전화한 사람이 기수인 줄 알면서도 잠시 망설인 것은 만나지 말까 하는 마음이 없지 않아서였다. 오늘따라 문득 그런 생각이 들었다. 또한 기수가 나오라는 말을 했을 때도 나라의 머릿속 대꾸는 거절이었다. 그러나 실제 기수의 말에 대한 답변은 반대로 튀어나왔던 것이다.

"네가 지금 치르는 인생의 열병은 피할 수 없는 업보 때문이야."

괴산 읍내는 작은 곳이라 기수와 나나가 만나는 곳은 주로 다방이었다. 다방은 여자와 남자가 구석에 앉아 소곤거리면 방해하지 않았다.

"뭐! 업보?"

"그래, 업보."

"네가 뭘 안다고."

신뢰하지는 않지만 전에 기수가 그랬었다. "넌 전, 전, 전생에 공주였어."라고.

전생에 공주의 신분이었다는 기수의 말이 솔깃하게 나라의 마음을 잡았었다.

"전생이 무슨 소용이야."

다음 말은 삼켜버렸다. 현재의 생이 중요한 것 아니냐고 하려다 만 것이다.

나라는 전생에 대해 늘 관심을 보였었다.

"넌!"

전생을 믿지 않으면서도 기수의 말에 동화되고 있다는 의사를 표시한 것이지만 나라는 거기까지는 생각지 않았다. 자신의 의중을 드러낸다는 사실보다는 종종 전생을 애기하는 기수의 말에 시니브로 흥미를 갖게 되어서다.

"난."

잠시 말을 잇지 못하던 기수가 추측해 보라 했고, 나라는 장난기가 발동해 내 시종이었다거나 아니면 남의 운명이나 점치던 부류였을 거라고 장난처럼 답했는데 기수는 진지한 모습으로 고개를 끄덕였었다.

"맞아."

기수가 나라의 시종이나 점쟁이 부류라고 했던 것은 현실감을 반영한 대꾸였다.

오랜 친구인 기수는 실제 나라의 시종처럼 나라를 끔찍이 위하는 동시에 전생이나 관상 같은 종류를 그럴듯하게 이야기하는 좋은 친구다.

나라가 생각하기에 기수는 이 세상 최고의 친구다. 그러나 아직 애인으로 사귀고 싶지는 않다. 지나치게 이기적인 생각인지는 모르겠지만 기수는 애인보다 편하고 부담도 없어 더 좋다.

나라는 남자 친구에 대해 기수에게 서슴없이 말하는 편이지만 기수가 여자 친구가 있다고 말해도 진심으로 행복하길 빌 뿐이었다.

행여 여자 친구와의 데이트 때문에 나라에게 시간을 내주지 못한다 해도 질투가 난다거나 미움 같은 것도 생기지 않았다. 때로 약간의 아쉬움이 없는 건 아니지만 단순히 친구로 만나는 관계가 가장 좋았다.

나라에게 기수는 때론 공기 같은 존재이고, 때론 목마를 때 갈증을 해결해주는 물 같은 존재이다.

애인과의 관계는 둘 사이의 소통이나 가치관을 비롯해 경제적 역량 같은 것들까지 판단하게 되지만 친구 관계는 완전히 다르다.

이번 남자 친구와 헤어지고 나선 기수와 연인 관계를 생각해 보기도 했다. 아니, 기수는 지금도 자주 상기시키곤 한다.

나라는 태어나며 정해진 기수의 운명이라고.

그 이유는 전생의 업보 때문이란다. 단지 예정된 시기가 도래하지 않아 친구 관계 이상으로 발전하지 못할 뿐이라는 것이다. 그런데 기수의 말이 맞는 것인지 나라는 이미 여러 번의 이별을 경험했다. 그리고 지지난번 남자 친구와 헤어지고 나서부터 기수가 했던 말에 더욱 신경이 쓰인다.

정말 반드시 맺어지도록 정해진 연분이 있고 인간들의 사랑은 그 운명에 따라 결정되는 것일까?

남자에 대해 전혀 모르던 아이 때부터 이성에게 끌렸던 숱한 연인들의 얘기를 들어보아도 알 수 없는 어떤 조화가 있는 것 같기도 하다.

이번 남자 친구와 헤어지기 전까지의 나라는 기수처럼 점잖고 부드러우며 온화한 남자보다는 호쾌하고 터프한 남자를 좋아했다. 아니, 사내답게 박력 있는 남자가 동경의 대상이었다. 좀 더 정확히 표현하면 자신도 모르게 마음속으로 흠모하는 멋진 남자상이 '나쁜 남자'에 속하는 거친 사내였다. 그렇기 때문에 지금까지 사귄 남자는 대부분 나라가 평소에 꿈꾸며 흠모하던 부류들이었다. 하지만 이제껏 경험한 이별은 자신도 모르게 '재고'라는 낱말을 새기게 했다. 딱히 계기라면 어느 날 문득 사귀고 있던 남자와의 미래가 불안해지자 이별을 예상하게 되었고, 은연중 남자 친구와 비교되는 기수의 관대함이나 너그러움 같은 것을 느끼게 되면서부터인 것 같다.

나라가 상상하는 사랑은 터프한 이면에도 기본적으로 인간애적 사고와 미래지향적 사고 같은 보편적 전제조건을 충족시킬 수 있는 사람이어야 하는데, 이제껏 사귄 상대가 나라에게 보여 준 인간애나 이성적 판단 같은 것들은 머리를 흔들 만큼 부적격이라는 것이 큰 원인

일 것이다.

　사실 나라가 인간애적 사고나 이성적 판단을 중요하게 여기게 된
것도 기수의 영향이 크다.

　기수에 대해 생각해 보면 기수는 늘 인간적 이성이나 가치관에 대
해 예민하게 반응하는 편이었으며 불의는 참아도 불이익은 못 참는
자들을 경멸했다.

장미에 취하게 하더니
찔리는 가시로 두네.
소주를 주문한 두뇌가
입력된 맥주도 상기해
폭탄주를 탈 때
거품처럼 터지는
수정의 잔에 꽃도
개화되는 거리를 재며
뒤치는 꿀을 저장해,
촉발을 더듬는 촉수가
안녕으로 버는 뿌리의
세기마다 동요로 달렸던
잠행성의 화병에
백합을 꽂아두기에.

25

산적 같은 덩치에 시원한 대머리인 철주는 사십 대 초반의 나이지만 열 살 가까이 더 들어 보인다. 아정이 영감이라 놀릴 만하다.

기수가 강원도 어느 산구석쯤 되겠다고 추측하는 이곳을 처음 제대로 볼 수 있게 된 것은 다음 날 철주가 도착한다는 시간에 맞추어 밖으로 나왔을 때이다.

기수에게 각인된 어젯밤의 이곳 풍경도 환상적이었다.

어둠이 짙게 깔린 밤, 깜깜한 산속으로 향해 가는 차 앞에 사방이 선명하게 드러날 만큼 환하게 밝혀지며 성 같은 거대한 저택이 갑자기 나타났기에 그 순간이 선명하게 각인되었다.

'설마 저곳으로 가는 것은 아니겠지?'

처음 본 순간이 너무 아름다워 기수는 자신의 도착지가 이곳일 것 같지가 않았다. 다 왔다며 눈가리개를 풀어주었고, 분명 차는 이곳을 향해 가는 것 같았지만, 정말 이곳이 그들의 목적일 것이라고는 생각되지 않았다. 그러나 그들은 이곳에다 차를 세웠고 여기에서 하루를 묵었다.

비껴 닿는 산속의 햇빛이 주변의 풍경을 더욱 싱그럽게 조성하는 오전, 지친 심신은 거부를 하지만 이미 내 몸도 내 맘대로 할 수 없는 지경에 이르러 기수의 관리자인 명건에게 끌려 나오자 느낌은 상쾌했다.

오염되지 않은 신선한 공기를 맛본 폐가 그 깨끗한 감흥을 두뇌에 전달하는지, 청결한 자극에 동요된 청아한 정서를 전신에 퍼트리는 듯 산뜻한 느낌이 기분 좋게 온몸을 휘감아 돌며 괴로운 심신을 치유라도 하는 것처럼 쾌적했다.

호, 후.

기수는 호흡을 깊게 들이마셨다가 길게 내뿜었다. 호흡을 하며 눈에 들어오는 주변을 살펴보았다. 밖으로 나가는 방향인 입구를 제외하고는 사방이 산으로 둘러싸인 이곳 주변 풍경도 아주 좋았다.

기수가 선 곳으로부터 남쪽으로 한 이백여 미터 거리에서 앞산 봉우리가 시야를 가리고 그 아래 십여 미터쯤 될 것 같은 계곡이 있다. 그리고 그곳부터 마당 앞까지 풀밭이다.

동쪽 산맥을 따라 펼쳐진 구릉의 품에 싸인 것 같은 계곡은 유일한 출입 통로인 찻길이 이어진 끝에서 휘어 남쪽으로 이어진다. 그러니까 지금 기수가 등지고 선 성 같은 이 저택은 남쪽을 향해 웅장함을 뽐내는 형세이다.

아직 덜 다듬어진 이 저택의 서쪽에 있는 마당을 보자 운치 있게 장식된 연못이 있다. 그리고 연못보다 조금 높은 자리로 형성된 위편 북쪽으로 연결되는 정원 형태의 뜰에는 정자도 있고, 인위적으로 구성한 것 같은 여러 종의 나무와 철쭉 같은 꽃들이 관리되는 것처럼 조성되어 있다. 그 옆을 따라 조성된 산책로는 인공의 냄새가 선명하다. 여름에 비가 좀 오면 물이 흐를 것 같은 작은 계곡길에 계단 형태로 돌들을 쌓아 산책로로 사용하는 듯하다. 또한, 그 길은 이 저택의 북쪽을 가로막고 있는 산등성이 오르막길로 이어져 있는 것 같다.

산책로와 반대편인 연못의 남쪽으로는 아름드리 소나무들이 연못 주변으로 그 기세를 펼치고 있고, 입구 쪽으로 단풍나무와 은행나무들이 광장 같은 풀밭 주변을 경계 서듯 지키고 있다.

입구를 향해 뻗은 비포장도로가 우측으로 휘어져 있어 입구의 시발점은 알 수가 없는데, 그곳에서 시작되는 서쪽 산등성이 아래 계곡까지 영역을 표시하듯 인공적 관리의 손길을 펼치고 있는 것 같다.

빵빵!

서쪽 산등성이가 끝나는 지점의 모퉁이를 돌아들어 오는 검정 세단이 흙먼지를 날리며 환영이라도 하라는 듯 경적을 울리자, 대기하고 있던 모든 사람들이 경건한 자태를 유지하려는 듯 자세를 가다듬으며 마치 경의라도 표할 것 같은 태도로 다가오는 차를 주시한다.

"아이 참, 이제 오는 거야? 지루해 죽을 뻔했네."

거실에서 여유롭게 차를 마시다 이제야 아름다운 자태로 나풀나풀 걸어 나오는 아정만이 자유롭다.

철주는 기수를 보자마자 마구 때렸다.

철주가 도착하는 시간에 맞추어 대기하고 있던 마당에서 수갑을 찬 채 대기하고 있던 기수는 주먹과 발길질이 난무하는 철주의 폭력에 속수무책으로 얻어터졌다.

기수는 철주의 발길질에 허리 부분을 채인 후에는 허리가 부러진 듯 움직이기도 힘들어 그냥 웅크린 채 맞았다.

"이제 그만 해요!"

아정이 나서 철주를 말린다.

"비켜!"

철주는 아정에게 소리치며 아직 성이 풀리지 않았다는 듯 거친 호흡을 씩씩거린다.

"애들 시켜서 패! 고귀한 당신이 왜 이런 하찮은 일에 힘을 써."

철주를 위하는 아정의 마음이 철주의 마음을 움직였나 보다.

"으흠, 그럴까."

"어이고, 이 땀 좀 봐."

아정은 안쓰럽다는 듯 자신이 입고 있던 티셔츠의 목 부분에 손을 넣어 티셔츠를 늘리더니 까치발을 한 채 철주 얼굴에 맺힌 땀을 닦아준다.

철주는 아정의 정성이 고마운지 허리를 굽혀 응해준 다음 기수를 끌고 오라고 명령하며 아정의 허리에 팔을 두르고 함께 안으로 들어간다.

철주파의 실제 두목은 지금 기수 눈앞에 있는 강철주였다.

창학에 살해당한 인물은 강철주의 이복동생으로 원래 이름은 강철추였단다.

철주파의 실제 두목인 이 사람은 보통 조폭괴 디르게 시업 수완이 뛰어났는지 조폭 생활을 하며 갖은 고생 끝에 나이트클럽을 접수해 돈을 벌게 되었단다. 그러자 이복동생인 철추에게 자신의 위치를 대신하게 한 다음 본격적으로 사업에 뛰어들었단다.

운이 좋은 건지 수단이 좋은 건지 철주가 건설 사업에 손을 대자

국제 경기도 대 호황을 이루며 한국의 건설 경기가 붐을 이루었고, 조직의 힘을 동원해 해결할 일들이 많아 그런 일에도 수완을 발휘하며 사업을 키우는 중이란다. 대한민국 10대 재벌 안에 진입하는 것을 목표로. 그런 와중에 새로 탄생한 신성파와 세력 다툼이 일었고 창학에게 이복동생을 잃은 거란다.

보물 물산.

철주가 경영하는 기업 명칭이라지만 기수는 들어보지 못했다.

철주의 카리스마는 죽은 이복동생과는 차원이 다른 것 같았다.

"20년."

"20년?"

아정이 너무 심한 것 아니냐는 듯 반복하며 철주를 주시하자 철주는 다른 일로 바쁘다며 일어서 나간다. 그러자 일행들이 모두 따라 나간다. 허리에 문제가 생겨 똑바로 앉아있기도 힘든 기수만 남겨놓고.

철주의 한마디는 곧 법인 모양이다.

허리가 불편해 소파에 기대앉아있는 기수는 몸이 아픈 것도 괴롭지만 마음이 더 아파 힘이 든다.

법을 행사하는 이들이 아무 죄도 없는 사람을 붙잡아다 없는 죄도 조작해 시인하게 할만큼의 폭력으로 집행 유예를 선고하고, 조직적으로 폭력을 사용하는 다수의 힘을 무기로 사회 불안을 조장하는 조폭들이 조폭과는 아무런 관련도 없는 선량한 사람을 납치해 20년 구금형을 선고해 가두어 두어도 아무 탈이 없는 세상이라는 사실에, 실제 당하는 약자로서 너무도 비참하다 생각이 들어 온몸이 아리고 쓰리다.

철주는 이복동생의 복수를 아주 잔인하게 구상했나 보다.

죽일 수도 있을 텐데.

차라리 죽인다면 철주의 부하들 중 그 혐의를 뒤집어쓰려 하는 부하들도 많을 것이다. 그러한 충성심을 보이므로 앞날이 보장될 테니까. 하지만 철주는 20년을 가두어 두고 고통을 가하는 방식을 택했다.

기수는 눈앞이 캄캄했다. 이곳에서 20년을 이렇게 감금된 채 살아야 한다니 죽는 것보다 못할 것 같았다.

탈출할 기회가 올까?

주위에 아무도 없는 지금 당장 탈출하고 싶다.

"으윽."

그러나 허리가 얼마나 잘못된 것인지 일어서기도 어렵다.

오늘이 아니더라도 언젠가는 반드시 기회가 올 것이다. 그렇다면 먼저 허리부터 회복해야 한다.

'내 인생은 왜 이리 꼬일까.'

갑자기 신세를 한탄하게 된다.

최근에 벌어진 일련의 사건들을 돌아보면 정말 엿 같은 인생이다. 어디서부터 어찌 잘못된 건지 도무지 유추도 할 수 없다.

술집 종업원 일을 하다 시험을 쳐 안정적인 직장을 구한 것이 잘못일까? 내 운명이 그저 술집 종업원이나 하며 떠돌아야 할 팔자인데 그 운명을 거역하고 감히 안정적인 직장을 잡아 하늘이 진노한 것은 아닐까?

기수는 별별 생각이 다 들었다. 그러다 철주를 배웅하고 돌아오는 아정의 하이힐 소리를 들으며, 그나마 한 줄기 서광이라면 자신의 취향이라며 약간의 호의를 보인 아정이라고 생각했다.

"바둑 둘 줄 알아?"

몇 날 며칠이 흘렀는지 모른다. 아팠던 허리도 많이 좋아졌고, 갇힌 생활에 짜증 나고 화도 치밀며 답답하기 그지없었던 어느 날, 불쑥 아정이 나타나 뜬금없이 바둑 둘 줄 아느냐고 물었다.

중학교 때인가 어깨너머로 배운 바 있어 고작 단수 칠 줄 아는 정도라 했더니 그 지긋지긋한 방에서 나오게 해 줬다.

그동안 한 번도 못 나왔던 것은 아니지만 무뚝뚝한 명건과 대하는 바가 다르니까 아정이 문을 열어줄 때는 마치 탈출하는 것 같은 기분이었다.

여자를 구경한 지도 아주 오래되었다. 여자라고는 아정을 마지막으로 본 후 다시 아정을 처음 보는 것이니까 아정의 목소리만 들어도 기분이 달라지는 것 같았다.

날씨가 더워선지 짧은 반바지에 소매 없는 티셔츠 차림의 아정은 여자 구경도 힘든 기수에게 너무너무 선정적이었다.

옷 속에 가려진 풍만한 가슴과 잘 발달한 몸매도 자극적이지만, 옷 밖으로 드러난 아정의 살결이 유혹적이라, 밖으로 나와 여자의 향기를 맡게 되자 기수는 순간적으로 강간하고 싶다는 본능적 충동에 빠졌다.

기수는 정신적·육체적 욕구에 사로잡혀 아무런 의심 없이 계단 아래 설치된 소파를 향해 걷는 아정에게 접근했다. 너무도 황홀하게 느껴지는 아정의 엉덩이를 주시하며 저절로 솟아 넘치려 하는 침을 꿀

껵 삼켰다.

순간 그 소리를 들었는지 아정이 돌아보며 "음흉한 생각 하니?" 한다.

아정의 말은 평상심을 유지하고 있는 듯 차분했다. 그런데 아정의 말이 물대포나 되는 듯 기수의 전신을 차갑게 식히며 본래의 기수 모습을 찾게 해 주었다. 그러자 기수는 얼굴을 들 수 없이 부끄러웠다.

인간으로 자신에게 호의를 보이는 사람에게 어찌 그런 망측한 짓을 범하려 했는지 창피하며 스스로 용납이 되지 않았다. 자신이 어쩌다 이런 놈이 되었나 하는 자괴감도 생기며 이렇게 변하다가는 정말 인간말종이 될 것 같았다.

"대꾸 못 하는 것 보니 정말인가 보네."

아정은 장난처럼 떠본 것이었다. 그런데 기수가 얼굴을 붉히며 대꾸를 하지 못하자 정말 불쾌한 듯 태도를 바꾼다.

기수의 두뇌는 분명 사과를 해야 한다고 두뇌의 뜻을 마음에 하달했다. 그런데 마음은 두뇌의 명령을 따를 수 없다고 반발을 했다. 차라리 솔직히 말하고 용서를 빌어도 비는 게 낫다고 머릴 끄덕이게 했다.

"하긴 한창때에 여자라고는 구경도 못 하게 된 신세니 그럴 만도 하겠다."

다행히 아정은 기수를 이해해줬다.

"솔직해서 한 번 봐주는 거야."

기수에게 아정의 그 말은 자신의 성적 매력을 자랑하는 것처럼 들렸다. 마치 자신이 그 정도 시선도 끌지 못할 정도라면 더욱 실망했을 거라는 듯.

"내가 요즘 심심해서 바둑을 배우는 중인데 나랑 내기해서 이기면 소원 풀게 해 주지."

"정말이세요?"

실력 따위 생각할 겨를이 없었다. 자신이 초보자 수준이나 다름없다는 실력을 인지하기보다는 본능적 욕구가 너무 강한 상태였으니까.

기수는 아정을 상대하면 상대할수록 좋아하게 되었다. 기수가 알아가는 아정은 뛰어난 외모보다도 마음이 아름다운 훌륭한 여자 같았다. 여자로서 지켜야 할 지조나 절개에 대해서도 나름 확고한 의식을 지니고 있었고, 지적인 소양이나 품행처럼 일상적 소소한 일에도 허용할 정도와 가릴 수위의 경계를 분명히 하는 여자였다.

아정은 철주가 사업상 외국 출장을 가 놀러 온 거라 했다.

"내가 생각해도 20년을 이런 지하에 갇혀 산다는 것은 너무 잔인한 것 같아."

아정은 바둑을 두며 기수를 측은해 했다.

"전 정말, 조폭도 아니고 그 사건과도 아무런 연관성도 없거든요."

기수는 아정이 유일한 구원자라 여기면서 어떻게든 아정에게 매달려 볼 심산이었다.

명건에게 듣기로는 아정은 철주의 셋째 부인이라고 했다. 그리고 성격도 보통이 아니라고 했다. 한번은 철주와 싸움이 벌어졌는데 철주가 한 대 때리자 옷을 홀랑 벗고 죽이라고 덤비는 통에 철주가 아정의 몸을 가려주느라고 쩔쩔맸단다. 그 후부터는 아정의 성깔을 알아 때리지도 못하고 다른 부인들보다 더 잘해주는 것 같다고 했다.

아정은 기수보다 고수였다. 그러나 기수는 정말 최선을 다해 바둑을 두었다. 무조건 이기고 싶었으니까. 그리고 아정과 대화하며 같이 있는 시간이 너무 좋았다. 또한 그녀의 향기며 바둑을 두는 손길도 너무 좋았다. 그러다 보니 바라볼 수만 있어도 활력이 솟는 아름다운 얼굴이 고민에 빠져 찡그리는 것까지 좋았다. 단지 만지고 싶고, 키스도 하고 싶고, 사랑도 하고 싶다는 등등의 이기적 욕망을 누르는 것이 조금 힘들었지만 충분히 참을 만했다. 바둑만 이기면 약속된 희망이 있었으니까.

때가 없어도

살을 먹네요.

미래가 채용한

시공의 수업이

답안을 읽도록

설계된 도안에,

소지도 감금되게

세수를 기획하는

수학의 공식 따라

풀어가는 공정들이,

수주를 건설하는

공사도 설정해,

보기가 닫히고

열기가 갇혀

때가 없어도

살을 씻네요.

지하실에 갇혀 있을 때 기수는 주로 나라와 사귀었던 시간을 되돌아보며 지루함을 버텼다. 불과 두어 달의 짧은 만남 속에 실제 사귄 기간은 불과 한 달여지만 매일 붙어살다시피 했고, 아주 어린 시절의 소꿉친구로서의 추억도 있어 되새기는 기억들이 잔잔했다.

"관리 씨 관상은 어떤 것 같아?"

"천기를 누설하란 말이야?"

나라가 자신의 새로 만난 남자 친구인 관리를 소개한 후 그의 관상을 얘기해 달라니까 기수는 일부러 거창하게 반색한 것이다.

"피! 천기는 무슨."

나라가 무시했지만 기수는 완강하게 말했다.

"천기를 누설하면 벌 받아."

천기를 누설하면 다 업보로 돌이오는 깃이란 실명으로 섬발 아는 척을 해 나라가 깊이 파고들지 못하게 하려는 수작이다. 하지만 나라는 자신이 강력히 요구하면 거부하지 못하는 기수임을 잘 안다.

"관리의 관상은 A라는 사람 부류야."

A는 자수성가한 사람들 중에서도 대표적 인물로 알려진 유명인

이다.

나라는 기수가 그 사람과 흡사하다고 했을 때 기분이 좋았다.

나라가 알고 있는 A라는 사람은 말단 직원으로 회사 생활을 하다 독립해 경영자로 성공한 전설 같은 대기업 CEO로, 대한민국 성인이라면 모르는 사람이 거의 없을 정도로 유명한 인물이다.

"훌륭한 관상이라는 뜻이네."

나라가 생각하는 작금의 우리 사회에 CEO라는 신분이 차지하는 위상은 거의 꿈의 대상 같은 존재다. 그렇기 때문에 좋은 의미로만 해석했다.

"A라는 사람에 대해 어느 정도 알고 있는데?"

"드라마로도 방영된 출중한 인물이잖아."

나라는 너무 단순하게 대답한다.

"드라마는 연출되는 건데 그걸 믿는단 말이야?"

나라의 가벼운 대꾸는 기수를 실망시켰다.

"어쨌든 전설 같은 인물이니까 성공 신화로 다루는 것 아니겠어?"

인간들의 사회적 명성이나 이름 같은 것들은 어쩌면 나라가 얘기하는 것처럼 성공한 하나의 부분이 명명된 이름 전체를 바꾸는 형식으로 짜이는지도 모르겠다고 생각한다.

'시인이면 이럴 것이다' 하고 간주하는 시인의 기본 모습을 예견해 개개인이 생각하는 형태에 설정되는 것처럼 말이다.

나라에게도 신데렐라를 꿈꾸는 DNA가 있는가 보다. 기수가 판단하는 관리에 대한 천기누설이 은근히 호감을 부추기기도 해, 아직 잘 모르는 A를 변호하는 방향으로 대꾸하게 되는 걸 보면.

관리의 운명이 정말 그런 운명이고, 그러한 운명적 천기를 간파한 기수가 진짜 천기를 누설한 것이었으면 하는 기대까지 갖게 되는 나라다.

나라가 그렇듯 겉으로 드러난 A의 경력은 정말 화려해 많은 이들이 흠모하는 걸로 안다.

드라마라는 것은 주인공 위주로 포장한다거나 좋은 면만 알리는 특수적 수단도 가미되는 법인데, 이제껏 나라는 드라마적 미화법에 현혹되어 정말 중요한 사안인 실제 A의 인간적인 면이나 이성적 판단력 같은 것들까지도 솔깃하게 꾸며진 드라마의 성향에 휩쓸려 좋은 쪽으로만 보고 있었던 것 같다.

만약 A라는 사람에 대해 A의 곁에서 오랜 세월 지켜본 사람들이 한결같이 '그는 철저히 자기 자신만을 위하는 끔찍한 돈벌레인 동시에 사기꾼이다. 더불어 철저히 자신의 이득만을 챙기는 극단적인 이기주의자다.'라고 한다 해도 그가 진정 훌륭한 인물이라 할 수 있는 걸까?

"시기나 질투, 모함 같은 것은 못난 자들이 흔히 사용하는 수단이라던데 지금 우리 관리씨 모함하는 거야?"

"모함이라고?"

나라는 남자 친구인 관리가 A와 흡사한 관상이라는 기수의 천기누설을 떠나 주위 사람들이 평가히는 A의 성공 신화에 이미 많은 점수를 주고 있었기 때문에, 기수의 설명도 그를 평가절하하려는 것으로 들렸다.

"언젠가 미국이에 대해 이런 얘기 한 적 있지."

나라가 한때 만났었다던 미국을 거론하자 문득 기수의 집요함이 떠오르는 나라다.

미국은 기수보다 나이는 많지만 2년 재수를 해 같이 학교에 다닌 친구다.

기수는 상대가 이해하거나 항복할 때까지 집요하게 설득하려 드는 사람이다.

미국은 굉장히 야비한 부류로 대책 없는 바람둥이였다.

여자를 유혹하기 위한 행동은 반하지 않을 수 없게 사내다웠지만, 문제는 책임감이 결여되었다는 점이다. 그는 오직 정복욕을 채우기 위해 연애질을 하는 듯 목적을 이루고 나면 바로 여자가 질려 떨어지게 만드는 부류였다.

미국의 주특기는 자신의 추한 모습도 하나의 술수로 이용하는 것이다. 상대가 스스로 멀어지게 할 뿐만 아니라 각종 핑계나 계략을 부리는 데 선수임을 욕구를 채운 후 드러냈다.

자신의 야비함은 인지조차도 못 하는 속물처럼 숱한 거짓말로 기만하는 미국과 결별한 나라는 그 후부터는 거짓말 잘하는 사람은 기피한다.

여자나 남자나 바람둥이들은 어떤 식으로든 상대를 속여야 하기에 거짓말을 잘할 수밖에 없다는 결론을 얻어서다.

설령 바람을 피우다 걸려도 절대 아니라고 온갖 변명으로 오리발을 내밀던 미국이었기에 미국이 정말 싫었다.

미국은 거짓말이 들통 나도 그랬다. "날 못 믿겠어? 네가 안 믿어주면 할 수 없지만, 애인에게 신뢰받을 수 없다는 사실이 너무 슬프다."

미국은 늘 그렇게 나라의 여린 마음을 자극해 나라가 속도록 유도 했다.

'그래, 내가 좋아하는 사람 내가 안 믿어주면 누가 믿어주겠어.'

착한 나라는 미국이 짓는 애잔한 얼굴이나 침울한 목소리에 마음이 아파 늘 당하면서도 의도적으로 속이는 거라는 생각은 하지 못했다.

나라는 본래 그런 성정의 소유자라서 헤어진 지금도, 그러고 보면 미국이 그래도 자신과는 헤어지기 싫어했던 것 같다고 믿고 있다. 하지만 기수와 미국에 관한 얘기를 다시 하고 싶지는 않았다.

나라는 싫으면 싫고 좋으면 좋은 것이 분명한 편이라 싫은 사람은 상대조차 하지 않으려 하는 편이다.

"미국이 얘기가 아니라 인간적 성향을 말하는 거야. 관리인지 탐관오리인지 그 사람 관상에 대한."

"좋다며! 그럼 그걸로 끝내."

나라는 정말 미국에 대한 모든 것이 싫어 강하게 기수의 말을 끊은 것이다. 그러나 집요한 설득력이 주특기인 기수 역시 자신의 의견을 접지 않는다.

"단순히 생각한다면 끝내도 무방해. 하지만 이건 네 인생이 걸린 문제야."

"내 인생이라니?"

기수가 나라의 인생을 거론하자 뇌리를 두드리는 무언가를 느끼는 나라다.

"관리 씨가 내 인생의 피앙세(fiance)라도 된다는 거야?"

"그 판단은 내 말을 들어보고 스스로 결론지어야 할걸?"

기수의 말은 무시할 수 없는 뉘앙스가 피어오르는 듯 스멀스멀 번져 완전히 외면하지 못하게 만든다.

기수에게는 이러한 화술이 있어 나라는 늘 기수에게 설득당해왔다.

"A가 회사에 입사를 했어."

"듣고 싶지 않다니까."

나라는 기수의 집요함이 결국은 A에 대한 기대치를 다르게 할 것이라 사료했다. 그래서 듣고 싶지 않았다.

"모든 사람들이 그렇듯 A 역시 초심은 의욕적이었겠지."

하지만 기수는 나라의 생각은 안중에도 없는 듯 자신이 하고 싶은 말을 쏟아냈다.

"인정받고 싶은 욕망도 강했을 테고."

'누구나 인정받고 싶어 하는 것 아닌가.'

나라는 기수의 말에 속으로 동의하지만 표현은 삼간다.

"그래서 열심히 했어."

'열심히 일하는 게 나쁜가?'

나라는 기수의 말을 들으며 속으로 참으로 쓸데없는 얘기를 듣고 있다고 여겼다.

"그러다 보니 진급도 하고 인정도 받으며 출세의 방법을 깨달았어."

'바본가? 당연한 걸 어렵게 설명하고 있게.'라고 생각하니 불쑥 웃음이 터져 나왔다.

"킥킥."

"잘 알겠지만 출세의 최고 방법은 두드러진 실적으로 오너나 높은 분들에게 인정받는 것이랄 수 있겠지."

기수는 나라가 웃는데도 그 이유가 궁금하지 않은지 자기 말만 계속했다.

나라는 지극히 상식적인 얘기를 왜 장황하게 늘어놓는 건지 이해할 수 없었다. 또한, 반드시 알아야 한다는 듯 집요하게 설명하는 기수의 의중을 모르겠다.

"실적이 최고라는 사실을 깨닫자 A는 야근, 철야를 밥 먹듯 강행하면서까지 오직 실적 쌓기에 매달려 성과를 거두었지. 야간작업 중 발생한 사고 같은 것으로 부하직원들 건강과 생명이 위협을 받아도 오직 자기만 인정받아 출세하는 게 목적이니까, 설령 희생자가 속출해도 정해진 목숨값만큼 보상을 한 후 잠시 애도를 하면 되는 것 아니냐는 이기적 발상 속에 두드러진 성과를 냈어."

서서히 의도가 드러나는 것 같다.

"A에게는 그 무엇보다 중요한 것이 그 자신의 출세였어. 그러다 보니 노동자들을 희생시켜가면서라도 실적을 높여야 한다는 생각뿐이었고. 그런 사고력의 소유자이다 보니 희생자들이 속출하는 가운데에도 원하는 만큼의 목적을 달성했겠지. 즉, 인간성이나 도덕적 결함 같은 것들은 무시된 채 그저 실적 위주의 성적표에 계산된 공적만 자신의 능력처럼 호도하는 기만술로 스스로를 포장하면, 그 대가가 성공이란 명예로 따라오며 많은 사람이 박수를 쳐주니까 진녈 같은 성공신화가 가능했던 거라 해도 진정 훌륭한 인간상이겠냐는 거야."

나라는 제대로 듣지도 않고 자신의 생각에 빠져 있었다.

"어떻게 생각해?"

"뭘?"

"내가 거품 물며 설명한 거."

"글쎄. 대충 인간적 가치관을 전제로 한다면 피도 눈물도 없는 부류라고 얘기하는 것 같던데."

"정답."

"그렇게 까니까 기분 좋아?"

"내 기분 좋으라고 설명한 거로 들었단 말이야?"

그러고 보니 자신의 말을 기수가 곡해할 수 있겠다고 여겨진다.

"그건 아니지만, 자유 경쟁 시대에 그런 정도는 허용되는 것 아니야? 그리고 그런 사람이 하나 둘이겠어?"

반발심인지 마음이 기울어선지 나라는 A를 옹호하고 싶었다.

"내가 말하고자 하는 주제는 그런 사람의 성정性情이야."

"성정!"

"인간이 살면서 바꿀 수 없는 것은 운명 같은 성질이지."

"타고난 본성?"

나라가 잘 알아들었다는 듯 간략히 표현한다.

"개념 없는 인간으로 태어나면 평생 개념이 없거든."

머리를 끄덕이며 한 기수의 말은 A가 개념이 없다는 투다.

"그깟 개념, 개를 줘도 안 물어갈 것인데 뭘."

"개도 제 입맛에 맞게 골라 먹으니까."

"즉 A는 내 입맛에도 맞지 않는다는 거야?"

예리한 나라의 반응이다.

"생각해 봐. 네가 어떤 성격의 소유자인지."

"나야 간단히 말해 유려하고, 우아하고, 배려심도 깊지."

나라는 농담처럼 읊지만 조금 낯뜨겁다.

"A가 꼭 그런 성정이야."

자신이 하는 것은 모두 다 옳은 걸로 아는 자라는 것이다.

"원래 제 잘못은 모르잖아."

아니, 어쩌면 사람들 대다수는 자신의 과오 같은 종류는 인정하고 싶지 않으려 하는 경향인 것 같다.

"그게 아니라 A는 무조건 자기는 옳다고 믿는 유형이라는 거지. 분명한 증거로 죄과가 드러나 처벌을 받아도 자신의 잘못은 없고 남이 잘못해 자신의 옳음을 잘못으로 한다는 걸로 착각할 정도로."

"설마!"

"정말이야, 이런 부류는 빨간 것도 자신이 노랗다면 노래야 하는 성격이야."

"너도 그런 부류 아니야? 지금 네 말도 그런 것 같은데."

나라는 정말 그럴까 싶었는데 문득 기수의 설득하려 하는 집요함도 그런 부류라 여겨졌다.

"그렇게 보여?"

"글쎄, 넌 A가 아니잖아. 그런데 넌 A를 아주 혐오하는 것처럼 말하며 그 말이 정말인 것처럼 나에게 각인시키려 하거든."

기수가 아무리 관상을 잘 본디 헤도 의구심을 떨칠 수 없는 나라다.

"이제 알게 될 거야."

기수의 말은 확신에 차 있었다.

그리고 불행하게도 그 확신은 한 달도 안 지나 적중했다.

관리는 정말 대책 없이 개념 없는 자였다.

도둑질을 하는 부도덕함으로 큰 문제를 일으키고도 도덕적으로 문제가 없다고 했다. 그는 명백한 증거를 제시해도 잘못을 절대 인정하지 않았다. 막말로 미쳐 팔짝 뛰어도 제가 한 것은 다 옳다고 우기는 논리로 버티는 유형이었다. 그러다 보니 각종 변명은 야비함의 절정을 치닫고 온갖 궤변은 비루한 교만의 극치를 달린다. 그럴 때마다 나라는 기수가 했던 말이 옳다는 것을 느끼기에 기수가 보는 관상을 신뢰하지 않는다면서도 사귈 남자 친구들을 미리 선보이는 편이었다. 그들의 관상에 대해 듣고 싶어서.

나라는 관리와 한 달여 만나다 헤어졌다. 외모는 나라가 선호하는 스타일이지만, 도저히 용납할 수 없는 정신적 치부들 때문에 결별했다고 기수에게 말했다.

기수는 나라의 마음에 위안을 주고 싶었다. 오랜 시간 정을 쌓은 사이는 아니지만, 그래도 호감을 갖고 만났던 남녀 사이에는 앙금이 남는 법이다. 그래서 그녀의 우울함을 조금이나마 풀어주려 작가적 기질을 동원해 잘 알지도 못하는 전생을 들먹이며 그녀가 기수의 이야기에 빠져들도록 했다.

"우린 때로 장난을 장난으로 받아들이기 어렵게 만드는 경우가 있는데 지금이 그런 경우인 것 같다."

기수의 답변이 나라의 예상을 완전히 벗어나 그런 상황이 된 것이다.

"맞다고?"

장난처럼 한 말이 맞다고 하자 실소가 터진 나라가 웃으면서 정확히 시종인지 점쟁인지를 묻자 기수는 시종이라고 했다. 그것도 바람 난 공주의 시종으로 공주와 함께 도망쳤던 음흉한 종자라고.

"나?"

나라의 말뜻은 전생에 공주인 나라와 시종인 기수가 사랑하던 연인 사이로 함께 도망을 쳤어야 했을 만큼 사연을 지닌 관계냐는 의미였다. 그러자 기수는 자신의 그 이전 생이 장군이었고 그 장군은 좋아하지도 않는 공주를 정략적 차원에서 아내로 맞아들여 살며, 진실로 사랑한 사람을 따로 두고 살았기 때문에 나라와 같은 전, 전, 전생에서는 시종으로 태어나는 벌을 받은 것이라고 제멋대로 상상한 이야기를 실제 그런 것처럼 지어냈다.

기수의 말에 따르면 인생은 윤회한다는 설이 맞고, 생명이 부여된 인간으로 살며 인간적 판단에 위배되는 잘못을 저지른다면, 그 대가로 다음 생애에는 벌 받는다는 속설이 맞는다는 거짓말 같은 얘기가 정말 실현되고 있다는 뜻이다.

사실 나라는 가끔 천벌에 대해 생각하곤 했다.

태어나면서부터 불구자인 사람들이나 이생에서 불구가 되기도 하는 이들을 생각하며 하늘의 뜻이라는 것은 완전히 외면할 수 있는 게 아닌 거라 생각했었다.

교회에서 기도할 때도 그러지 않는가. '하나님은 영이시니, 영으로 교통하는 하나님은 늘 우리 가운데 살아 계시느니라.' 그리고 사람들은 종종 이렇게 말하기도 한다. '하늘은 결코 깨달음을 헛되게 하지 않는다.'라고.

하나님은 영이시니 결국 영으로 교통하여 남과 다른 깨달음을 비책으로 좀 더 특별하고 위대한 사람들도 내시는 것이지 않겠는가.

나라는 완전히 믿기지는 않지만 그럴듯하다는 생각도 쉽게 지우지 못하게 하는 기수의 설명이라 조금 흥미도 있었다. 모든 이들이 전생을 궁금해하는 것처럼 나라도 궁금해했었으니까.

"그럼 우리의 인연은 이미 전, 전, 전 생애부터라는 결론이네."

기수는 자신이 지금까지 추적한 결과는 그렇다고 했다.

기수가 지금까지 추적한 결과라니까 조금은 신뢰가 가는 것처럼 느껴지는 나라였다. 하지만 마음 한편에서는 둘 사이의 대화거리를 지속하기 위해 동원하는 허튼소리일 거라는 생각이 좀 더 컸다.

향기로운 불순물을
향유에 담근다.
절망도 빚으로
빚어야 뚫리는
어둠의 그늘에
고열이 틔는
불안한 촉수가,
고립을 연주하는
형벌의 양지에
형틀로 찬란한
교수의 학습을
부화로 치게
향기로운 불순물을
향유에 담근다.

탐구의 결실을 형상화하는 것

일반적으로 사람들은 누군가가 자신에게 무지하다고 하거나 무식하다는 소리를 하면 기분 나빠하는 경향이지요. 남이 무지하다고 하는 듣기 싫은 소릴 하면 "그래 너 잘났어." 혹은 "네 똥 굵어." 하고 기분 나쁜 반박은 할지언정 그렇게 마음 상한 심사는 그리 오래가지 않는지, 실제 자신의 소양이나 수준에 대한 진단은 잘 하지 않는 것 같지요. 또한, 실제 피부로 느끼는 경제적 손실이나 신체적 상해 따위의 불이익은 없어서 그런지, 소양의 잘못이나 지식의 오류 같은 것이 있는지 없는지에 관해서는 정말 관심 밖인 것 같지요.

시를 좋아하기는 하지만 자신이 가진 시에 대한 지식수준이나 이해력은 어느 정도인지, 소설을 몹시 사랑하지만 소설에 대한 이해도가 어느 정도 수준인지 따위는 등한시하는 성향인 것 같다는 뜻이지요.

구체적으로 시를 예로 들어 조지훈의 작품 「낙화」가 있는가 하면 이형기의 작품 「낙화」도 있고, 윤동주의 작품 「자화상」이 있는가 하면 서정주의 「자화상」도 있는 것처럼, 제목은 같아도 완성도가 달라 시인의 경지를 증명하는 시인의 작품이 있는가 하면, 그렇지 못한 수준의 작품을 감히 시라고 발표하는 이들도 있기 때문에, 시에 대한 자신의 지식수준이나 이해력 같은 것을 스스로 진단해 높여 나가야 교양인이라 사료되는데, 일반적으로 무식하다는 말은 듣기 싫어하면서도 교양이라면 누구나 알고 있어야 할 기본적인 소양 같은 것을 스스로 진단해 보려 하지는 않는 것 같다는 말이지요.

같은 제목이라 해도 시라는 장르 고유 특성을 충족시킨 작품이 있고 그렇지 못한 수준이 있을 수 있는 것이기 때문에, 스스로 숙지하고 있는 소양을 바탕으로 시(운문)와 시라 할 수 없는 수준을 규명할 수 있어야 하는 거란 뜻이지요.

"짱돌!"

"왜요, 형!"

짱돌은 아정이 데려온 여자다. 그런데 생김새는 거의 남자 같다. 기수에게 형이라고 하는 것처럼 머리도 남자처럼 깎고 다니고, 옷도 남자 정장을 주로 착용하며, 행동도 남자 같다.

짱돌이 알면 화내겠지만 짱돌은 기수와 동갑내기다. 그런데 첫인사 때 짱돌이 남자인 줄 안 기수가 먼저 짱돌의 나이를 물어본 다음 자신의 나이를 올려 속임으로 인해서, 오랜 시간이 지난 지금까지 형이라 부르며 형 대접을 하는 것이다.

기수와 바둑을 둔 아정은 기수에게 승리한 후에도 여자를 필요로 하는 기수의 소원을 들어주겠다며, 기수를 데리고 돈으로 여자를 살 수 있는 곳에 데려가 줄 테니 배신하지 않겠다는 약속을 하라고 했다.

기수는 아정의 호의에 정말 감격했다. 자신은 아정을 강간까지 하려는 불순한 생각을 먹기도 했는데 아정은 기수의 그런 감정까지 충분히 이해한다며 상상도 못 했던 배려를 하겠다고 했다.

기수는 정말 스스로가 너무 부끄러웠다. 시인이 되겠다는 놈이 고작 이 정도밖에 안 되나 하는 자괴감도 컸다.

기수는 소원을 풀어주겠다는 아정의 약속도 오해했던 것이다.

아정은 비록 철주와 정식 혼인한 사이는 아니지만, 한 남자의 여자로서의 정조를 지킬 줄 아는 순결한 여자고, 사회적 지탄이나 도덕적·법적 테두리를 이탈하는 짓은 하지 않는 고상한 여자인데, 멋대로 추측해 아정의 품위를 폄훼하는 음흉한 생각만 하고 있었다.

기수는 정말 자신이 한심하고 공부해야 할 것이 많다고 느껴 아정에게 진심으로 사죄했다. 그리고 돈으로 여자를 사서라도 기수의 소원을 들어주겠다는 아정의 호의도 거절했다. 아정에게 그런 모습까지 보이고 싶지 않아서. 그러자 아정은 짱돌을 불렀다.

짱돌은 철주가 아정에게 붙여준 기사 겸 보디가드였는데, 위에서 대기하고 있던 짱돌을 호출한 아정은 무리한 요구를 했다.

"너, 처녀 딱지 떼었니?"

남자로 알고 있던 기수는 아정의 폭탄 발언에 너무 놀랐다. 남자에게 처녀 딱지라니, 여자란 말인가? 그리고 지금 무슨 짓을 하려는 건지 짐작이 가 황당한 감도 들었다.

"누님!"

부지불식간에 아정을 누님이라고 부르며 자신의 뜻을 전달하려 했지만, 아정은 두고 보기나 하라는 듯 손짓으로 기수의 의향을 제지하며 짱돌의 의사를 타진했다.

기수는 아정을 참으로 알기 어려운 여자라고 생각했다. 어느 땐 고상하기 그지없는 여자인데, 기수가 끌려오던 첫날의 행동처럼 때로는 기수의 상식 밖의 일을 아무렇지도 않게 진행한다.

짱돌은 어이가 없는지 답변을 하지 못했다.

짱돌의 본명은 장석순이다. 기수가 추측건대 아마 그의 별명이 짱돌이 된 데에는 그의 본명도 한몫했을 것 같다.

아정은 짱돌이 대답을 하지 못하자 아직 남자 경험이 없는 것으로 간주하는지 질문을 바꾸어 아직 첫사랑 경험도 없느냐고 한다.

짱돌은 아정이 처녀 딱지 운운하는 저의를 파악하지 못해 대꾸를 할 수 없는 것이었다. 그것도 남자 앞에서.

짱돌은 첫 경험의 기억이 너무 씁쓸해 애써 지우고 싶은 사람이다.

초등학교 시절부터 합기도 도장에 다닌 석순은 공부보다 운동에 소질이 있는 것 같아, 중학교 때부터는 잘만 하면 특기생이 될 수도 있는 태권도로 종목을 바꾸어 본격적인 운동을 했다. 하지만 대회 체질이 아닌지 평상시엔 잘하다가도 대회에만 나가면 평소의 실력을 반도 발휘하지 못해 원하는 대로 되질 않았다. 그렇다 보니 그 흔한 입상 상장 하나 없이 그럭저럭 운동하는 애로 고등학교에 진학했고, 고등학교에 진학해서는 대회 기피증이 생길 만큼 스트레스가 심했다. 그런 시기에 한 동네 살며 친하게 지내던 상희 언니가 칠공주파의 짱이 되었다며 석순을 그 조직에 끼워줬다. 인물이 조금 달리긴 하지만 운동으로 다져진 몸매나 싸움 실력은 뛰어나니까 마치 자신의 보디가드처럼 끼고 다니려 했다.

　공부에 취미가 없었던 석순은 씩씩해 보이는 멋진 남자들과 어울려 다니며 담배도 피우고 술도 마시며 어른들 흉내 내는 자유분방함이 싫지 않았다. 그렇게 어울려 다니는 무리 중에 석순이 남몰래 짝사랑하게 된 오빠도 생겨 점차 황홀한 감상을 느끼던 즈음, 상희 언니의 남자 친구 선배님들과 인사 나누는 자리라며 열린 조촐한 파티에서 난생처음 원하지 않았던 남자를 경험했다.

　석순은 그때까지 몰랐다. 이들 세계는 그들끼리 어울리는 선배 오빠들이 원하면 같이 자기도 해야 한다는 사실을.

　석순이 짝사랑하던 오빠는 도민이었다. 하지만 도민 오빠는 그날 뭔 일이 있다며 참석하지 않았다. 석순은 관심은 온통 도민에게 가 있는데 상희 언니는 남자들 무리에서 짱인 상희 언니 남자 친구의 후배 준성과 자라고 명령했다. 당시 준성 오빠는 선배들을 따라온 후배로 파트너가 없었다.

　석순은 정말 그러기 싫었다. 그래서 상희 언니를 불러내 싫다고 했다. 하지만 상희 언니는 별거 아니라며 그냥 거추장스러운 처녀 딱지 떼어버리는 거라고 했다.

　상희 언니는 자신은 이미 중학교 때 떼어버렸다며, 경험해 보니까 처녀 딱지는 있는 게 불편한 거라며 오히려 설득을 했다. 그리고 오빠 말들 안 들어 찍히게 되면 앞으로 생활하기 어렵다는 은근한 협박도 추가했다.

　그래도 석순은 망설여졌다. 도민에게 향하는 순수한 감성은 도민에게 죄를 짓는 기분이기도 했다. 그래서 도망칠까도 생각해 봤다. 하지만 이상하게도 도망치고 싶지는 않았다.

돌이켜 생각해 보아도 두려움 같은 것은 없었던 것 같다. 도민에 대한 호기심이 강하게 일던 때라서 그런지, 아니면 남자와 함께 자보는 것에 대한 기대 같은 것이 남달랐는지, 무서워할 만큼 겁나지는 않았다.

준성은 능숙하지 않은 첫 경험에 자꾸 움츠리는 석순에게 자신은 경험이 많으니 오빠만 믿으라 했고 술까지 먹이며 사랑한다는 말을 남발했다.

여자 경험이 많다는 준성은 단둘이 있게 되자 술을 마시라며 사랑에 대해 많이 속삭였다. 사랑한다고 생각하면 사랑스럽게 여겨진다며, 사랑한다는 마음이 들게 스스로 최면이라도 걸고 육체적 사랑을 나누면 진짜 사랑에 빠지는 거라고 설명했다. 준성은 그런 식으로 천천히 석순의 본능적 방어 자세를 무너트리고 석순이 경험한 세상의 첫 남자가 되었다.

정말 특별하게 느껴지는 사람과 죽어도 좋을 만큼 사랑하는 가슴으로, 영육의 교감이 너무 강해 서로를 깊이 원하는 순간에 치르고 싶었던 첫 경험은, 사랑은 고사하고 호감도 전혀 없이 잘 알지도 못하는 사람에게 밋밋하게 자신을 허락하며 다시는 생각해 보고 싶지도 않게 지나갔다.

특별한 감정으로, 특별히 아름답게 치르고 싶었던, 특별한 석순의 소녀적 꿈은, 특별과는 거리가 먼 반강제적인 측면으로 특이하게 이루어진 것이다.

그 후에 도민과도 잤다. 도민은 석순이 처음으로 사랑하는 이성적인 상대였기에 준성과는 느낌이 조금 달랐지만, 도민 역시 석순을 순수하게 사랑한 것은 아니라서 그런지 혼자 생각했던 것만큼 아름다운 특별함은 없었다.

아무리 철이 없었던 소녀 시절이라 해도 그렇지, 어찌 그런 바보 같은 짓을 했던 건지 지금도 이해하지 못하는 석순이다. 그 당시 경험으로 석순은 지금도 남자들이란 여자가 원하는 사랑만큼 여자를 사랑하는 것이 아니라, 단순히 욕념을 채우기 위해 사랑이라는 말을 이용하는 거라 단정하고 있다.

"나 숫처녀 아니야."

"그게 중요한 거야?"

그따위 건 하나도 중요하지 않은 거라 기수는 반문했다.

짱돌의 입에서 아정의 질문에 대한 답변을 들은 건 그 후 일 년여도 더 지난 것 같다.

아정은 기수의 담당 관리를 명건에서 짱돌로 바꾸어 주었다. 그리고 기수가 읽기를 원하는 책이며 글을 쓸 수 있는 환경도 조성해 주라 했다.

기수는 어차피 이렇게 된 것 모두 운명이라 여기고, 탈출을 꿈꾸기보다는 참선하는 기분으로 공부도 하고 시상이 포착되면 시도 써보자는 마음을 굴했다. 그러자 마음도 평화로워지고 조급함 같은 섯노 차츰 사라지자 짱돌과 농담도 종종 하게 되었다.

"짱돌, 내가 이 세상에서 구경할 수 있는 여자는 네가 유일해. 너는 종종 이 저택을 벗어나 다른 세상의 멋진 남자들을 구경이라도 하지만, 나는 지금 여기 세상과 단절된 삭막한 섬에 갇혀 나갈 수가 없기 때문에 네가 이성적 감로수 같은 여자란 말이다. 그러니까 너라도 사랑해야 후대의 역사가 가능한 거야."

짱돌은 워낙 말이 없는 친구라 기수는 농담 반, 진담 반으로 자주 말을 걸어보려 했다. 특히 대화의 상대가 필요했기 때문에 짱돌이 무엇에 좀 더 관심을 보이는가를 알기 위해, 실없는 소리로 대화의 주제가 될 만한 거리를 찾으려는 노력도 종종 감행했었다. 그러다 처녀가 아니라는 말을 들은 것이다.

기수는 짱돌에 대해 잘은 몰랐지만, 절제 있는 생활과 예의를 중시하는 태도, 그리고 평상시에 보이는 순수한 감정 따위를 보고 느끼며 짱돌이 좋은 여자라 생각했다. 그래서 여자가 궁해서가 아니라 진심으로 그녀와 대화하고 싶었고 그녀에 대해 알고 싶어졌다.

그러한 노력의 결실은 짱돌을 만나고 약 5년여 만에 이루어졌다.

짱돌도 시집갈 나이가 되어서인지, 아니면 자신도 거의 기수 수준으로 감금 생활을 오래 하다 보니 기수가 불쌍했는지, 어느 날 술에 취해 들어와 들고 들어 온 술을 같이 마시자며 짱돌답지 않은 모습을 보이더니 갑자기 자신을 정말 여자로 사랑하느냐고 물었다.

기수는 아직 깊이 사랑한다고는 하기 어렵겠지만 앞으로 진심으로 사랑할 수는 있는 것이고, 설령 그렇게까지 되지 못한다 해도 만약 너와 나 사이가 어떤 식으로든 맺어질 인연이라 이렇게 함께 유배를 당한 것 같은 생활을 하는 거라면, 이렇게 진행되는 인연도 연분으로 승화시켜 헤어질 수 없는 숙명을 잉태하게 된다면 그것 또한 운명 아니겠냐며, 지금 당장 너 없으면 못 살만큼 깊이 사랑하고 있는 것은 아니지만, 늘 이야기했듯 너는 알아갈수록 좋은 점이 많아 자꾸 알고 싶은 것은 생긴다고 솔직한 심정을 밝혔다.

"와우! 너무 예뻐서 꼭꼭 숨기고 다녔구나."

짱돌이 드디어 치마 입은 모습을 기수에게 보였다.

아정의 소유가 되었다는 이곳을 벗어날 수 없는 영어의 몸이긴 하지만, 짱돌과 연인이 되어 짱돌이 소일거리로 만든 텃밭도 가꾸고, 짱돌과 장기도 두고, 가끔은 바둑도 공부하며, 시상이 떠오르면 메모를 해두는 기수는 이제 자신의 유배지에 익숙해져 탈출하고 싶은 생각마저도 없어졌다.

철주에게 심하게 맞은 허리가 잘못된 건지 조금 불편하긴 해도 나름 운동도 할 수 있고, 짱돌과 데이트 같은 뒷산 등산도 다닐 수 있다.

기만 평의 부지에다 동화에 나오는 그림 같은 저택을 성처럼 짓고, 엘리베이터를 비롯해 휠체어 통행로 같은 부대시설까지 갖추었을 뿐만 아니라, 깎은 절벽을 이용해 손으로 작동할 수 있는 인공적 폭포와 그 아래 수영장도 만들어 놓아, 어떤 때엔 마치 어려서 꿈꾸던 낙원에 사는 기분도 들었다.

계곡물이 많이 흐르는 여름엔 남쪽 산 아래 계곡을 따라 동쪽으로 어느 정도 올라가면 놀기 좋은 계곡이 있는데, 더울 땐 기수와 짱돌은 그곳에 가 발가벗고 물속에 들어앉아 맥주를 마시며 노래노 하고 시를 흥얼거리기도 한다. 그러다 짱돌이 토하는 영혼의 노랫소리가 계곡에 메아리치다 하늘에 닿을 만큼 짱돌을 탐한다. 시기심에 불타는 태양이 분노해 살갗을 까맣게 태우도록 짱돌과 사랑을 나누는 것이다. 그래도 아무 탈이 없을 만큼 인적이 없어 마치 천국 같은 자유로움을 즐길 수도 있는 유배지라, 감성적이며 생각하기 좋아하는 기수에겐 공부하며 글쓰기 좋은 환경으로는 안성맞춤인 격일 수도 있는 것이다.

식사와 청소 같은 집안일은 철주가 데려다 놓은 벙어리 부부가 해결해 주는데, 이들 벙어리 부부는 풀밭을 개간해 해마다 밭농사도 수천 평 짓는다. 또한 남쪽 산 밑 계곡 가까이에는 논도 만들어 벼농사를 짓는데 일 년 치 쌀은 자급자족이 가능하다.

생활의 불편함이나 구속 같은 것도 거의 없자 기수는 어차피 20년을 이곳에서 지내야 한다면 생각을 바꿔야 한다고 사료하였다. 무협지를 보면 주인공들은 대부분 인적 없는 곳에 유배되어 모질고 험난한 고역 속에 실력을 닦아 고수가 되는 편인데, 기수는 편하게 무협지에 등장하는 주인공들처럼 자신의 이 유배의 시간도 참선하는 마음으로 스스로를 닦아 나가자고 다짐했다.

설이나 추석 같은 명절에는 고향에 계신 부모님에게 전화는 할 수 있게 해주니까 단지 찾아뵙지 못할 뿐이지 행방불명자는 아니다.

1

인간의 수명은
하늘이 그에게
운명적으로 조치한
깨달음에 이르기까지
약속된 시간이겠지요.
사랑의 수명도
지상의 역사로
숙명을 조치한
맺음에 이르기까지
장치된 결정이겠지요.

2

변하지 않는 건 너뿐이라며 온몸의 시림을 벗지 못하는 그녀를 보고 있노라면, 단풍 들은 미움의 색채들이 통곡하는 반란의 부늬를 띄는 듯 합니다.

3

    사랑의 우리는 더러, 서로 내색하기 싫은 옷들을 입어도, 익히 알고 있는 단추들 위주로 채워 가려 하기에, 견디기 힘든 한파가 닥쳐도, 용인의 한계에 몰릴 때까지 서로를 채우는 필요가 됩니다.

4

    나 사랑에 빠졌어!
    정말?
    의외의 놀란 표정의 그녀는, 사랑에 빠지면 바보가 된다고, 어떤 철학자가 그랬다며, 나에게 바보라 합니다.

5

    진정 원하는 사람이라면 바보가 되어도 좋은 게 사랑이지. 아니 어쩌면 진정 사랑하는 이와 함께라면, 바보로 살아도 좋기 때문에 죽도록 사랑하기를 원하는지도 모르고.
    혼자 넋두리하듯 읊조리는 그녀의 태도가 싫진 않았지만, 정은 주지 말고 연애만 하라는 이율배반적 권고에 물었습니다. 바보가 되기 싫어서냐고.

6

바보는,

바보가 되어 있을 때도,

바보임을 모르기에,

바보라는 이의

정말 바보가 되려면,

바보로,

바보를 만나는

바보가 되어야 한답니다.

7

　법칙도 없는 사랑의 범주는 설정돼 있는 게 아니라고 했던 그녀의 말에 동의하려, 달이 커졌다 작아져도 해처럼 늘 밝게 떠 있고, 해가 떠 있다 져도 보름달처럼 커지는 마음이 텔레파시처럼, 통하게 마음 쓰는 것도 사랑이라 했더니 따지지 말라고 입을 막습니다.

8

비가 가슴을 적시는데도 마음의 갈증은 더욱 심해, 해갈의 물을 찾는 하루하루 타는 목을 괴로워하면서도, 떠나는 게 두려운 건지 남는 슬픔이 서러워선지, 아니면 완전한 바보가 되지 못한 게 안타까운지, 태엽처럼 해득하는 시침만 돌립니다.

9

호감의 전류가 통해야 가슴의 전등은 작열하고, 작열하는 전등에 눈이 부시게 감전되어야, 감전된 영혼의 전율이 영감을 추진하는 꿈을 낳아, 이내 눈멀도록 사주하는 사랑에 빠지면, 헌신적이다시피 최선을 경주한다는 그녀였기에, 속내를 털어내는 헛웃음의 잔상들도 나이팅게일의 구슬픈 울음으로 들립니다.

10

예고 없는 그리움,

덧없어도 애절해,

기대보는 속속들이,

찾는 이 찾게 되고,

부르는 이 불러보는,

가난한 곳간 문,

열고 닫는 바람에도,

덜어내지 못해,

줄기줄기 꿰뚫어,

거미줄에 닿는,

햇빛이 바보라 써,

바보가 된답니다.

11

친구와 연인의 경계에는 밀담이 있습니다. 아파도 달콤한 임은 부르튼 결정마저도 헐게 해 입맞춤할 발핌을 쓰는데, 의지할 의미의 통발에 모가 난 수비가 잡힙니다.

잘 돼가?

뭐가?

연애!

아직 잘 모르겠어.

뭐가 그래! 기왕 할 거면 정열적으로 해야지.

그런 넌.

내가 뭐!

연인과 친구의 경계에는 밀담이 있습니다.

12

사랑에 빠졌다며 왜 바보같이 나만 챙기니?

내가 보기엔 너도 그래.

나 좋아하느냐고 묻는 그녀에게 몰라서 묻느냐며 그녀는 어떠냐고 반문했더니, 좋아만 하는 것이냐 사랑하는 것이냐 정확한 진단을 내리랍니다.

사랑하고 있던 마음 밝히고 싶지만 친구 관계로 못 박은 의미를 알 수 없어 못 한다 하니까 자신도 말할 수 없답니다.

사랑에 빠졌다며 왜 바보같이 나만 챙기니?

내가 보기엔 너도 그래.

13

누군가 절실히 필요하다고 느낄 때 가장 먼저 누가 떠오르느냐는 물음에 너는 누구냐고 되묻습니다.

그녀라고 했더니 머리를 흔들며 아니라고 해, 왜 아니라고 단정 지어 말하느냐 했더니, 자신에 대해 잘 알기 때문이랍니다. 난 그녀를 도무지 모르겠는데.

14

내 의식에 나인 듯 내겐 그대 있었습니다. 때론 애인처럼, 때론 그림자처럼, 그리고 다시 친구처럼, 기대는지 모르게 기대 의지하면서도, 나는 자각하지 못한 채 지금껏 거리 없는 거리를 두어, 셈 없는 거리도 알게 되자, 계절이 시기해 셈하는 균열이 생기고, 규정지어 분별해야 하는 때로, 정리의 정돈이 도출됩니다.

15

적극적인 벌에게 약한 그대를 볼 때마다, 아픈 울음 감은 채 떠돌다 이슬로 단장하는 새 벽, 벼랑을 기어오르다 미끄러지는 그대 슬픔 들려 달려가 보면, 그래도 늘 빛나는 자태로, 성숙한 향미에 취하게 꽃향기를 발산하고 있었지요.

16

진정 사랑하는 건 너였어. 친구 같으며 친구 이상이었던 너.

계절이 끝나고 있다는 소리 들리느냐고 해, 다른 시절이 뒤엉켜 울부짖는 것 같다고 하니, 이젠 어제의 우리로 만날 수 없을 거야 하는 그녀의 가정을 느끼면서도 모르는 척, 시절이 용납하지 않겠지 했습니다. 그대랑 있을 때가 가장 편했었다는 걸 전하지 못합니다.

17

예상보다 빠르게 약해진 모습으로 사랑을 믿느냐고 묻는 시선에서, 내가 그녀를 사랑하는 만큼 그녀도 나를 사랑하고 있다는 확신이 서, 믿으려 노력한다 했더니, 변하지 않는 건 없는 것 같다며, 너만이 변하지 않는다고 했던 말 거두어들이는 듯 질책해, 사랑은 변해도 사랑이야 추억이 있는 한, 하는 나의 목소리는 뜨거웠지요.

18

이런 얘기하는 우리 바보 같지.

사랑에 빠진 바보.

······

19

눈을 감아도 그대뿐인 마음 말하지 못했던 건, 그대가 눈부시게 벅차, 그대 눈앞에선 사랑의 눈조차 똑바로 뜰 수가 없어서였던 건데, 그대는 늘 사귀는 다른 사람을 선망했기에, 내 희망이 갈라지는 잎사귀는, 떨어져 부복한 비명을 들쳐도 오로지 그대로 꿈꾸는 성화를 매질해, 재잘거리는 그대 입술에 나는 조력자로라도 안겨가고 싶었지요.

20

바람이 꽃을 흔들면 꽃은 바람 따라 춤을 춥니다. 꽃과 바람 같은 우린 서로에 대한 느낌만큼 몸에 맞게 입고 있으면서도 색깔을 보여주지 못해, 실상 맘에 맞는지는 모릅니다.

21

대지는 생물의 침입을 거절하지 않고, 생물은 계절의 수탈을 거부 못 해, 대지는 언제나 계절을 입습니다.

22

준비한 선물을 몽땅 건넸습니다. 진실한 고백을 듣는 그녀 눈에 정다움
이 뭉게뭉게 피어오르는 옆에 가 어깨를 감싸 안았습니다.

사랑해.

……: (바보)

시계의 종소리를 축가인 양 들으며 서로의 마음을 잡은 손에 걸어둡니다.

23

사랑만은 않겠다더니,

내가 언제!

와! 오리발.

좋아, 그랬다면 너하고만 하지 뭐.

연애만 하자.

싫어, 다 할 거야.

기수는 이곳에 유배된 후 철주를 거의 볼 수가 없었다. 아정만이 몇 달에 한 번씩 들르는 편이었는데 아정은 정말 세월이 갈수록 농염하고 섹시하게 변했다. 그러던 어느 날 기수가 자신의 유배 기간의 끝을 자주 헤아릴 즈음 나타난 아정은 이젠 자신이 이곳에서 살겠다며 기수에게 떠날 것을 명했다.

아정의 말을 들으며 기수는 문득 짱돌이 했던 말이 떠올랐다.

주먹으로 시작해 사업가로 변신한 철주는 주류 공급부터 사업 수단을 발휘해 돈을 벌자 알루미늄 회사인 보물 물산을 인수했는데, 건설 경기의 호황으로 나날이 발전해 기수가 유배를 살기 시작한 시점부터 끝이 나는 20여 년 만에 보물 건설, 보물 교통, 보물 해운까지 거느리는 굴지의 대기업으로 성장했단다. 국내 10대 기업 순위에 들 정도로 눈부신 성장을 거듭했는데 갑자기 닥친 IMF를 겪으며 위기라고 하더니 이젠 도산이 기정사실로 되는 것 같다고 했다.

짱돌의 설명을 들으며 기수는 위기를 극복하기 힘들 것 같으니까 이곳도 부도내기 전 미리 아정의 명의로 변경시킨 건지도 모르겠다고 생각했었다.

어찌 됐든 이제 기수는 언제든 떠나도 되는 자유인이다. 그러나 쉽사리 떠날 수가 없었다. 짱돌도 오랜 세월 자신을 고용한 아정을 의리상 저버릴 수 없다고 했고, 기수도 이제 불편함마저도 거의 느끼지 못하는 상태일 뿐만 아니라 자신이 처음 왔을 때 우울증 비슷한 걸 겪을 만큼 적응하기 힘들었던 기억이 강해 아정이 마음 편해 할 때까지만이라도 바둑이나 대화의 상대가 되어주고 싶었다.

"동생에게 이런 재주가 있었어?"

아정은 아버지의 영향으로 어려서부터 바둑을 접했다고 했다. 그래서 그런지 바둑판 앞에 앉으면 마음이 평화로워진다고 했다. 그러나 책 읽는 것은 별로라고 했다. 가끔 시집을 사기는 하지만 아주 쉬운 것들을 골라 읽는다고 해, 유배 생활을 하며 틈틈이 쓴 작품들에 대해선 말하지 않다가 무료한 시간이 많은 이곳에 적응하는 데는 그래도 조금은 도움이 될 것 같아 메모처럼 쉽게 쓴 것들만 몇 작품 골라 건넸다.

"동생, 우리 출판사나 한번 해 볼까?"

처음 작품을 받은 다음 계속해서 쓰는 대로 보여 달라던 아정은 어느 날 느닷없이 출판사를 해 보자는 제안을 하며 솔직히 이젠 이곳도 떠나야만 하게 되었고, 내일 이곳을 사겠다는 사람이 오기로 했으니까 이젠 정말 떠날 준비를 하리고 말했다.

"저, 혹시 허기수 씨 아니세요?"

아직 포장 전이라 여전히 뿌연 흙먼지를 날리며 다가오는 승용차를 기다리는데 차에서 내린 정장 차림의 대머리에 턱수염이 멋들어진 중년의 남자가 아정과 인사한 후 옆에 서 있는 기수를 보며 이름을 말한다.

"그런데요."

어디서 많이 본 얼굴이다.

"나 모르겠어? 나 모창학이야."

"뭐!"

그러고 보니 20여 년 전 모습이 보인다.

"크하하!"

기수와 창학은 부둥켜안았다. 그리고 창학은 대동한 여성을 인사시켰다.

"안녕하세요."

사고를 크게 친 창학은 밀항해 일본으로 갔고, 사고를 치기 전 밀항한 후 만나기로 약속한 야쿠자의 도움으로 정착을 한 다음, 그곳에서 한국의 술집 여자들을 데려다 한국식 룸살롱 사업을 시작했단다. 물론 호진과 청민에게 강남의 룸살롱도 맡겨 경영하게 했지만 매일 실적을 전화로 체크하여 실질적 지배는 자신이 하는 방식으로 유지를 했단다.

그러다 본격적인 사업가로 변신하기 위해 의형제를 맺은 태은과 상의를 했고, 태은이 건설 경기가 붐이니 그쪽으로 눈을 돌려보라 해 심사숙고한 끝에 덤프트럭을 수십 대 구입했단다.

흙막이 공사 같은 기초 사업은 건설에 대한 전문지식이 많지 않아도 가능하다고 해, 부하들 중 계산 좀 하는 범이라는 애를 임시 사장으로 임명해 시작했는데 그게 대박이었단다. 또한, 범이라는 놈이 제법 똑똑하고 사업 수완도 타고났는지 나름 공부를 해, 앞으로 주택 건설 사업이 비전이 있다며 주택 건설에 대한 사업 계획서까지 작성하는 열의를 보여 그놈을 본부장으로 인사부터 급여까지 모든 걸 총괄하도록 맡겨보았더니 불과 2년여 만에 10억짜리 단종으로 발전하고 5년여 만에 다시 100억짜리 단종으로 발전을 하더란다.

5급 공무원 월급이 고작 10여만 원 조금 넘던 시대에 100억 원대 건설 공사를 수주할 만큼의 단종을 확보하자 범이는 일본으로 찾아와 사업을 논하는 자리에서 창학에게 부동산에 투자할 것을 권했고, 창학은 범이가 전망하는 비전에 따라 일산에 부동산을 구입했는데 몇 년 후 그 지역에 대규모 아파트 단지가 들어섰단다.

창학은 역시 돈이 돈을 버는 거라며 주체하지 못할 만큼 돈이 벌리자 덤프트럭으로 돈 벌었던 기억이 너무 인상적이라 운수 사업도 시작하고, 건설업의 부대사업 같은 건설 장비 사업에도 손을 댔단다. 그렇게 사업을 키우며 사업가로 성공한 창학은 범죄 시효가 소멸하자 국내를 자유롭게 왕래하는 완전 사업가로 변신을 했고, 일본에 있는 본부인 외에 한국에 있는 현지처 같은 여자 한연지와 별장처럼 사용할 멋진 곳을 물색하다 이곳을 방문한 거란다.

예상치 못하게 만나 오랜 시간 회포를 푼 기수는 창학의 말에서, 자신이 이렇게 성공할 수 있었던 것은 철주를 잔인하게 해치운 자신의 범죄가 알게 모르게 입지를 다지게 해주고, 창학이라는 이름을 듣기만 해도 잔인한 놈이라 소문난 그 이미지가 늘 영향력으로 작용하기 때문이라고 믿고 있다는 사실도 알게 되었다. 그리고 창학과 의형제를 맺은 태은은 벌써 3선 의원이란다.

호진과 청민, 그리고 창학을 대신해 살인죄로 십수 년 형을 살고 나온 태진은 창학의 지원 아래 룸살롱과 나이트클럽, 스탠드바를 경영하는 사장님으로 둔갑을 했단다. 그리고 차기 대권에도 도전할 의사가 있는 태은은 표를 의식해 벌이는 각종 사회사업에 동참해 봉사도하고, 도움도 주는 이 사회의 기득권층으로, 어려운 사람들을 도와줄만큼 돈을 번 훌륭한 사람들이라는 이미지로 좋은 사회와 국가의 발전을 위해 공헌을 한단다.

소희는 창학이 일본으로 도피한 동안 평범한 직장인을 만나 결혼했고, 호진은 바람피우다 들켜 나나와 헤어졌단다. 여진은 기수가 너무그리워 괴산까지 찾아갔다 잡혀갔다는 것을 알고 기수를 찾아 일본으로 갔다 다시 귀국했는데 그 후 소식은 모른단다.

"자기 어디야?"

"집."

"나 지금 자기네 동네 왔는데, 자기네 집이 어디야?"

"정말이야?"

저녁 먹고 소화를 좀 시킨 후 컴퓨터 앞에 앉아 글을 쓰던 기수는함께 가 살자고 해도 한 번도 와 보지 않았던 짱돌이 기수의 시골집을 혼자 찾아왔다는 전화를 받고 놀라 얼른 창문 밖을 내다보았지만보이지 않았다.

"버스 정류장 위로 넓은 공터가 있고 청용리 노인 회관이란 간판이붙은 건물 앞에 있어, 지금."

"알았어. 우리 집이 첫 집이니까 금방 나갈게."

기수는 급히 나갔다. 하지만 짱돌은 찾을 수 없었다.

"어디 있는 거야?"

"키키키, 바보."

짱돌은 컴퓨터의 지리 찾기 기능으로 기수의 동네를 찾아 마을 앞 공터와 노인회관 간판을 보며 마치 자신이 방문한 것처럼 기수를 속인 것이다.

"내가 이렇게 다 보고 있으니까 조심해."

철주파의 유배에서는 벗어난 기수이지만 여전히 관리하려 드는 짱돌의 유배에서는 탈출을 하지 못했다.

여든다섯 넘은 해가
머리에 희게 지져지는데도
갈래를 따는 어미는
육순의 자녀도 덜 미더워
행성의 염색을 빚게
조직하는 두뇌를 푸지요.
잃음이 남는 밀림 속에
부모를 일구어 온 평생
땀으로 코를 골며,
피로 흘린 짐을 진 채
뜬눈으로 밤을 재우는
짓무른 신체의 마디마디가
골절의 기능을 포박해도,
자녀를 신상으로 간호하는
변명의 밥상마다 방치한
병명을 반찬으로 끓이면서
엄마의 이름을 짜는
뜨개질이 당신의 입맛이라고,
미수米壽로 따진 수저를
자녀의 안위로 들지요.

"아들!"

"야(예의 충청도 사투리)!"

"드라마 하는 데가 5번인가. 빨리 돌려 봐."

벽시계를 보며 시간을 확인한 어머니의 말씀에 리모컨을 집어 든 기수가 채널을 돌린다.

당신 방에 있는 구형 진공관식 TV의 리모컨은 당신도 잘 움직일 수 있는데, 거실의 신형 TV 리모컨은 너무 어렵다며, 저녁 식사 후 잠시 배구 경기를 보고 있는 기수에게 드라마 하는 채널을 보게 해달라고 강요하는 것이다.

기수는 당신 방의 진공관식 TV가 또 잘 안 나오나 보다 생각한다.

"예전 것도 잘만 나오는구먼 왜 지덜 맘대로 바꾸고 난리야 난리가."

국민들의 의사는 묻지도 않고 권력자들 맘대로 복잡한 디지털 TV로 바꾸는 게 불만인 어머니의 의사에 동의하는 기수이기에 "글게 말이요." 하고 맞장구를 쳐준다.

"누가 더 존(좋은) 것 본댔어. 무료하고 적적하니까 그냥 시간 때우기 위해 동무하는 거지." 하며, 티브이라는 게 뭐 대단하다고 쓸데없이 돈만 처들이게 하는 거냐는 어머니의 주장이 결코 틀리지 않은 것이라 받아들인다.

작동하기 쉬운 게 - 구형 TV가 - 훨씬 더 다루기 좋은데 왜 아무런 문제도 없는 TV를 강제로 바꾸라 하는 건지 도통 모르시겠다는 어머니 말씀처럼, 실제 진실을 규명해야 할 항목들은 덮어두고 아무 문제도 없는 사안들을 오히려 문제화해 혼란스럽게 하는지 모르겠다.

사실 기수는 TV를 별로 좋아하지 않기에 어머니 주장에 전적으로 동의한다. 물론 필요할 때가 전혀 없는 것은 아니다. 가끔 휴식이 필요할 때 좋아하는 스포츠 중계나 바둑 같은 것을 보기는 했지만 그다지 절실하다고는 느끼지 못한다. 그마저도 조금 보고 있으면 가슴이 답답하고 머리가 아파지니까.

어머니는 이미 본 드라마도 재탕, 재재탕, 재재재탕까지 보고 또 보는 걸로 소일을 하기에, 기수에게 드라마 내용을 어느 정도는 설명할 만큼 외운다.

"아이쿠, 저 저 나쁜 년."

"찌찌찌, 저 하는 짓 좀 봐라 저. 여자나 남자나 맘을 곧게 써야지."

드라마에 흠뻑 빠진 어머니는 마치 당신 일처럼 흔단을 한다.

"어이구, 저놈의 노인네 저 저 하는 짓 하고는. 늙으면 죽어야지."

며느리가 가족들 몰래 식모 노릇 해 모은 돈까지 지가(시어머니가) 사기꾼에게 속아 홀라당 다 까먹고는 며느리가 나가 놀다 온 줄 알고 혼내는 거라는 등등, 어머니는 기수가 옆에서 같이 보고 있으면 당신의 생각까지 곁들여 설명해준다. 그러다 기억이 잘 안 나면 이젠 총기가 영 예전만 못하다는 말을 푸념처럼 토해낸다. 이젠 그럴 나이 됐지, 하며.

그렇게 밑도 끝도 없이 던지는 어머니의 자조적인 언사 뒤에는 대부분 고생 많았던 과거사가 거론된다.

"연 서방네 빌려주었던 쌀만 뜯기지 않았어도 너희 고생 덜 시키는 것이었는데."

"내가 일찍이 네 아버지에게 도시로 나가자고 했을 때 이사해서, 채소 장사건, 부침이 장사건, 먹거리 장사만 했었어도 부자 되었을 텐데."

어머니 부침 실력은 아직도 최고다.

일례로 여든 후반의 연세인 지금도 동네 큰일이 있으면 부침개는 어머니에게 청이 들어올 정도다. 단, 어머니가 이젠 움직이기도 힘들다며 하지 않으려 할 뿐이다. 물론 자식들이 온다고 하거나 당신이 먹고 싶을 때, 또는 "아주머니, 올해도 콩 떨 때 부침개 좀 해 주서요. 작년 콩 떨 때 해주신 부침개가 어찌나 맛있었던지." 하며 동네 아주머니가 미리 예약한 일이 있으면 어김없이 해 주신다.

부침개 두서너 쪽에 탁주 한 병의 인심이 더러는 고춧가루 한 말이라는 정으로 돌아오기도 해서가 아니라, 어머니는 당신이 잘하는 것은 나누기 좋아하는 편이다. 그런 연유에선지 도시로 나가 장사를 하고 싶었지만 그렇게 하질 못했기에 아직도 미련을 버리지 못한 것 같다.

어머니는 자주 당신이 품 팔았던 이야기를 꺼낸다. 괴산이 깡촌에서 강원도까지도 갔었고, 경북 접경지인 연풍, 청천 등등 천지 사방을 다 다니며 담배도 따고, 인삼 밭일도 하셨다며, 내가 품 팔은 삯만도 어림잡아 2억도 넘을 거라 한다.

지금이야 여자들 품값이 5만 원씩 하지만 겨우 몇백 원 할 때부터 여든이 넘도록 - 가지 말라고 해도 여든네 살 될 때까지 - 다니셨단다. 힘이 되면 해야 한다며.

너희 공부 가르치려, 너희 5남매 덜 고생시키려고 그렇게 살았단다.

홍시로 떠난 감꽃이

틀니에 가시로 피었네.

연지곤지 찍고

타고 가던 가마에

여자는 시들지 않는데도,

시기에 엮이는 잎사귀들은

의지와 상관없는 단풍에 먹히고,

이슬이 서린 자락마다

아내로 익힌 세상이

어머니란 이름을 쓰게 해,

서리 서리마다 볶인 주름들은

해에 풀리게 지져둔 채,

바람이 추파를 던져도

여성의 허리끈은 감추고,

꿈이 반란으로 작열해도

엄마의 치마를 빨며

주부로 입술을 깨물었던

여인의 길에 밀려

연정을 불살라 온

부인의 연치엔 어느새,

홍시로 떠난 감꽃마저도

틀니에 가시로 피네.

"아들!"

"야(예)."

"이 빨래 좀 햇볕에 갖다 널어."

그냥 세탁기에 넣어두시라니까 왜 손으로 빠느냐고 말해도, 어머니는 늘 하얀 색깔의 옷은 세탁기에 아무리 돌려도 소용없다며 삶아야 때가 빠진다는 소신을 굽히지 않는다.

"아들!"

"야!"

"이리 와 이것 좀 해줘."

"뭔데유."

"아들!"

"야."

"밥 풀 테니 냉장고에서 반찬 꺼내 차려."

"이제 다섯 신데 저녁을 벌써 드시려고요?"

"응. 빨리 먹고 치워야지. 놀면서 불 켜놓고 먹을 필요 뭐 있어."

전력난이 심각하다며 전기 소비 줄이라고 아우성인 전력회사와 정부에다 울 엄니 상 주라고 추천해야겠다.

"아들!"

"아들!"

"아들!"

여든일곱의 어머니는 이젠 정말 힘이 부친다며 당신 하는 일에 조금이라도 힘을 써야 하는 일이면 기수를 부른다.

어머니의 수족처럼 움직여야 하는 기수다.

한때 적응하기 어려워 힘들었던 시간도 있었지만, 지금은 견딜 만하다. 움직일 수가 없어 누워만 있던 어머니가 다시 이웃집이며 노인 회관으로 마실 다닐 만큼 회복되어 행복하다. 심신은 귀찮고 힘들어도.

"아들!"

"야!"

"시래기 묶어놓은 것 좀 걸어."

"아들!"

"야!"

"상추씨 좀 갈아."

"아들."

"야."

"불 좀 더 때!"

"왜, 추어유?"

"비가 오려는 건지 오늘따라 으슬으슬하네."

"아들."

"야."

"오늘은 보건소 가야겠어."

"아들."

"야."

"빨래 안 해?"

"해야지유."

"아들."

"야."

"오늘은 청주 병원에 가 물리치료 좀 받아야겠어. 얼른 준비해."

"청주 병원 예약된 날이 낼이유?"

"벌써 낼이야. 두 달 치 가져온 약 좀 남았는데."

"아들."

"야!"

이젠 한 해, 한 해 나약하게 변해가는 이런 모습이라도 오래도록 지속되길 빌 뿐이다.

평생의 지병인 가려움 병(알레르기) 때문에 고생하며, 계단 오르기도 힘들어하는 관절의 문제, 허리뼈에 금이 갔다는 진단으로 3개월을 요양한 후 생긴 허리 통증, 계절이 변할 때마다 손님처럼 찾아오는 감기 등등, 단 하루도 거르지 않고 먹는 약 기운으로 근근이 버틴다 할 수 있는 어머니지만, 아무리 연로해도 어머니가 생존해 있는 그 자체로 파생되는 영향력이나 힘이 우리 가족들 삶에 녹아들어 있다는 것을 종종 느끼기에 기수는 더더욱 어머니를 잘 모시려 노력한다. 연세 들어가는 어머니의 모습을 어찌해 볼 도리가 없어 그냥 지켜봐야 한다는 것은 정말 힘든 일이다.

"아이고 얘! 천천히 좀 가."

"아휴 숨차."

"콜록콜록."

웬 감기는 그리 자주 걸리시는지.

"보호자 분!"

"예!"

"빨리 선생님께 가보세요."

"무슨 일루?"

갑자기 허리가 몹시 아프시다 해 증평읍에 있는 병원에 가 진찰을 받아보니 빨리 큰 병원으로 가란다. 소개서와 구급차를 준비해 두었다며.

뜻밖의 진단에 놀라 허둥지둥 청주에 있는 큰 병원엘 가 다양한 진찰을 받아보니 어머니 몸의 피가 반도 더 빠져나가 위험한 상태였단다. 그래서 2박 3일 입원해 진찰과 수혈을 거듭한 결과 십이지장 어딘가에서 출혈이 있었다는 것이다. 다행히 다른 이상은 발견되지 않았다.

이러한 일이 발생하면 두드러지게 늙는 모습이 눈에 보여 숨이 가쁘도록 찡하게 한다.

"얘, 여기 물 좀 떠와."

기수의 눈에 들어온 어머니의 손은 너무 야위어 있었고, 앙상한 손가락들은 마디가 굵어진 채 휘어져 있다거나 불거진 채 방치되어 울퉁불퉁하다. 이럴 때 역시 가슴이 미어지듯 아프다. 내색하지는 않지만 정말 오래도록 그 여운에 시달려야 한다.

"퇴원하자고?"

"그래, 이젠 괜찮은 것 같아."

병원에선 며칠 더 입원하라 하는데 어머니는 퇴원을 할 것을 종용한다.

기수의 가족은 어머니를 중심으로 형성되어 왔고 지금도 변함없다.

"우리 집은 뭐든 엄마가 중심이고 엄마가 대장이지만, 우리 시댁은 자식들 위주라 정반대야."

작년 봄에 큰아들을 군대에 보낸 막내가 친정과 시댁의 다른 점을 말하며, 우리 시어머니는 아들들 말이라면 껌뻑 죽을 정도로 당신 스스로 희생하시는데, 내가 다른 환경에서 자라서 그런지 어떤 때는 자식들이 어머니에게 너무 심한 것 같아 옆에 있는 내가 다 민망할 정도라며 어머니 반응을 살핀다. 그러나 우리 가족은 항상 어머니 뜻을 존중해 왔기에 결국 어머니 말씀을 따라 퇴원을 했다.

어머니의 주장은 늘 내 병은 내가 가장 잘 안다는 것이다. 그러다 입원까지 하는 사태가 발생했는데도.

"그까짓 걸 뭐하러 써."

초등학교도 다니지 못한 어머니는 기수가 인생을 걸고 노력해 온 글도 쓰지 말라 한다.

돈도 안 되는 짓 하지 말고 돈 되는 일을 하라는 뜻이다.

기수가 남들은 쓰고 싶어도 못 쓰는 거라 해도 어머니는 별로 탐탁해 하지 않는 편이다. 오로지 돈이 안 된다고.

품팔이로 5남매를 키우고 가르쳤다는 것이 당신의 자긍심이시기에 굳이 설득하려 하지 않지만, 자식이 하는 일이 뭔지 제대로 알려 하지도 않으시며 단지 지금 당장 돈이 되지 않는다는 이유로, 당장 수입이 창출될 수 있는 일만 강요하시는 어머니와 가끔 의견 충돌이 일어나기도 한다. 그래도 어미와 자식이라서 그런지 융화에는 큰 문제가 없다.

지고는 못 산다는 어머니의 성정이지만 어머니가 이해할 수 있도록 논리정연하게 설명을 잘하는 기수의 수단에 어머니는 잘 수긍하는 편이니까.

어머니를 보면서도 느끼지만, 기수 역시 한 해 두 해 나이를 먹을수록 주위에서 흔히 말하는 '건강이 최고다'라는 말에 공감을 표하게 된다.

"위가 붓고 십이지장에도 염증이 심하시네요."

며칠 전부터 소화가 잘 안 되는 것 같고, 입으로 악취도 올라오며,

거북할 정도로 속이 안 좋아 내시경을 해볼 요량으로 아침도 거른 채 내과를 찾아갔더니, 이 병원에서 위내시경 검사를 받으려면 며칠 전에 예약을 해야 한다고 거절을 한다. 하지만 기수는 기왕 내시경 검사를 받고자 아침도 굶고 나온 차라, 다른 병원에서라도 해 보고 돌아가야겠다며 돌아다니다 찾은 병원이 연세 병원이다.

내시경을 시술하던 의사가 위가 나쁘다고 설명한다.

"이 정도면 상당히 괴로웠을 텐데."

의사가 한 말의 의도는 너무 방치했다는 힐책인 것 같다.

사실 조금 안일하게 관리한 경향이 없지는 않다.

한 3개월 정도는 약을 먹어야 할 것 같으니까 우선 한 달에 한 번씩 와서 약을 타가란다.

의사가 그렇게 처방하면 그대로 따라야 하는 거 아니겠는가. 전문성을 요구하는 소견은 일반적으로 전문가라는 이들의 결정에 따라야 하는 경향이니까.

전문가와 비전문가는 다르기에 우린 전문가들의 소견을 따르지요. 시에 대한 전문가는 시인이나 문학박사, 비평가를 비롯해 국어 선생 같은 이들이기에 그런 분들의 의견을 신뢰한다는 말이지요. 그들은 사회적 동의에 의해 부여된 신분이니까요. 그런데 문제는 현재 대한민국처럼 사회적 동의를 얻어도 그 동의가 진실인지 거짓인지를 증명하지 못하는 경우도 있다는 점이 기수를 딜레마에 빠지게 하지요. 즉, 시(운문)와 작문도 분류하지 못하고, 고사성어와 사자성어에 대한 진실도 증명하지 못하는 것처럼, 소위 전문가라는 이들이 '닭이 먼저냐 달걀이 먼저냐'도 논리적으로 증명하지 못하는 수준이라면 문제가 있는 것 아니겠냐는 거지요. 고작 닭이 먼저인지 달걀이 먼저인지도 증명하지 못하는 수준에서 인정받는 신분이니까요. 만약 닭이 먼저인지 달걀이 먼저인지를 증명할 수 있을 만큼의 사회라면 '보기 좋은 달걀보다 향기로운 닭똥으로' 같은 구호는 허용되지 않았을 것 같거든요.

클래식이 가요보다 인기가 떨어진다고 음악적 수준까지 떨어지는 것이 아니듯, 시에 대한 전문가는 시라는 장르 고유 특성이나 시상의 정체 같은 것을 증명할 수 있어야 하는데, 그렇지 못한 현실이기에 기수는 반드시 진실을 규명해야 한다는 생각이지요. 옛 선조들이 작문과 운문을 분류했던 것처럼, 시인의 시라 하기 어려운 작품과 시인의 경지에 도달한 작품을 분명히 증명할 수 있어야 시를 명확히 알게 되는 거라 사료되니까요.

오랜 세월 지식의 오류에 대해 연구하며 진실을 증명하고자 노력한 기수는 심혈을 기울여 완성한 작품이 모든 출판사로부터 거절을 당해도 생애를 바칠 각오로 규명의 길을 모색하지요. 영혼까지 좀먹는 잘못된 지식은 반드시 바로잡아야 하는 거니까요.

역겨운 냄새가 진동을 해도 닭을 기르는 이유는 수확성을 위함이지 결코 고약하기 그지없는 불순물을 향유하기 위함이 아니듯, 진실을 존중하는 이유 역시 명확히 증명되는 진정성을 수확하고자 함이지 절대 입증도 하지 못하는 사기성을 향유하기 위함은 아니라 사료되니까요.

일기가 떨어진다네.
담보다 컸던 키도
시나브로 작아진 채
홍시로 물러가는
아흔 바라기의 이력으로
빨래한 이불 홑청을
풀 먹여 손질하던 엄니,
안경도 없이 바늘귀를 꿰다
이젠 세상살이도 눈먼
돋보기로 써야 것 다하시네.

강은 굽이치게 곱고
노래는 구성지게 옮아
박제된 가락을 타며,
꿈도 뜬눈으로 꾸는
땀의 짐까지 일구려
방향이 된 어미의 고지로
승부를 시합해 온 이젠,
총기마저 피로 사용한
지난한 그릇의 장도가
날로 부실하다시네.

빛으로 키우는 상품이
진열된 바람의 으뜸이라
갈망하는 인지의 꽃들을
꾸려내려고만 하는 지금,
약 없이 약해지는 당신을
읽는 것만으로도 슬퍼,
소원으로 빌어보는 것마저도
말하면 헛될 것 같아,
두뇌로만 각인하는 기원을
기도할 수밖에 없는 아픔이네.

끝